小黃豆大發家 2

文創 風 862

雲也 著

目錄

第二十六章　棒打一對野鴛鴦

黃寶貴很快和王大妮訂好了親事，並且看好了日子。黃米冬月出嫁，黃寶貴臘月迎娶，一出一進，黃家人口還是那麼多，這也算是一種帶著吉祥的寓意。

第二天，因為黃寶貴和王大妮談婚論嫁的事，去襄陽府的只有趙大山。

趙大山原本是準備和他娘商量一下他和黃豆的事情的，但因為黃寶貴的事，趙大山決定還是等過完年再說。反正黃豆還小，要成親也還早。不過延後說親這件事情，他是徵求過黃豆的同意的。

進了襄陽城，趙大山拒絕了塗華生的熱情邀請，他還是去找了黃德忠。

現在的黃德忠和黃德孝單獨租了一個小院，兩個人管理著四家店的日常銷售。

黃德忠曾經建議黃豆姊妹買鋪子、買宅子，黃豆沒同意，她覺得她們這種小打小鬧、掙點零嘴錢的小店，就沒必要整那麼多勞民傷財的事情了。

在黃德忠處吃了午飯後，趙大山帶著黃德孝去了塗家雜貨鋪，由塗華生領著去摘星閣喝茶。這樣的喝茶其實就是襄陽府的商人們的一個碰頭會，塗家也是這幾年才躋身進去的。

五年前的塗家，想進入這樣的圈子，還是想也不敢想的事情。

趙大山曾經問過黃豆，等以後方舟貨行開到襄陽府，會不會影響黃米在塗家的生活？黃豆很肯定地回答不會，她說沒有方舟也會有別的貨行，塗家開店做生意這麼多年，如果怕競爭，就不會有今天的局面。只要不是惡意競爭，方舟貨行的到來，對塗家利大於弊。船多不礙港，車多不礙路。最後黃豆還說了這麼一句話。

坐在窗口的黃德孝正無聊時，一眼看見他二哥在大街上走過，黃德孝張嘴就喊。「二哥！」

因為喊的聲音不大，黃德明沒聽見，趙大山卻聽見，走了過來，站在窗邊往下看，就見黃德明進了榮寶軒，身後跟著的一個女子也走了進去。

黃德孝還想喊，被趙大山拍了拍肩制止了。

趙大山見過許秀霞，黃德明接親的那天，許秀霞從她家的牆頭露過一次臉，恰好被趙大山看見了，而趙大山對人有一種過目不忘的本事。許秀霞和黃德明一前一後進了榮寶軒，這件事可大可小。趙大山不好讓塗華生知道，因為塗華生和黃米還沒成親，屬於外人。然而和黃豆還沒訂親的趙大山，卻一點都沒當自己是外人，小聲囑咐了黃德孝幾句。

黃德孝在襄陽府跟著他五哥也跑了有兩年了，趙大山一提點，他就意識到這件事情的嚴重性。

榮寶軒這條大街是襄陽城最繁華的街道，路上人特別多，黃德明和許秀霞一前一後，走進了一條巷子。

如果初遇見這兩個人，肯定不會認為他們倆是一路的，但跟著走一段就會發現，兩人步調一致，行走的路線也一致，明顯就是一起的。

巷子不深，巷口坐了幾個邊摘菜邊聊天的阿婆。

趙大山在巷口一角站定，把黃德孝探頭探腦的腦袋按了回去。

如果黃德明走在後面，他們可能不會這麼容易跟，偏偏走在後面的是許秀霞。黃德明每過一個路口都會張望一番，但許秀霞過時就沒有了顧忌，大概覺得黃德明已經看過了，所以她只是匆匆掃一眼就過去了。

趙大山認得許秀霞，但許秀霞不認得趙大山；而黃德孝來襄陽城雖然已經兩年了，但許秀霞別說沒見過黃德孝，即使見過黃德孝一、兩次，一個孩童罷了，她的印象也不會深刻。

因此，偶爾一、兩次，許秀霞掃到這兩個人中的其中一個，也沒當回事。

轉了三條巷子後，兩個人在一個小院前停了下來，黃德明看了看周圍，先打開門走了進去，門沒關，許秀霞也跟著走了進去。

黃德孝此刻才知道，為什麼先前在酒樓時趙大山攔著不讓他喊出聲，他二哥這是沒幹好事啊！他再是個十四歲的孩子也知道，和一個女人偷偷摸摸地進了同一個院子就不是什麼好事！黃德孝眼巴巴地看著趙大山問：「大山哥，怎麼辦？」

「走吧，回去你五哥要是問你，你就說我帶你出來辦點事。」趙大山拍了拍黃德孝的頭。他覺得自己好像做錯了，不知道回去會不會挨黃豆訓？黃德孝還是個孩子呢，讓他看見這些好像有點不太好。

黃德明是在今年春天遇見許秀霞的。春天時，黃德明要送一批貨去襄陽府，因此上了貨船；而許秀霞要去襄陽府看她的男人，也上了貨船。

原本黃德明並沒有注意到許秀霞，是跑船的老大看見黃德明，一口一個「黃二少」地叫，讓早就注意到黃德明的許秀霞動了不該有的心思。

許彩霞出嫁後，第二年春天，許秀霞就嫁到了南山鎮。

許秀霞從小就和許彩霞比，知道許媒婆給許彩霞說了黃家的小子，她回來後趴在床上哭了一宿。許猴子是個寵姑娘的，看閨女哭得可憐，也惦記著黃家的好條件，就出了個孬點子，半道截了黃德明，而黃德明不出所料看中了許秀霞，誰知黃家被水沖了，等他們反悔後，結果黃家又在南山鎮外蓋了一溜五套的磚瓦房！這是許猴子被打臉得最狠的一次，好在他皮厚，雖然心痛也無所謂，但許秀霞就不一樣了。

每次許彩霞都大包小包的回家，而村裡人總會故意在許秀霞回去時嘮叨幾句給她聽。

許彩霞三年生了兩個兒子，而許秀霞連個蛋也沒下一個。幸虧婆婆死了，不然許秀霞天天都要聽婆婆指桑罵槐地受罪，更別說回娘家時，村裡人看她的眼神。

黃德明的娘是個實在人，從來不磋磨兒媳婦，許秀霞就親眼看見黃二娘帶著許彩霞在南山鎮買東西，給許彩霞買了一堆布料、首飾和零嘴。

鎮上人都說，黃二娘是沒閨女，所以把媳婦當閨女待呢！

船上人多，許秀霞起不了么蛾子，但是，她還是成功地讓黃德明注意到了她。

許彩霞因為成婚後就懷孕生孩子，生過兩個孩子後身體圓潤了許多，再加上平時忙著照顧兩個孩子，對黃德明的關注就少了，穿衣打扮上也不是那麼講究了。兩個人在一起過日子，吃飯打嗝、拉屎放屁是常態，見多了就失去了當初的新鮮感。

而許秀霞不一樣，她五年沒有生養，卻是個經過人事的少婦，又愛打扮。腰還是那個腰，眉眼間卻多了嫵媚，行走中就散發出了不一樣的風采。

黃德明當初對許秀霞有多恨，現在就對許秀霞有多執念。他的目光先是猶豫，後來就變得放肆，這幾年的順風順水已經讓他忘記當初被許秀霞拋棄的狼狽。

男人對女人動了心思，不一定能上手；女人對男人動了心思，還是有舊情的男人，就有點手到擒來了。

沒隔半個月，許秀霞又在船上遇見了黃德明。她是有心的，黃家多久往襄陽府送一趟貨，只要在碼頭一打聽就能知道。

當天，黃德明沒有去黃德忠租的宅子過宿，而是介紹許秀霞住進了同一家客棧，相鄰的兩個房間。晚上，藉口屋裡有老鼠的許秀霞，就鑽了黃德明的被窩。

一夜春風，黃德明覺得許秀霞知情識趣，不但會玩還有花樣，叫起來的小聲音也是嬌滴滴的，勾人心魂；許秀霞覺得，原來男人和男人果然是不同的，她為什麼成婚這麼多年沒孩子？就是因為王得柱不如黃德明幹事賣力啊！

兩個人一拍即合，直接在襄陽府租了個宅子，每逢黃德明往襄陽府送貨，許秀霞就藉口去襄陽府看自己家漢子，也到了襄陽府。

趙大山這一跟蹤，落實了黃德明偷吃這件事，回來對黃豆一說，黃豆也覺得頭皮發麻，不知道該怎麼解決。私下解決嘛，她只是個妹妹，不能告訴二嫂，也不能教訓二哥；告訴黃老漢嘛，她怕把黃老漢氣出個好歹來，更麻煩。

也不怪黃豆沒主意，這種事情她從來沒經歷過。

而趙大山也沒經驗，更不好在黃家這件事情上指手畫腳。

於是兩個人，你看看我、我看看你，都覺得有點發懵。

晚上，黃豆糾結了很久，還是決定等黃三娘回家後和盤托出。她覺得她還是個孩子，孩子解決不了的事情，要由大人來解決。

黃家這幾年路子走得穩，黃家妯娌四個把一間店管得有聲有色，擴大了經營模式，還招聘了幾個夥計，妯娌四個也就比較清閒下來。

現在店裡主要是黃三娘和黃四娘在管，黃大娘和黃二娘大部分時間都是在家操持家務、含飴弄孫。

黃豆吞吞吐吐地把事情經過原原本本和黃三娘複述了一遍。

黃三娘一聽，整個人就懵了。主要是因為這幾年黃家太順了，幾個孩子就沒有什麼可操心的事情，突然出了黃德明這件事，她一下子不知道該怎麼辦了。

那是姪兒，不是兒子，她能做的有限。不過她知道了就不能瞞著，得告訴二哥和二嫂，不然真出什麼事情，這個擔子她可擔不住。

黃三娘先讓黃豆把黃德孝叫了回來，德孝是大房的孩子，德孝一回來，先當著大哥和大嫂的面詳細問了經過。

然後，黃老大兩口子並黃老三兩口子，私下拉了黃老二兩口子，一起開了個小會。會中，黃三娘把黃豆跟她說的話改了一下，她只說大山和德孝看見兩個人進了一棟有院子的宅子，一打聽才知道是以小夫妻的名義租了有小半年了！

全程黃三娘都沒提黃豆，為什麼？黃豆是她閨女，還是個小姑娘，她可不想因為黃德明這糟心的事情，壞了自己家閨女的名譽。

何況以後黃德明若知道這裡頭有黃豆摻和，肯定不會高興。

別說黃德明不高興，黃老二兩口子也未必會高興黃豆多管閒事。

至於許彩霞，說不定也會覺得黃豆瞞著她，傷了姑嫂間的和氣。

這件事情，由她捅出來和由黃豆捅出來，性質是完全不一樣的。

按照黃老二夫妻倆的意思，是悄無聲息地把黃德明召回來，好好說一頓，讓他和許秀霞斷了關係。

黃老大和黃老三卻都不同意，他們以一個男人的思維來揣摩也知道，如果瞞著許彩霞，家裡背地裡只是警告和提醒黃德明根本起不了作用，反而會讓黃德明有一種「反正家裡人都知道了，還要替我遮掩」的心態；而許秀霞知道後也會覺得，反正「你黃家都知道了，以後有了孩子，那就是你黃家的種，明面上不敢承認，背地裡可不能少了我孩子一分」的。

提到許秀霞會有孩子，黃老二夫妻也慌了，這小半年時間，說不定許秀霞已經懷上了，到時候出了事，那可真是渾身有嘴也說不清楚了！再想想自己兩個可愛的小孫子，以後要受一個私生子的挾制，不禁覺得連這個兒子都不想要了！

十一月十八黃米出嫁，黃家兄弟商量好，事情必須在黃米出嫁前解決，再拖就是黃寶貴成婚，然後就要過年，如果這期間許秀霞懷孕，那就麻煩大了。

最後一家人直接由婆婆告訴了許彩霞，讓她通知娘家人來捉姦。

許彩霞乍聽到消息，有如五雷轟頂，只一慌神，她就迅速穩定了下來，不但帶了自己的哥嫂，還特意讓自己的嫂子請了許秀霞的大哥大嫂一起去襄陽府遊玩。有黃家包船往來，吃住都不用花錢，許秀霞的哥嫂立刻就一口答應了下來。

如果不是許老實說，只是他們兄妹哥嫂間結伴玩耍，他們老的就不摻合了，許猴子都恨不得換他去才好呢！

黃德光兩口子同行，那是黃家給許彩霞的一個態度，也是怕黃德明會被許家打出個好歹來，起碼黃德光在，能攔住一點。至於許秀霞會怎麼樣，那就不是黃家想管的事了。

聽見隔壁院子傳來開門及關門聲，然後是許秀霞吃吃的嬌笑聲、黃德明的說話聲，許彩霞的心一下子靜如死水。她沒有想過，黃德明會吃許秀霞這株回頭草。

當初你黃德明被許猴子一家子打臉，竟然都忘記了嗎？早知道這樣，你當初為什麼不堅持娶了許秀霞，放我許彩霞一條生路呢？

黃德明兩個人進了屋沒一會兒，許彩霞的二哥就順著梯子爬了過去，打開院門，讓許彩霞和她大哥衝了進去。也是黃德明色令智昏，竟然沒插堂屋的門，因此兄妹倆長驅直入，一路就到了東廂的門前。

許大哥是個身材高大魁梧的漢子，兩三腳就踹斷了門栓，踹開了房門，衝了進去。

屋裡的兩個人剛脫了衣物滾到一起，聽見外面的聲音早嚇得半死，正在忙著胡亂地穿衣物，見有人踹了門進來，連忙拖了被子往還沒穿好衣物的身上蓋。

許大哥一把就將兩個人慌亂拉扯著要往身上蓋的被子扯了下來，扔到了地上。

看著驚慌失措地往黃德明懷裡躲的許秀霞，許彩霞只覺得心口就像被扎進了一把刀子，又被人用力攪了攪一樣。許彩霞揚手把兩人還沒有來得及穿好的衣服掃到地上，胡亂幾腳踢了出去，轉身扯住許秀霞的頭髮就往地上拖，邊拖邊開始沒頭沒臉地打。

黃德明還想起身去護，許大哥一巴掌就將他搧得半邊臉都腫了起來，直接摔倒在床裡面。

聽到動靜最先趕過來的是許家大嫂，她一進去就撲上前，幫著小姑對著許秀霞就是一陣拳打腳踢。

黃德光慢了一步，因為他衝到門口時，一眼看見被弟媳按在地上、只穿了一條褻褲及套著件紅肚兜的許秀霞，不由得面紅耳赤，一時進不得、退不得，剛好看見黃德明被打，才立刻衝了進去，攔住了親家大哥，匆匆撿了地上的衣物給弟弟穿了起來。

許彩霞家的兩個哥哥來時是聽了安排的——姑爺可以打，但不能重打；打傷了不行，打輕了也不行。既要讓他記住教訓，也要讓黃家不覺得難堪。所以，黃德明被大舅哥一巴掌搧倒後，兩個舅兄趁著黃德光進來時，便順勢退到了門口。

許秀霞卻是被許彩霞和許彩霞的大嫂按倒在地，拚命撕打起來。

許秀霞的大哥、大嫂還沒反應過來呢，就被許家兩兄弟連推帶攘地給攔在了房門外。

屋裡一時哭聲、喊聲、叫罵聲四起，周圍的鄰居都被驚動了，大家都好奇地在院子門口探頭探腦地張望。

黃德光的媳婦站在院子裡，沈默地低著頭，眼睛看著院子裡一株開始凋謝的花木，安靜地站著，一動也不動。

許秀霞的大哥拚了命地撞開許彩霞的兩個哥哥，推著媳婦大吼。「去給她穿衣服，丟人現眼的東西！」

許秀霞的大嫂被推了一個踉蹌，匆匆從地上撿起衣裙，一把抱著許彩霞哭了起來。「大姑奶奶，求求妳，放了我們家姑奶奶吧！」

許彩霞一時間好像也失去了力氣，放了躺在地上哭嚎的許秀霞，站起身，拖著還在踢打的大嫂。「大嫂，走，我們回家。」

許彩霞走出屋子，看看站在院子裡的黃德光媳婦，兩個女人兩兩相望，誰都沒有說話。

看著黃德明被黃德光拖著走出來，黃德光的媳婦才走了過來，替弟媳婦撫了撫頭髮、理了理衣襟，然後對著許家哥嫂們盈盈一禮。「讓親家哥嫂們為難了，我們黃家一定給弟妹一個交代。」

最終黃家兄弟倆帶著各自的媳婦，陪著許彩霞的哥嫂們坐著早上來的船，離開了襄陽府。

而留在小院裡的許秀霞，在嫂子的幫助下穿好衣物，等房東接到消息趕來的時候，三個人已經匆匆離開了小院，留下一個敞開著大門的院落。

許秀霞在娘家哥嫂家住了十來天，還是王得柱見媳婦一直沒來襄陽府，擔心地請假回了家，結果見媳婦沒在家，又聽鄰居說媳婦已十來天不在家了，便又匆匆買了禮物趕到岳丈家接了媳婦回家。看見憔悴的媳婦，王得柱還以為媳婦是因為他常年不在家，身體不好，無人照顧，才回娘家的。

許秀霞一直以為，許彩霞絕對不會放過這次機會，必定要弄得她身敗名裂的。

然而，這件事情卻再也沒有人提起，就像一陣輕煙，風還沒吹，已經自行消散了。

最後許秀霞終於鎖了門，跟著王得柱去了襄陽府。

她一直以為她輸給許彩霞只是因為運氣不好，卻不知道，決定人生輸贏的，絕不僅僅是運氣。

第二十七章　黃米的大婚之喜

黃老漢沒有閨女，只有五個兒子，五個兒子除了一個還沒成婚的，另外四個兒子總共給他生了九個孫子、四個孫女。

十一月十八黃米出嫁，這是大事。這麼多年來，黃家是第一次嫁閨女，全家都出動了，忙碌而歡喜。

就連黃德明也緩過勁來，開始跟著黃德光操持起來，而許彩霞更是讓黃家刮目相看。從襄陽府回來的許彩霞，叮囑好自家兄嫂把這件事爛到肚子裡，又請了黃德光幫忙派人送他們回家後，她就收拾好自己，開始伺候起被一巴掌搧腫臉、不能出門見人的黃德明。她沒有哭，也沒有鬧，該做什麼就做什麼，伺候公婆、照顧孩子，還抽空給黃米姊妹四個各做了一雙軟底布鞋。就連黃德明該做的事情，她也都接過來幫忙做了；十一月初十，她甚至還親自跟船往襄陽府送了一批貨。

今天，她和黃大嫂一起待在黃老大家的後院接待女眷。此刻的許彩霞溫潤而賢淑，一點也看不出前段時間打人時候的凶狠潑辣。

黃米的屋裡，擠著黃桃、黃豆、黃梨，並黃小雨、趙小雨、王家的閨女，還有前幾年新來住戶沒出閣的幾家閨女。大家擠在一起，嘻嘻哈哈地吃糖、說笑，看著黃米被黃家請來的全福人用兩根細棉線絞面。

兩根棉線，細細絞緊，把新娘子臉上細軟的汗毛一根根絞乾淨，大概是很疼的吧？黃豆看得心裡一揪一揪的。絞完面的黃米，臉就像一個剝殼的雞蛋一樣，光滑細緻。接著全福人開始給黃米上妝，黃豆看得不忍直視。這哪裡是上妝？分明就是在牆上抹石灰補土呢！一層一層的粉往臉上塗，把黃米本來的樣子遮蓋得嚴嚴實實的。晚上塗華生掀開蓋頭的時候，會不會嚇一跳，覺得老婆是不是被換了呢？黃豆想著塗華生嚇一跳的樣子，不由得覺得好笑，惹得在梳妝的黃米都忍不住轉頭看了她一眼。

這是黃米的婚禮，一些舊習俗還是要敬畏的。因為婚禮所做的一切，就是帶著對新人未來美好生活的期許，不能因為自己出格就不去遵守。

塗華生接親的大船要巳時過半後才能到碼頭，然後晚上天黑前把媳婦接到家就行。一個上午，有這些閨中姊妹陪著，時間過得很快。

聽到塗家接新娘的大船到了黃港碼頭，大家紛紛行動起來，黃豆更是把黃德忠幾個拖過來咬耳朵，面授機宜。

黃德忠聽得點頭不已，帶著幾個小兄弟摩拳擦掌，準備好好給這個新姊夫一個難忘的甜美回憶。

前院大門，黃豆設置了機智問答，幾個腦筋急轉彎是明面上的，私下卻遞了筆墨紙硯，讓塗華生回答黃米喜歡什麼顏色、喜歡什麼水果、喜歡什麼小動物……這一類的問題。

當然，這是關係女子閨譽的，不好當眾提，只是一張紙讓塗華生回答而已。而塗華生也在這些回答裡，慢慢知道了自己未來妻子有什麼喜好。

這是黃豆給塗華生的作弊題，算是為了姊姊和姊夫未來的美好生活添磚加瓦了。

新娘的房門口，黃豆準備了酸甜苦辣鹹五味的水各一杯，新郎及伴郎各挑一杯，這個就是實實在在賭運氣了。

其實黃豆能想出更多鬧新人的方式，只是在這個時代不適合，不能拿出來使用。

塗華生一路走來，塞紅包的時候笑容滿面，並不吝嗇，被問題難住的時候也知道討饒求救，給小舅子們往兜裡塞紅包示好。

這是一個拿得起放得下、能屈能伸的男人。

和伴郎選五味水的時候，一個伴郎選得了糖水，笑咪咪地嘗試了一下後，立即一口喝下；另一個伴郎指了一杯鹽水，也眉眼一閉地喝了下去。

輪到塗華生，黃德忠笑得擠眉弄眼，這個大姊夫對他頗為照顧的，可是最好的一杯甜水已經被伴郎喝了，他只能儘量幫大姊夫別挑到最差的了。

在蒙著紅紙的杯子中選了滿滿一杯子醋，塗華生眉頭一皺喝了下去，酸爽得半天都不能說話，等知道後面剩的竟然有一杯辣椒水、一杯苦瓜水，不由得直呼僥倖。

塗家娶長孫媳，排場非常大，也是塗家貨行這幾年發展得好，這是娶親，也是向外界展示自己的一個機會。

三艘大船，整齊地排在碼頭。帶來的迎親隊伍也是精挑細選的，除了媒人、喜婆和塗華生的舅舅，其餘都是一水青壯俊秀的少年，就連開船掌舵的都是挑看上去精神抖擻的，換了藏青色新衣、新鞋，站在船上就讓人感覺到一種氣勢。

而黃家也同樣不含糊，陪嫁流水般地往大船上搬。送嫁的也是從親朋好友、左鄰右舍裡挑出來的年輕力壯小夥子，一人一套深青色新衣、一雙新鞋。

這排場看得四周圍觀的人大呼過癮，不能說有十里紅妝，卻也是從黃家到碼頭排起了一列長長的隊伍。

聘禮是男方實力的證明，證明我有能力照顧你家嬌養的閨女，讓她衣食無憂，讓她從此可以放心為我家開枝散葉、生兒育女，壯大宗族。聘禮越重，說明男方實力越強，對新娘越重視，也有能力照顧新娘，讓娘家人放心。

而陪嫁就是一個女人在夫家立身的資本，讓這個女人可以腰桿挺直，不受夫家的怠慢。你看，你家聘禮挑了六十擔，我家嫁妝就還你六十六擔！

而不是像有些刻薄人家，收了聘禮後，完全不顧姑娘的死活，隨便一、兩床被子、一套新衣，就把新娘打發了。婆婆看見自己花銀子娶回來的媳婦，就帶了兩床被子及一套新衣，怎麼能對這樣的媳婦有多少好感？就算婆婆良善，不搓揉妳，妳總會有用零花錢的時候，不能什麼時候都伸手問夫君或公婆要錢吧？要知道，低頭伸手的次數多了，日後頭再想抬起來就難了。而一個零用錢都靠著向夫君及公婆討要的媳婦，在夫家是沒有什麼地位可言的。

這就是女子嫁人為什麼要聘禮，又為什麼要準備嫁妝的根本原因。只有錢在自己手裡，才是真的用得安心、花得舒心。

從此，這些都是新娘的私房錢。只要黃米有一點腦子，她帶的嫁妝就完全夠她生活，而且能活得很好。更不要說在襄陽府，她和姊妹們還有合夥的鋪子，這是不納入陪嫁中的。

眼見一抬抬嫁妝抬進大船，別說趙大山，就是預備明年和黃桃下聘訂親的張小虎，也不由得感受到了滿滿的壓力。嫁妝多也得聘禮多，並不是說你出一百，別人還你一千，那不叫嫁閨女，那叫倒貼，是個真正的男人都不願意被這麼打臉。看著一抬抬嫁妝，趙大山和張小虎都陷入了沈思，他們開始對未來生活有了更高的期許。

新郎一行人吃完酒席後，並不進閨房，而是由黃德光幾兄弟陪著，喝茶、吃零食、聊天。等到了時間，就出門放一掛鞭炮，意為催妝炮。催妝的鞭炮放得越多、越頻繁，就說明男家對新娘的看中，急著想把新娘子早早帶回家。

這只是個意思，其實船什麼時候到、新娘子什麼時候走、又什麼時候進新郎家的門，都是算好時間的，你放再多的鞭炮，不到吉時，新娘也不會動身。

不管是新娘還是嫁妝，出門都是有時間的，黃米的嫁妝提前上了大船，化好妝、穿好喜服的黃米則安靜地在床上坐著。

這套大紅色的喜服，是黃米姊妹三個聯手設計製作的，就連小黃梨都拿了針線幫忙縫了一道邊。衣服做好，掛在黃米的房間，每一個進來看過的人都深深為它著迷。

大紅色的錦緞，上衣在袖口、衣襬都繡著牡丹圖，然後是翻飛的蝴蝶；衣襟用金銀色絲線繡著吉祥如意紋；下身是八片幅長裙，裙襬上是大朵的牡丹，牡丹上是飛舞的蝴蝶。

整件喜服留紅很多，只在裙襬、衣襬、袖口繡上牡丹與蝴蝶，寓意著家庭和睦、幸福美滿、富貴吉祥。

看見黃米穿好喜服，蓋上蓋頭，嫻靜端坐的樣子，幾乎房間裡每個姑娘都被這樣的新娘和喜服給迷住了。這個效果黃豆很滿意，她更期待黃米一路從塗家大門走進內宅的那一刻。

在黃米出嫁的這一日，襄陽府開了一家「喜嫁」的婚嫁訂製店，店裡所有的婚禮用品都需要訂製，得提前預約，不接受臨時加單。黃米的這一身嫁衣就是「喜嫁」最好的廣告，而黃豆對「喜嫁」訂製的嚴苛要求，不是為了錢，而是為了它的品牌效應。

這家店，不再是黃豆姊妹四個人的私人產業，而是加了黃家大嫂及二嫂的投資。黃豆覺得，一個女子嫁得再好，也是要有娘家做為依靠的。

黃豆很想出去湊個熱鬧，可看著二姊黃桃盯緊她的目光，只能悻悻作罷。不看就不看吧，反正也沒什麼可看的！黃豆這樣安慰自己。

一場婚禮的熱鬧，一直要延續三、四天。

晚上接新娘的船開走後，黃家賓客酒興正濃，黃家五兄弟都喝得面紅耳赤。而黃豆的幾個兄弟，十五歲以上的也都上了酒桌，對於他們來說，十五歲是個分水嶺，表示著已經長大成人，可以準備成家立業了。

喝了酒的趙大山，偷偷溜了出來，讓趙小雨把黃豆叫出來。

趙小雨看著面前喝得面色紅潤、一雙眼睛亮晶晶的大哥，沈默地點了點頭，她好像明白了點什麼。如果真等到黃豆十八歲，那麼就還有四年，想想已經二十一的大哥，趙小雨不禁有點惆悵。

黃桃已經內定給張家肉鋪的張小虎，原本張家心裡想的是今年訂親，娶個新媳婦回家過年，但黃家卻沒答應，只說家裡大姑娘還沒出嫁。雖然姊妹倆出自兩房，不過還是要遵循長幼有序的規矩來，而且家裡閨女還小，父母私心還想留在家裡寵兩年。

張家在南山鎮屬於土豪，賣肉的鋪子、彈棉花的鋪子、打鐵的鋪子，這些鋪子可都是張小虎的叔叔們開的，就連鎮上唯二的衙役都有一個是張小虎的親叔叔。

張小虎是張伯的老來子，平時兩個哥哥在鄉下村裡幫忙收豬，張小虎也不下鄉，也不收豬，宰殺牲口更沒他什麼事。表面上看，這個孩子一無是處，就是個遊手好閒、被家裡寵壞了的主，完全不能和黃家大房的女婿塗華生比。可就這樣的一個孩子，卻是南山鎮的香餑餑，是多少家有閨女的人眼中女婿的上選。主要還是張小虎的叔叔兄弟多，一個南山鎮，錢家是大土豪，張家就是地頭蛇。

而張小虎，自從十三歲第一次吃了黃桃做的紅燒肉後，就立志要把這個做菜好吃的小姑娘娶回家。

黃德磊覺得，張小虎人好心善也沒壞毛病，做他妹夫還算湊合。

黃老三夫妻卻覺得張小虎很好，知根知柢離家又近，張家家境優越，婆婆也是南山鎮有名的和氣人，這樣的人家嫁過去不會受苦。

至於黃桃，她也覺得張小虎好。

既然姊姊都覺得這個不算竹馬的小竹馬還不錯，那麼黃豆還能說什麼呢？

五年前，黃桃嫁張小虎就是高攀，如今黃桃嫁張小虎那叫門當戶對，只是如果再等五年，黃桃嫁張小虎，別人可能就要說黃桃低嫁了。

趙小雨一路想，一路往黃豆家走，她覺得黃豆要真是說給她大哥，那黃家嫁閨女就是一直在降低標準了。她大哥，不管是年齡還是家業，別說和塗華生比了，就是和張小虎比，也差上老大一截啊！

站在後山的趙大山並不能感受到妹妹對他深深的擔憂，他趁著酒興，扯了一根野草叼在嘴裡，仰面躺在一棵歪脖子大樹上。

黃豆走到樹下，伸手，三下五除二就爬了上去，看著月光下的趙大山。「小雨說你找我？」這棵樹就是當初趙大山他們四個離家出海，黃豆送行時爬的那棵樹。

趙大山起身坐好，在靠近樹幹的地方給黃豆留了一個位子。「坐。」

可能是太熟悉的緣故，黃豆很自然地爬過去坐了下來，並沒有樹前月下的浪漫，兩個人太熟悉了，竟然連戀愛的氛圍都感覺不到了。

「豆豆，今天黃米出嫁，妳有什麼想法沒有？」趙大山看見黃豆遞來一個東西，接過來一看，是一根洗乾淨的蘿蔔，不由得一笑，邊啃邊問。

「沒想法啊！」黃豆「呯嚓」一聲，啃了一口蘿蔔，心裡卻在想，別人約會應該沒有這樣一人抱著一根蘿蔔啃的吧？

「就是別人說的十里紅妝什麼的，妳有想過嗎？」趙大山看著啃蘿蔔啃得很歡快的黃豆，小心翼翼地問。

「有啊，不過我爹娘好像沒那麼多錢。」黃豆知道趙大山的意思，故意換個方式回答。

「還有三、四年，我儘量到時候不委屈妳，行不？」趙大山握著手裡的蘿蔔，心裡有點難過。冬天，水果都留不住，鄉下孩子想吃水果沒得吃，能有根蘿蔔啃啃就不錯了。但是，他覺得他的小豆豆不應該是那個啃根蘿蔔就可以滿足的小姑娘，她適合更好的對待。

「你盡力就行，我其實更想旅遊結婚。」黃豆對著後面的黑樹林瞄了瞄，把手中的蘿蔔頭扔了出去。

「什麼叫旅遊結婚？」趙大山已經習慣了黃豆有時會突然說出一些新詞，不懂他就問，這個不丟人。

黃豆歪著頭看了一眼樹下的趙大山，清冷的月光透過樹枝的縫隙照在他身上，有種說不出的帥氣，果然月下看什麼都好看！

「就是，你有一條船，帶著我去世界各地，我們去看山看水看大海，吃各種各樣好吃的，玩各種沒玩過的，體驗各地的風土人情。」

「這個可能要等等，明年春天我們訂的船就可以到手了。如果明年方舟貨行做得好，我儘量在這兩三年內掙錢再買一條船，帶著妳出去玩。」趙大山說到這裡，停頓了一會兒，有點不好意思地說：「如果沒能掙到那麼多錢，我們就租船出去玩，反正我一定會帶妳去妳想去的任何地方，豆豆，妳說行嗎？」

「行啊，那你可要加油喔！」黃豆笑著向趙大山比了比拳頭。

「我想跟我娘坦白，我娘聽說黃寶貴臘月要成婚都慌了，四個人，我最大，然後是妳哥，第三才是妳老叔，結果他跑在我們前面，我娘這兩天一直在我面前嘮叨。」趙大山很無奈，他年紀確實有點大了，再等三、四年，他都屬於老男人了。趙大山不好意思地摸摸腦袋，笑道：「我說，我有喜歡的人了，我娘問是誰，我沒告訴她，她就急了，把黃家灣大小姑娘都猜了一圈，就是沒猜到妳。」

黃豆差點被自己的口水嗆住，難道她很差嗎？黃大娘怎麼對她一點想法都沒有呢？不符合邏輯啊！

「我說都不是，我娘就開始擔心，是不是在外面認識的？她怕我不學好。」

「你有過不學好嗎？」黃豆把臉湊到趙大山的臉旁，好仔細看清楚他的表情，沒注意到自己溫熱的氣息噴到了人家臉上。

「沒有！」趙大山急忙慌亂地擺手。「真……真的沒有！船上那些跑船的常年在外，到碼頭的時候確實會去，不過我沒去過，妳哥和妳老叔他們也沒有！不相信，妳問問他們！」

看著慌亂的趙大山，黃豆不由得有點想笑，這個呆子！「沒有就沒有，你怕什麼？」

「妳二哥的事，我娘說，黃家對兒媳婦都這麼護短，要是黃家的姑爺做錯事，估計就不會這麼簡單，腿都能給打斷了。」趙大山耿直地把他娘說的話都學給黃豆聽。

「那你怕腿被打斷嗎？」說著，黃豆把一隻冰涼的小手放到了趙大山的大腿上。

趙大山驚得差點跳起來，一把抓住黃豆軟軟的小手。

兩個人都不再說話，看著月光下的村莊、房屋、農田和東湖發呆。

第二十八章　黃寶貴的大婚

三朝回門。

一大早，黃大娘就坐不住了，屋裡屋外地轉悠；黃二娘沒閨女，感受不到這種心情；黃四娘的閨女還小，也沒覺得是多大的事。

唯有黃三娘，兩個閨女都不小了，看大嫂擔心的樣子，她也有點揪心了。閨女在家，不管生活再苦、再難，起碼在自己的眼皮子底下，摔疼了有娘抱，委屈了有娘哄，遇見事情有父兄，遇見困難有家人。一旦去了人家家裡，就是別人家的人了，要侍奉公婆、照顧夫君、養育兒女。一個在娘家嬌生慣養了十幾年的小姑娘，一朝嫁人，就要肩負起極多的責任，這樣的轉變太快，只需一日一夜。黃大娘的擔心是每個娘親都會有的過程，婆家的錦衣玉食也不一定能好過娘家的粗茶淡飯。

塗家船來得不遲，甚至對於這一段路途來說還有一點早。巳時過一半，船就停在了碼頭上，一身新衣的塗華生扶著新婚妻子黃米下了船。

得到消息的黃大娘心放下了一半，這說明黃米三朝回門，是受到塗家足夠重視的。

塗華生被大舅哥們接進了堂屋，黃米則被小姊妹們擁著帶回了當初的閨房。

黃德落還沒有成婚，黃德光暫時只有兩個兒子，所以黃米的閨房應該在幾年之內都會替她保留著，讓她回了娘家也不會有人去茶涼、連個歇腳的地方都沒有的失落感。

黃大娘有一肚子話想和閨女說，看著眼前面色紅潤、神態自若，帶著嬌羞表情的黃米，她的心裡就徹底安定了。

黃三娘懂得大嫂的心思，連忙把幾個小丫頭都趕出了房門。「走走走，等會兒再來陪妳們大姊姊，容妳們大伯娘先陪妳們大姊姊說說話。」

屋裡，黃大娘拉著女兒的手，還沒說話眼睛就濕了，害得黃米也淚眼朦朧。

黃三娘一看，急忙走了進去說：「大嫂，妳看妳，得了一個好女婿就高興成這樣，真是讓我嫉妒了！」

跟在後面的黃二娘雖然老實，卻也不是個傻的，也接上話茬。「妳們這是故意的吧？知道我沒有生閨女！再這樣，我可要下手搶了！」說著，走過去一把摟著黃米的肩頭。「傻丫頭，妳知道二嬸有多羨慕妳娘嗎？妳這個貼心的小棉襖，以後也記得暖暖二嬸。」一句話，把黃大娘和黃米都說得破涕為笑。

黃二娘成婚早，十五歲生黃德明的時候是難產，身體就虧空了，等到好不容易生了黃德忠，又大出血，差點連命都丟了。她有了兩個兒子，不說多子多福，也算是給黃家二房留了後代。只是，沒有個閨女，她還是一直很遺憾的。黃家妯娌四個，她是最寵黃米她們的，小時候黃米姊妹闖了禍，就知道去找二嬸，因為二嬸必定會護著她們；村裡來了貨郎，只要去找二嬸，總能得一、兩文錢買糖果。

黃豆對二伯娘的感情來自於那年走山，一場大水沖了農田，爺爺帶著叔伯、爹爹、哥哥他們幾個回家種地，是二伯娘每日不怕辛苦地來回走上幾里路，給他們爺幾個做飯、洗衣，還幫忙下地。一場秋收、秋種結束後，爺爺、叔伯、爹爹和哥哥們都累得不輕，卻還沒瘦脫了形，她看見很多黃家灣的老少爺們都不成人樣了。這都是二伯娘的功勞，可她自己反而累得又黑又瘦，整個人蒼老了許多。

三個小姊妹被黃三娘趕了出來，就轉身去了隔壁二伯家。黃老二夫妻帶著兒子去了大哥家，幫忙招待新女婿，家裡只有許彩霞帶著四個寶貝在玩耍。

那邊人多，四個孩子又小，總喜歡往人中間空處鑽，一不小心就會磕著碰著，許彩霞就把他們帶回家，清出一張床，鋪上被子，讓他們脫了鞋在上面搭積木。

「二嫂。」黃豆邊喊人，邊推了院門走了進去。

許彩霞答應著，穿好鞋走出房門，三個小姑子已經到了堂屋門口。

「進來吧，外面冷。」說著，許彩霞就去拉了黃梨的手，把她們小姊妹往房裡讓。

屋裡的大寶、二寶、三寶聽見黃豆的聲音，已經站起來跳著要下床，四寶也站起身搖搖晃晃地想往床邊走。孩子們很喜歡四個姑姑，最喜歡的就是三姑姑黃豆和四姑姑黃梨，因為三姑姑花樣多、會說故事，而四姑姑有耐心、會陪他們玩積木。

黃梨脫了鞋爬上床，開始陪著四個姪子玩遊戲；黃桃、黃豆和許彩霞則坐在一邊，邊看著孩子邊討論「喜嫁」的事情。

黃米出嫁那天的嫁衣確實驚豔了在場賓客，大家紛紛打聽，這套喜服是如何做出來的？

那天塗華生的喜服其實也是「喜嫁」做的，不過男子的喜服花樣不敢過於花俏，就是為了配合黃米的一身嫁衣而設計的。一開始塗華生穿著去迎親時，大家只覺得塗華生這一身喜服挺好看的，花紋、式樣都不錯，但並沒有太多的感覺。等到塗華生一根大紅綢牽著黃米一路進了塗家大門，兩人並肩站在堂上拜天地的時候，大家驚豔於黃米嫁衣的美麗，也發現了塗華生喜服那種毫不失色的小心機。

「喜嫁」當天就有很多人去圍觀了店裡的樣品嫁衣。

其實，「喜嫁」裡只有三套新娘和新郎的喜服，每三日輪流在店裡展示，這三套各有特點，款式、手法各不相同。

去「喜嫁」訂製喜服的是小眾，它的出現，只是一種品牌效應，讓人感覺出「喜嫁」的高大上而已。因為訂製喜服的價格高昂，一般人家接受不了；而大戶人家都有自己的針線班子，家裡嫁女、娶親的喜服是很少去外面訂製的。

不過，「喜嫁」訂製出來的嫁衣，肯定不是家裡針線班子做出來的可比擬的。

「喜嫁」真正主打的是婚禮用品，一屋子滿滿當當放的都是紅色的婚禮用品，小到一把木梳、一面鏡子，大到一扇屏風、一個子孫桶。

所有的東西，都是精挑細選，或者精心設計的。這家店，黃豆就是想賺有錢人的錢。

看著和黃梨一起玩耍的四個小姪子，黃豆心裡是很高興的。他們出生後，黃家就一天比一天更好，不會忍饑挨餓，不會害怕災荒之年，更不會害怕流離失所之苦。

只要黃家不出大事和意外，他們一輩子做個富家翁是妥妥的了。

許彩霞捧著黃豆帶過來的圖紙仔細詢問著，這裡、那裡，她很仔細，不想有一點點錯誤發生。

看著這樣的二嫂，黃豆心裡驀地有了一點微微的心酸。以前的大嫂是仔細端莊的，而二嫂則是活潑開朗的，但經歷了許秀霞事件後，二嫂一夜之間就變了，她突然變得強勢起來。是她自己主動求到四個小姑子面前，要求她們幫她想想可以做點什麼，她不想再做深宅後院裡那個只知道看孩子、照顧夫君、孝順公婆的女人。「喜嫁」就是二嫂看見黃米的嫁衣製作時提出的，問道可不可以也開這樣一家店，由她和大嫂負責？

對於可以自己自由使錢的小姑們，許彩霞一向是欽佩的。她嫁過來黃家，爹娘沒有苛扣下黃家的聘禮，卻也沒有更多的財物補貼她。她不像大嫂，大嫂娘家還算富足。她娘家窮，婆家卻越來越富裕，因此她想掙了銀錢，以後也幫幫哥嫂，讓他們也能越來越好，不至於讓兩家的差距越來越大，不至於讓爹娘哥嫂來黃家都畏畏縮縮的。

她更希望，通過自己的努力，讓黃家人看得起她這個黃家二房的長媳。她是兩個寶寶的娘親，她是許家的女兒，她要變強大，才能把黃德明和許秀霞害她丟掉的臉面找回來。

只有對枕邊人真正失望的女人，才會這麼要強吧？只有一個母親，為了孩子才會這麼努力吧？黃豆看著這個對夫君、對婚姻不抱有期望，卻努力做好自身的二嫂，她其實是很佩服的。

許彩霞不能和離，因為她有孩子，即使她不管不顧地和離回了許家，她的未來也未必會更好，而黃家給黃德明再娶一房勝過她的妻子，卻是輕而易舉的。

她不能責罰出錯的夫君，還要表現出一個妻子的賢慧和大度，接納他，並且容忍他，因為那不單單是她許彩霞的夫君，還是她兩個兒子的父親，也是黃家二房的長子。

時代賦予一個女人的悲哀，就是在家從父，出嫁從夫，夫死從子。

黃豆自問，即使把她換到許彩霞的位置上，她也無能為力，甚至未必如許彩霞做的好。唯一值得慶幸的是，她有一個發展趨勢足夠強大的娘家。即使有一天她遭遇了和許彩霞一樣的背叛，她起碼還有一個娘家可以依靠。

黃寶貴的婚事定於十二月初八，黃米回門的鞭炮聲剛剛落下，黃家又開始籌備起黃寶貴的婚禮。

王大妮的喜服是自己繡的，黃豆並沒有去指手畫腳要做什麼。她有她的底限，姊妹們是一回事，朋友則是一回事。如果王大妮拿她當閨密，自然會拖著她一起討論要怎麼繡嫁衣，甚至感情好的姊妹閨密，也會幫忙一起繡嫁衣。王大妮沒有姊妹，她來到南山鎮後，最好的朋友就是趙小雨和黃豆。

可能是因為黃寶貴的關係，王大妮對趙小雨是越走越近，對黃豆卻是慢慢疏遠了。

黃豆很能理解她的心情，以後，她就是黃豆的小嬸嬸、是長輩，可她受過黃豆的幫助，因此她會有一種「低黃豆一頭」的感覺。她若嫁給任何人，她都能和黃豆一直做著閨中密友，唯有嫁到黃家來，她就有一種底氣不足的感覺。她其實是怕的吧，怕黃豆心裡看不起她。只能說，王大妮和黃豆生活的環境不一樣，所以黃豆能理解她的左右為難。她要把黃豆當朋友一樣看待，黃豆就當她是朋友；她要做長輩，黃豆就尊她為長輩。這個對黃豆來說，其實一點都不難。

十二月初七的下午，趙小雨和黃桃姊妹三個一起去給王大妮添妝。趙小雨送的是自己繡的一對荷包；黃桃送的也是一對自己繡的荷包，不過荷包裡各塞了一個一兩的小銀錠子；黃豆送的是一對銀製的簪子；黃梨年紀小，東西是黃四娘準備的，一塊桃粉色的衣料。

王大妮以後畢竟是要做她們姊妹老嬸的人，所以她們姊妹送的東西就要適當地貴重些。村裡大部分的小姑娘都送繡帕和鞋墊，反正都是自己手工做的。

大家一起嘰嘰喳喳的說笑一會兒就回家了，王家沒有替這些姑娘們準備飯菜，她們也不會死皮賴臉地在這裡賴一頓飯的。

反而是黃家姊妹三個被王大妮的娘拉著，說了半天的話，最後還是黃桃藉口家裡有事，才脫了身。

走在路上，看著路邊玩耍的孩童、奔跑的家禽，黃桃突然說了一句。「其實，王大妮也挺可憐的。」

黃豆聽了只是微微一笑，她覺得自己是屬於那種很冷情的人，什麼都看得很明白，所以就不願意輕易付出。「可憐之人，必有可恨之處吧？」

王重陽的家底一般，所以黃家商量好的聘禮並不算高，卻又高於黃德光及黃德明娶妻的時候。在南山鎮一般人家來說，那是高的；與塗華生聘黃米來比，那是低多了。

這是沒辦法的事情，男方聘禮高，也是看女方實力的。依王重陽兩口子寵兒子的架勢，王大妮的聘禮再高，她也帶不回來多少，反而讓她以後在婆家難做人。

而據媒人來說，黃家去的聘禮，王重陽家能有三分之一價值的嫁妝過來就不錯了。這還是王大妮據理力爭，王重陽怕得罪黃家太狠，以後在黃港不好做人，才做出的讓步。

黃桃曾經偷偷對黃豆說過，王重陽兩口子肯定知道黃寶貴對王大妮的承諾，不然他們不會容忍王大妮在家拖成個老姑娘的。

能嫁給黃家的老兒子，這是一件多麼划算的買賣。別說等個三五年，就是等個十年八年，即使黃寶貴回不來了，他家也完全可以把閨女送進黃家，說是替黃寶貴守著！黃老漢能怎麼樣？說不定，上頭還要賜她一座貞潔牌坊呢！

何況，王大妮一直在碼頭做小買賣，掙的錢都補貼了王家，她遲嫁幾年，掙得越多，補貼王家的就越多。

二姊黃桃都明白的道理，黃家不可能不明白。只是黃寶貴喜歡，王大妮也不差，她即使以後做了「扶弟魔」，只要不過分，相信爺爺也不會管太多的。

黃寶貴大婚，黃米回了娘家，直接和小姊妹一起去了黃豆的閨房。黃老四家是做菜擺席面的地方，黃豆家離四叔家最近，只在屋裡擺了兩桌席面，其餘所有的席面都擺在四房和五房的門口。

黃豆家的兩桌席面，就是姊妹幾個陪著黃家的大姑奶奶黃米，並家裡親眷家來的幾個未嫁小姑娘。大家擠擠挨挨地坐了兩桌，就連四個寶也是一個姑姑照顧一個地帶上桌子。

「大姑，四寶要吃肉！」

「二姑，三寶要喝雞湯！」

「三姑，妳嚐嚐二寶的魚湯！」

「四姑，我不要吃青菜……」

一桌子都是孩子的聲音，有四個小姑子看孩子，黃家兩個嫂子都很放心。

這邊吃得熱鬧，那邊黃家酒席上卻因為錢家送來了賀禮而掀起了高潮。

錢家不但送來了大手筆的賀禮，隨著賀禮而來的還不是錢家隨便一個管事的，而是錢家未來的當家人，錢多多和親妹子錢滿滿。

這麼多年來，錢老太太管理錢家，卻因為是女眷，又是寡居，很多事情都不方便出面，而錢多多的爹從小身體不好，一直在襄陽府調養，不問世事，所以錢家大小事物都是幾個管事出面，管事的等級越高，越能證明錢家對這件事情的看重程度。

這次黃寶貴娶妻，錢家來的卻是未來家主錢多多，以及和錢多多一娘所生的妹子錢滿滿，這就是說，通家之好也不過如此了。

大家紛紛猜測，是不是因為當年黃老漢救了錢多多的爹，錢家這次是報恩來了？只有黃老漢心裡清楚得很，不是這個原因。

當初他帶回錢多多的爹，只是因為只剩下他們兩個活人，而錢多多的爹還是少主，他一個錢家雇傭的長工怎麼能拋下少主不顧？他帶回了少主後，收到的報償已經非常豐厚，那份人情也已經一筆勾銷了。

錢滿滿很快被領到了黃豆這邊的席面上，席面剛開始，錢滿滿也不客氣，在黃豆身邊擠出來的位置邊坐了下來。

黃豆很喜歡錢滿滿這個小姑娘，她家有錢，卻一點都沒有有錢人家大小姐的嬌氣，是個心腸軟、脾氣好又沒有心機的好姑娘。

看見錢滿滿這麼不見外地和黃豆坐在一起，邊吃邊說話，幾個親眷莊子上的小姑娘都羨慕得很。黃豆真是好命，黃家買了這麼一大片地，大姊嫁得好，二姊說的人家也好，而她竟然還和南山鎮最大的富戶錢家小姐是閨中好友。

吃了飯後，大部分的小姑娘就告辭離去，錢滿滿和趙小雨卻留了下來，一起和黃豆姊妹在屋子裡聊天、喝茶、吃點心及瓜子。

等到錢滿滿要走了，黃豆送她出村，看著在前面假裝若無其事的哥哥時，錢滿滿才偷偷對黃豆說出他們兄妹的來意——錢家想和黃家結兩姓之好，這次來是先給黃家透露個風聲的。也就是說，錢多多這個錢家未來的家主，想娶黃豆！

看著前面已經變得身材修長、文質彬彬的錢多多，黃豆被雷得外焦裡黑。她和錢多多？這是她從來都沒有想過的事情！

看著遠去的錢家兄妹倆，和緊跟在他們身後的兩個管事，黃豆只覺得滿心苦澀。

錢多多很好，可是錢家不適合她。

她在黃家費心費力地做這做那，是因為她需要生存，想吃飽還想吃好，更想有個有力點的依靠。但嫁入錢家，做一家主母，太勞心勞力了，這不是她想要的生活。

可她不想要，黃家未必不想要。錢多多和趙大山比，傻子都會選錢多多而不是趙大山。

第二十九章　倔強任性的人

當天晚上，黃家就開了一場緊急家庭會議，會議重點就是關於錢家想和黃家結親的事。錢家大管事在黃老漢面前透出結親口風，並暗示黃老漢，如果黃家沒有意見，那麼就可以先訂親，錢家再等黃豆兩、三年都可以。

錢家是急著開枝散葉的，卻能提出再等已經十四的黃豆兩、三年，可見其誠意。別說黃老漢對錢家很滿意，就是黃老三和媳婦黃三娘也很滿意。錢多多這個孩子偶爾會陪著錢滿滿來找黃豆，是個知事且懂理的孩子，只要他不敗家，錢家的家產就足夠他生活幾代子孫有餘。

而黃豆嫁過去，即便錢多多再平庸，以黃豆的能力也能把錢家帶出一條康莊大道來。說不定，黃豆就是錢家的第二個宋蘭娘。

如果錢家和黃家結親，那麼南山碼頭就有可能會和黃港碼頭連到一起，這整個南山鎮勢必就會納入兩家的羽翼之下，這對錢家和黃家來說是好事，對有的人卻未必。

而這件事情，表面上看，黃家的利益要大於錢家。

好在黃老漢很清醒，他知道三孫女是個心裡有主意的，所以才在錢家透露出想結親的口風中穩住了。

會議幾乎是一面倒地覺得這門親事能說，至於黃豆，應該也沒問題，不過還是要問問，畢竟這是個有主意的孩子，你不問她就作主，誰知道已十四、五歲年齡的她會不會突然想叛逆一下呢？

黃德磊去叫黃豆，路上黃德磊看了黃豆幾眼，欲言又止，最後快到大伯家院門口的時候，才拉著黃豆站住腳步，認真地說了一句。「豆豆，按妳想的去做，不要顧及他人，妳活得開心才是最重要的。」

看著比她高了大半個頭的哥哥，黃豆說不感動是假的，她只是看著黃德磊，點了點頭。「我知道，哥，沒事。」

黃德磊拍拍黃豆的肩，如果豆豆是男孩多好？他們兄弟同心，就沒有什麼扛不過去的事情。可惜小弟還小，而豆豆卻太懂事。黃德磊很怕，黃豆的過於懂事，反而會害了她自己。如果自己再大一點、實力再強一點，那麼自己是不是更能夠保護好弟弟和妹妹，讓他們可以自由地選擇自己想要的人生呢？

這是黃德磊第一次深刻地感受到對金錢和能力的渴望。

堂屋的門敞開著，燈光照在門口的一片地上，其餘地方都是黑乎乎的。這並不影響黃豆的視線，她只要盯著前面那團光走，就沒有錯。

堂屋裡坐著爺爺和奶奶、大伯和大伯娘、二伯和二伯娘、黃豆的爹娘、四叔和四嬸，還有黃德光、黃德明和站在黃豆身後的黃德磊。

全家重要人員唯有老叔缺席了，畢竟今天是老叔大婚的日子。

大家都把目光看向從門口黑暗處走進來的小姑娘。

十四歲的黃豆大概有一百六左右，身材圓潤，雙目明亮，臉上還帶有一點稚氣的嬰兒肥。新衣裙已經換了下來，穿著最簡單的棉衣及棉裙。白天梳的雙丫髻也已經拆了，只編著一條黑黝黝的大辮子垂在身後，頭上竟是連珠花也無一朵。即使這樣，黃豆也是漂亮的，唇角上翹，未語先笑，明亮的眼睛裡面好像有星星在閃耀。

「豆豆，過來，到奶奶這裡來。」黃奶奶伸手向黃豆招了招。

黃豆也不客氣，笑吟吟地走了過去，在黃奶奶腳邊蹲下，仰著頭看向黃老漢問：「爺爺、奶奶，叫我有什麼事情嗎？」

「錢家今天送來賀禮，並且提出如果我們家沒有意見，錢多多想和妳在明年春天訂親。這件事情，妳怎麼看？」黃老漢先開了口。

「爺爺的意思呢？」黃豆仍然蹲著，仰頭望著黃老漢，像個乖巧聽話的孩子。

「我和妳叔伯商量了一下，錢家還不錯，而錢多多也是個好孩子。實話說，以家世來看，這樣的人家，我們黃家有點高攀了。不過爺爺覺得，我們豆豆配得上，並不是高攀。」黃老漢用大拇指摩挲著手中枴杖的蛇頭，這根枴杖還是豆豆從東央郡給他帶回來的呢！他已經六十多歲了，雖然身體硬朗，卻因為早年在海裡受過寒，腿腳早有不便。現在的他，也已經到花甲之年了，不知道還能活多少年，還能看著這一大家子走多遠。

「我不想嫁錢家，也不想嫁錢多多。」黃豆緩緩站起身，很堅定地表達了自己的意見。

「為什麼？」黃老大忍不住問。「錢家不說在南山鎮，就是在襄陽府也是排得上號的。而且錢多多也是個不錯的孩子，知書達禮，溫文爾雅。」

黃老大算是問出了大部分人的想法。

「大伯，齊大非偶，錢多多與我並不合適。」黃豆看著黃老大，認真地說：「我也不想嫁入高門大戶，我只想找個樸實的人家，可以夫妻相守，安貧樂道就行。」

「豆豆！」黃三娘看著一臉倔強的女兒，不由得皺眉責備地叫了她一聲。

她雖是一個母親，但黃豆從小就很少讓人操心，也一直跟著黃寶貴玩，不怎麼歸家，加之黃老漢一直寵著黃豆，基本上黃豆都是他們在管，所以對於黃豆，她基本上沒操心過。就好像她生了一個孩子，但根本沒有看管過，她自己就長大了。如果不是很確定黃豆是她自己親生的，是她哺乳十個月長大的，她都要懷疑這個孩子是不是自己的孩子了。

「爹、娘，我不想嫁錢家，也不想嫁錢多多。我希望我的婚姻，我自己能作主。」黃豆正色地看向黃老三夫妻。

「豆豆，妳這說的什麼話？婚姻大事，向來是父母之命、媒妁之言，豈能讓妳自己作主？妳懂什麼！」黃三娘急了，不由得拔高了聲音。

「豆豆，妳是不是把錢家看得太高了？錢家在南山鎮雖然是首富，但也不是他家一家獨大。如果錢家的當家人不死，發展到現在，可能我們確實有點高攀了。可是現在，妳看我們黃家，發展得也不差，而且我們家子孫滿堂，以後只會更好。」黃老四看出三嫂的怒氣，連忙把話題拉扯回來。他知道黃豆的性格，就是個刺毛驢仔，順毛摸沒事，刺著來，她一定尥蹶子。

黃老四這句話說的確實沒錯，現在的黃家和錢家比還是差點，但是黃家有人，子孫多，發展就快。而錢家只有一個錢多多，子孫不旺，一個人的精力總是有限的。

不過，大家只看見錢家子孫不旺，及黃豆嫁過去的好處，認為只要她能為錢多多生兩個以上的兒子，那麼黃豆就是錢家的大功臣，畢竟錢家可是已經整整三代都是千畝地裡一棵獨苗了！然而，他們卻忽略了黃豆嫁入錢家後的壓力。

錢家是先有錢大富，後有錢大富的遺孀宋蘭娘，才有今天的。而他們倆唯一的兒子、錢多多的爹，第一次跟著出海後差點連命都丟了，好不容易逃回來，能生個錢多多替錢家傳宗接代，就算已經盡到了責任。但錢多多不一樣，他的祖母年歲已高，他以後是要擔負起錢家重擔的人。

宋蘭娘完全可以給錢多多娶一個高門大戶的女兒，整合雙方的優質資源，使錢家再上一個臺階，那她為什麼同意錢多多求娶黃豆？因為錢多多喜歡？不，如果黃豆這麼認為，並且覺得感動，那麼黃豆就根本不配被錢家看中。

錢家若認真去瞭解黃家的發展史，很輕而易舉就能知道黃豆在裡面的作用。這樣一個小姑娘，今年不過十四歲，卻把一個黃家從莊戶人家推到了南山鎮人的前面。

黃家出產的優質稻種，別說襄陽府、東央郡，就是全國大部分範圍內都知道南山鎮有良種。而黃家還在開發麥種，打算這兩年把麥種的產量提上去。如果黃家的麥種和稻種一樣，都能創出高產紀錄，那麼黃家更會一躍而起，成為種糧方面最有話語權的人。

一種良種的產量提高，可以說是黃家運氣好，那麼兩種以上的良種產量提高，只能說明，黃家確實有這個實力。

黃家出多少良種，錢家並不介意，反而南山碼頭會因為黃家的良種更加繁華起來。但是，現在黃家卻有了黃港碼頭！雖然它現在停靠的船隻還是寥寥無幾，不過隨著黃家良種的名聲大振，任其發展的話，黃港碼頭遲早會有替代南山碼頭的可能。

這樣的人家，就在南山鎮，就在錢家的地盤上，宋蘭娘感覺到了深深的威脅。如果當初錢大富多幾個兄弟，或者她宋蘭娘能多生幾個兒子，人多心齊，那塊土地一定早早地進入錢家眼中，而不是讓黃家後來居上。

黃家同意結親，那麼錢家就可以要求黃家在黃豆的陪嫁中分一部分黃港碼頭的利益，比如可以建倉庫的地皮。以黃豆的聰慧，她不會不要，畢竟娘家再好，還能勝過自己兒女的利益？而只要錢家提，黃家大半也拒絕不了。即使不去算黃豆對黃家的貢獻，光是錢家能提出要倉庫地皮，就足夠說明錢家想拉黃家一把，順勢把黃港碼頭帶動起來，這個黃家就完全拒絕不了。

如果黃家拒婚，那麼宋蘭娘只能說很遺憾。臥榻之側，豈容他人酣睡？

「四叔，我沒有把錢家看得很高，我只是表達我自己的意思而已。我不想嫁進錢家，不想嫁錢多多。」這是黃豆第三遍提出她不想嫁錢家，也不想嫁錢多多。

「嗯，四叔知道了。」黃老四點點頭，不再說話。

他沒說，黃老三卻說了。「爹，豆豆既然不想嫁，那就推了吧？反正豆豆還小，再等幾年再說。」

黃老漢還沒回答，黃三娘卻急了！「什麼叫還小？也就是我們家寵姑娘，想多留兩年，誰家的姑娘不是十四、五歲就出嫁了？這件事情，我們還是好好商議一下，豆豆還是個孩子，不能由著她的性子來，她懂什麼？」

黃豆低著頭，看著腳尖下一小塊燈光照不到的陰影，不說話。她覺得她已經表達得夠清楚了，至於他們怎麼想，那是他們的事情。

「老三媳婦，豆豆確實還小，等兩年再說親也不遲。」黃老漢說著，又轉向黃豆。「豆豆，爺爺覺得今天這件事先不用下結論，妳回去再好好想想。妳還小，確實不急，何況這畢竟是關乎妳一輩子的大事。」說著頓了頓，又喊了黃德磊。「德磊，你送豆豆回去吧。你就別再過來了，今天大家都累了，都回家洗洗睡覺吧。」

黃豆點了點頭，跟在黃德磊身後往屋外走。走出堂屋，走進了院子裡的黑暗中，堂屋的燈光一下子就消失在身後，外面真冷啊！

黃德磊站住腳步，等黃豆走過來，伸手拽著黃豆的胳膊。「看著點路，小心摔了。」

任由哥哥拽著胳膊，黃豆沒有說話，只是把雙臂伸過去摟住哥哥的一隻胳膊，緊緊地抱著。

黃德磊整個人有點僵硬，妹妹從小就像個大孩子，從來沒有對自己這樣親密過，他一時竟然有點不習慣了。不過到底是親妹妹，黃德磊走兩步也適應了，任由她把大半身子的重量都賴在他身上。如果不是怕人撞見，他很想蹲下身子，讓妹妹爬到他背上，揹著她走。

妹妹還是個孩子，她已經做得很好了。兄妹倆就這樣走回了家。

黃桃和黃德儀還沒有睡，在堂屋裡來回走著。

看見黃德磊拖著黃豆回來，黃桃急忙走出來問：「怎麼樣？」

「什麼怎麼樣？」黃豆放下黃德磊的胳膊，走過去把冰涼的手往黃德儀的脖子裡塞。

「哇，好暖和！」

黃德儀又叫又跳，拍打著想躲開三姊冰涼的手。

「妳和那個……那個他家少爺的親事啊！」當著黃德儀的面，黃桃不好提錢家，怕小孩子嘴上沒個把門的，出去混說就不好了。

「我沒答應。」黃豆把伸進黃德儀脖子裡面的手掏了出來，果然暖和多了。

「娘怎麼說？」不得不說，黃桃比黃豆大兩歲，也比黃豆多瞭解黃三娘一點。這樣的人家，黃三娘沒有什麼不滿意的。就像當初張小虎來提親，如果不是黃桃自己願意，可能黃三娘也會不管不顧地擅自答應下來。

黃三娘是個好娘親，但是，她也有她的人性缺點，她總是用她自以為的方式來決定兒女們的生活，就像她常在黃桃和黃豆面前說的一句話一樣——我是為妳好。

可黃豆最怕的就是這句。最親的人，打著為妳好的旗幟，來決定妳的人生。

「娘是願意的吧。」黃豆無所謂地攤攤手，轉向黃德儀。「你趕緊睡覺去，小心長不高。」

黃德磊帶著黃德儀往他房裡走，弟弟還小，有些話確實不方便在他面前討論。

黃德儀走到房門口時站住，突然回頭道：「三姊，妳不願意就不嫁，等我長大了，我養妳。」

「哪都有你的事！」黃德磊說著，一巴掌拍在他的腦袋上。「趕緊進去睡覺，這些事還輪不到你管！」

心不甘、情不願的黃德儀在哥哥的監視下脫了衣服上床睡覺了，到底是小孩子，今天也瘋累了，躺下沒一會兒就睡著。

黃德磊看著弟弟的小臉，不由得有點好笑，順手幫他壓一壓被子就走了出去。「妳們姊妹倆也睡覺去吧，估計爹娘一時半會兒也不會回來。我也要去睡覺，今天一天累壞了。」說著，黃德磊打了個哈欠，伸了個懶腰，去灶房打水，準備洗漱後睡覺了。

心大的黃豆也很快睡著了，只有黃桃和黃德磊躺在床上輾轉難眠。

過了大概一個多時辰，院門推開，黃老三夫妻回來了。

黃桃聽見爹的腳步聲，以及娘壓低音量的說話聲。

再過了一會兒，夜又安靜了下來。

黃德磊以為自己會一夜睡不著覺，結果等家裡徹底安靜下來後，他慢慢地也睡著了，一覺睡到天大亮，還是黃德儀醒來跑到他的房間，把他給吵醒了。

兄妹四個的早飯很簡單，稀飯、蔥油餅、青椒炒蛋。

「你們要不要去東央郡玩？過兩天我要過去，你們若想去的話，我和爹娘說。」黃德磊吃得有點飽了，還是忍不住又撕了一小塊蔥油餅放在嘴裡細細嚼。

「好啊！我們把弟弟帶著，讓他也開心開心，剛好私塾也放假了。」黃豆沒意見。

黃桃也沒意見。

吃了飯後，兄妹四人往老叔家走去，中間路過四叔家，黃梨聽見姊姊們的說話聲，從窗口伸出腦袋來。

「三哥早、二姊早、三姊早！你們等我一起！」說著，從屋裡「噔噔噔」地跑了出來，後面還跟著黃德禮。黃梨偷偷扯扯黃豆的衣襬，問道：「三姊，妳要和錢多多訂親嗎？」

「沒有的事。」黃豆笑著拉住了她的手。

「喔！今天早上我娘對我爹說的，娘說嫁給有錢人家未必好，何況錢家子孫不旺，假如以後豆豆子息不豐，錢家肯定要納妾……」可能說到納妾，黃梨也覺得這話不適合她學舌，後面的話就嘟嘟囔囔地嚥了下去。

「沒這回事，這些妳別管。妳等會兒記得叫老嬸，別再叫大妮姊了。」黃豆看見老叔家大門在望，便拉了拉黃梨，示意她別叫錯人。

黃德磊帶著黃德儀去找黃德禮了，黃桃則領著兩個妹妹去見老嬸。

新娘子正在廚房收拾著碗筷，今天是新婦第一天，是要洗手做羹湯侍奉公婆的。王大妮自小就做家務，這些難不倒她，又有幾個嫂子幫忙，一大家子的飯食很快就做好了。

等大家都吃完飯後，她又捲起袖子來收拾了。

黃老漢和黃奶奶準備等媳婦三朝回門後再搬去大兒子家。

原本黃寶貴一直覺得爹娘會和他過一輩子，老了也會靠著他。可黃老漢還是執意要等黃寶貴成婚後就搬走。

黃老漢覺得他已經老了，這幾年腿腳大不如前，跟著大兒子過是村裡的規矩，他不能因為寵愛小兒子就壞了規矩，讓大兒子遭人指責。

黃豆沒有像往常一樣，一來就去黃老漢和黃奶奶的屋裡轉一圈。她和黃桃、黃梨站在一起，等著王大妮忙完，姊妹三個才過去見禮，叫了一聲「老嬸」。

王大妮微微有點尷尬，可還是脆生生地答應了，並且給她們一人拿了一個荷包。

普通的繡花荷包，應該是王大妮自己做的。拿了荷包就算見了禮，姊妹三個又往回走。

今天家裡還會有賓客，未嫁的姑娘不適合在這邊拋頭露面。

路上黃梨打開荷包，從裡面掏出一個小銀錠子，忍不住發出驚嘆。「還有這個呀！」這是榮寶軒的銀錠子，是黃豆幫老叔換的，備著成婚的時候好送人，大概是老叔讓王大妮添置的吧！

第三十章　獨木不能成樹林

下午，趁著黃老三和黃三娘都在家，黃德磊乘機提出，過兩天他要去東央郡，想把弟弟、妹妹帶過去一起玩幾天，年前再趕回來的提議。

「不行不行！她們都走了，家裡這一攤子事情誰做？你可別寵得他們姊弟三個不知天高地厚！誰家十幾歲的姑娘還天天往外跑的？」黃三娘一直搖頭。

「就是因為姑娘已經十幾歲了，在我們身邊也待不了多久，難得德磊想帶他們仨出去玩，妳就別攔著了。等德磊成婚，閨女也都出嫁後，他們兄妹就沒法這麼親近了。」黃老三覺得媳婦有點不一樣了，這兩天脾氣不小。

因為黃豆不答應錢家的親事，黃三娘一直窩著一肚子火。她覺得黃豆的不懂事就是黃老漢寵出來的，誰家閨女不是聽爹娘的？只有她家，黃桃還好，自小聽話懂事；小閨女黃豆簡直能上天！跑到襄陽府去開鋪子，開一間還不滿足，接二連三地開。剛開始黃三娘也覺得很驕傲：看我家閨女多能幹，十幾歲的小姑娘都能開鋪子，一個月掙的銀錢夠一家人掙幾年的！走在路上，黃三娘覺得腰桿子都比別人直。現在好了，能幹過頭了，婚姻大事都敢自己作主說不了！

黃三娘在那邊絮絮叨叨地說，黃老三索性撒手就走。隨便妳說吧，我還是去做事的好。

黃德磊就聽著。他的脾氣像他爹，軟和、沒脾氣，耐心還很好。他既不反駁黃三娘，也不附和她，就是那種「妳說，我聽著呢，妳說多久我都不煩」的態度。

如果是以前，黃豆也許還會死皮賴臉地去磨，可是現在，她一點都不想這樣做。她不想去抱著黃三娘的胳膊撒嬌，也不想去找黃老漢或黃奶奶撒嬌，她好像一下子進入了叛逆期一樣。

看見這樣的黃豆，黃德磊和黃桃越發擔心，他們覺得越乖的孩子，爆發起來就越容易極端。所以這趟東央郡之行，必須去，而且必須讓黃豆去了後開開心心地玩到過年，把不開心的事情都忘記了再回來。

最後，黃三娘還是磨不過大兒子，答應了。

自從黃德磊從海上歸來後，黃三娘就不再把他當小孩子看了。這個兒子是她的第一個孩子，又是長子，她對黃德磊的在乎，現在甚至要高於黃老三的位置。

黃德儀深怕爹娘把他留了下來，不讓他去東央郡，心裡惴惴不安了兩三天。等十二月十二這天，終於上了船，他的一顆心才完全放了下來，高興地拉著黃德落的胳膊，非要四哥帶他去甲板上走走。

黃德落沒辦法，給他加了一件黃德磊的大棉襖，帶他出去跑了一圈，凍得哆哆嗦嗦地回來後，這才窩在船艙裡，再也不肯出去了。

船上確實很不方便，想喝口熱水都很麻煩，更別說吃食，只能勉強啃幾口餅子，喝幾口帶過來的溫水。

到了岸邊，遠遠就看見趙大山站在碼頭邊翹首以盼，看見黃德磊一行人立刻眉開眼笑。黃德落都覺得奇怪。「趙大山這是怎麼了？這麼盼望著我們到來嗎？難道貨行生意太好，他忙不過來？」

還是黃德磊說了句公道話。「他一個人，做著我們四個人的事情，能不忙嗎？換做我，看見來人了也很高興。」

初九一大早，趙大山就乘船提前來了東央郡。因為黃寶貴成婚，四個合夥人都趕了回去，趙大山是婚禮當天下午到的，第二天一早就又走了。實在是東央郡這邊走不開，不能連一個管事的都沒有。黃德磊和黃德落不好立刻趕過來，只能等黃寶貴三朝回門後才走。

趙大山領著眾人去了酒樓，是早早預備好的羊肉鍋和牛肉鍋，怕黃桃不吃牛羊肉，還特意煲了鴨湯。

其實黃桃牛肉也吃，羊肉也吃，就是從來不吃鴨子。她覺得鴨子腥氣，吃了還油膩。一開始黃桃也不吃羊肉的，可黃豆喜歡，逼著黃桃做羊肉湯，逼著她喝羊奶，慢慢吃習慣了，後來竟然喜歡得很。

就連黃米，出嫁回門時還特意從家裡帶了隻奶山羊回去，說天天喝羊奶習慣了，去了塗家沒羊奶喝，感覺不習慣。

眾人吃飽喝足後，雇了一輛車回了方舟貨行。貨行後面的院子早早裝修好了，黃德磊四個人各有各的房間，還有兩間客房，備著來客用。

現在黃桃姊妹倆來也方便，黃豆和黃桃就住進黃德磊的屋子，黃德磊帶著弟弟黃德儀住了老叔的屋子。

最高興的應該是趙大山，知道黃德磊帶著黃豆姊弟來，他簡直高興壞了。就連灶房也是佈置得整整齊齊，什麼東西都不缺，點上火就可以做飯。

一路上，就忙著給他們買東央郡的各種名產吃，還抱著黃德儀出去買了一堆零嘴回來。

當天晚上就開始落雪了，兩天後河面也開始結冰，把黃德儀歡喜得不得了，連說：「幸虧走得早，要是遲一天就被攔在家裡出不來了！」

黃德磊也感覺到慶幸，他心裡覺得要把黃豆帶出來，不能讓她在家聽娘親嘮叨，他不怕他親娘會做點什麼，就怕親娘把黃豆嘮叨急了，黃豆會不管不顧地做出什麼。

雪下得不大，貨行生意卻不清淡，眼看就要過年了，附近的居民、七鄉八鎮手裡有閒錢的人都往東央郡裡趕，買了年貨好過年。

黃德磊和黃德落一來，趙大山的負擔立刻輕鬆多了。

黃豆和黃德儀也換了衣服跑去前面幫忙，黃桃不方便去前面，就在後面幫他們幾個做飯、收拾屋子。

貨行前期行銷做得好，活動又多，過年出了一批特價的商品，一傳十、十傳百，人氣竟然一天比一天旺。買貨的有，閒逛的也有，甚至那種小偷小摸的都多了起來。

趙大山最忙，他帶著兩、三個身手好的，一直在貨行做安保工作。剛開業那天，趙大山一口氣就抓到五、六個手腳不乾淨的。這樣的人都是有組織的，也是各行各會派來打底試探的。抓了人，趙大山也不吭聲，直接把人推到後院鎖了起來。等晚上道上的人來要人的時候，趙大山漫不經心地露了兩手，東央郡的各行各會、三教九流心裡便都有了數，這家方舟貨行是有來頭的。

有眼睛的人都看得見，店鋪剛買下來，只用了大半個月就裝修好。一艘艘貨船開始往方舟貨行送貨，附近叫得上名的船商也都和方舟有往來。接著兩個月不到，一家超大的貨行開業，吃的、玩的、用的，各種各樣、分行分區，進去的人自己自由挑選，集中付費。

一般店也是由客人自由挑選，但是貨品這麼多、種類這麼全、貨行占地這麼大的並不多見，而且店員服務的方式和模式也有很多不同。

剛開始大家覺得新奇，進去轉了一圈後都覺得很方便，有一種逛街的感覺，而且貨品價格合理，運氣好還能碰到一、兩樣打折商品，這就很划算了。

也會有小偷小摸，不過很少，過道兩頭都有員工，負責接待和服務，也兼顧著看管。如果偷東西被抓住，貨款十倍的懲罰也不是吃素的，你可以選擇見官或者罰款。

看見這樣的情形，東央郡商會的人大部分都以為這家方舟貨行背後肯定有大老闆，而輪流在店裡的這四個年輕人，應該是幕後老闆推出來的手下。因為弄不清楚底細，誰也不敢出頭，派了幾個蟹兵蝦將過來搗亂也被趙大山給制伏了，於是大家都把一顆蠢蠢欲動的心按捺了下去。

如果可以這樣忙碌下去，黃豆是寧願不回去過年的。只是不回去過年也不行，如果不回去，就怕以後姊弟三個誰也別想再來東央郡住段時日了。

趙大山、黃德磊兩人和黃德落商量，商行開到年二十九中午，員工盤點整理後，二十九晚上下工，黃德落在這裡看管。而趙大山和黃德磊，二十六就帶著黃桃姊弟先回家。

以後過年四個人實行輪流制，留一個人在這裡看店。

另外留四個安保人員輪流值守，過年期間工資加倍。主要是防火防盜，不過東央郡的治安很好，屬於路不拾遺、夜不閉戶的那種，這也是黃德磊四人敢跑這麼遠來開貨行的理由。

東央郡的交通不錯，又因為是誠王爺的封地，當地官員更是大力發展治安和商貿，這才沒幾年，就將東央郡治理得井井有條。

商量好後，趙大山幾個就安心在貨行忙碌，而黃桃姊弟三個天天去東央郡逛街購物。

東央郡的繁華不是任何地方可比擬的，有時候一條街，就夠姊弟三人逛一天的。東央郡的主街道，更是逛了兩三天還是回味無窮。

開始都是買買買，後來冷靜下來，再出去就是看看看、吃吃吃。最後黃德儀實在逛夠了，死活不肯陪她們了，寧願陪著哥哥去貨行幫忙。

兩個小姑娘逛街，後面跟著個店裡打掃的阿姨拿東西，注意一下安全問題就行。剛開始兩三天，黃德磊、黃德落或者趙大山還會輪流跟著，後來實在是東央郡治安太好，貨行生意又忙，乾脆三個都不管了，派個身強力壯的阿姨跟著就行。

東央郡真是個好地方啊！黃豆有一種乾脆搬家來這裡的想法，不過她只能想想，除非等嫁人，不然是不可能的。

黃桃也覺得，東央郡確實不錯。大街上每日有人清掃，有巡捕來回巡邏，小攤、小販井然有序，商鋪、酒店招牌林立，船行碼頭來來往往，熱鬧繁華。

兩個小姑娘帶著一個小頑童，一天逛下來，最大的感觸就是安全感和東央郡的衛生狀況。襄陽府和南山鎮都屬於東央郡的管轄範圍，上行下效，治安和衛生管理也非常不錯，但與東央郡相比還是差了很大的距離。

每天，天矇矇亮，東央郡的居民還在熟睡時，就有早起的清掃人員開始掃街沖洗。每家店鋪門口都由每家店主自己負責衛生，住戶負責自己家所住的門口清潔問題，而這些類似於環保工人的，每天只需負責主要的街道衛生，和負責清理各家各戶與店鋪的垃圾堆放問題。

東央郡多水，城裡小橋流水、河道彎曲，臨水的宅子比比皆是。

春夏秋三季，每天天沒亮，清掃人員就打水沖洗街道；到了冬日則是鏟雪、清理路面，而附近的居民也會幫忙一起清理。

剛來東央郡時，黃德儀不懂當地人的習俗，捏了一袋糖炒板栗邊走邊吃，剛吃了一個，板栗殼還沒來得及放進紙袋呢，就有路過的行人善意地提醒他「不要丟棄在路面上喔」。黃德儀拎著板栗逛了一趟街，就被三、四個路過的居民提醒不能隨便丟棄垃圾，要是想吃就把板栗殼放在紙袋中。最後，黃德儀沒辦法，把一袋熱呼呼的板栗給原樣拎了回去，都涼透了！路上就吃了一個，板栗殼也沒敢扔，帶回去了。

後面幾天再去逛街，黃德儀也不敢隨便在大街上吃東西了，深怕有人路過身邊提醒自己，實在太尷尬了！他好歹也是讀書識字的，怎麼能做這種有辱斯文的事情？

這種當地居民不需要衙役吩咐，就知道共同清掃維護的行為，很大程度上都說明了，他們已經把一個城市的環境看成了是他們自己的責任。

看著逛了幾天依然興致勃勃的黃桃，黃豆萌生了一些想法，只是想，並沒有說出來。她想試試，雖然難度很大，卻未必不能實現。

黃豆想讓黃德磊帶張小虎來東央郡，讓他感受一下東央郡有別於南山鎮的氣氛。

少年熱血，趙大山和黃德落幾個人原本也沒打算在東央郡開貨行，來一趟是準備訂貨船的，結果卻又是買房、又是買地的。而張小虎不是個很聰明的人，他的優點就是老實憨厚，從小被張伯保護得很好。趙大山幾個在碼頭闖蕩幾年的都被東央郡所誘惑了，張小虎這樣的少年更容易禁不住誘惑。最好他在這裡創業，以後能帶著黃桃在這裡安家。

不過，她沒有在黃桃面前提起這想法。黃桃屬於守舊的女子，如果張小虎自己想來東央郡發展，黃桃肯定會心甘情願地跟著。但是自己去提，或者娘家人建議張小虎來東央郡發展，那就不行。在這個時代，人還是很有故土情結的，不是你以為的大城市好，都想往大城市去，他們更喜歡現世安穩，歲月靜好。張小虎從小嬌慣，就連去鄉下收豬，張伯都不讓他去，寧願少賺點，也捨不得小兒子辛苦。所以叫張小虎來東央郡試試，這事只能讓張小虎自己想，而不能由黃家的任何人提。

黃德磊和趙大山在東央郡開了貨行，目前的發展趨勢來說，是大有可為，若張小虎能帶著黃桃來東央郡，那麼黃家三房，就等於主力都來了東央郡。到時即使錢家想做點什麼，宋蘭娘的手伸得再長，也很難在東央郡把黃老三家怎麼樣。但是，在南山鎮，或者襄陽府，卻極有可能讓黃豆不敢放肆。

錢多多固然良善，為了家族也會有所選擇，他向黃豆提親，僅僅只是因為好感嗎？別說黃豆不信，黃家的任何人都不會信。

只要知道黃豆拒婚，錢多多一定不會任由黃家發展的，這是他的責任，而黃豆最怕的就是錢多多的責任。

和朋友翻臉為敵，任何人都不想做，但為了自身的利益，很多人都去做了。說穿了，不過是人性原本就自私。大度和良善，全是因為沒有觸及到底線而已。

二十六一早，一行人從東央郡出發，到了家，天已經黑透了。

雪夜，風從原野上呼嘯而過，家家戶戶早就緊閉門戶，躲在溫暖的被窩裡。一輛騾車踏上了黃家灣的村道，說是村道，卻足有五、六公尺寬，道路平整，兩邊砌著整齊的基石。

下了幾天的雪，黃家灣的路上卻只有薄薄的一層冰渣，並沒有積雪，看樣子應該是每天都有人打掃。

看見不遠處星星點點的燈光，趕車的車夫都覺得心裡熱呼起來，更別說車裡車外的幾個人，他們終於到家了。

趙大山路過家門口並沒有停留，而是一路護送著車子到了黃老三家的門口。黃老三家臨著馬路建了三間高大寬敞、磚牆烏瓦的大屋，不管是當住宅還是以後做生意都十分適合。

大屋的門緊閉，院子裡卻能見隱約燈光。

黃德磊跳下車，大踏步走過去拍門。「爹、娘，開門，我們回來了！」

「看看你們，這大晚上的，凍壞了吧？」黃三娘快手快腳地把早上剛煨的老母雞湯舀進鍋裡，切了洗乾淨的白菜，又蒸了十來個饅頭，然後開始和麵，準備擀麵條。

忙完這些，伸頭看看黃桃房間裡的燈光，黃三娘又摸出一塊生薑，抓了把桂圓，又抓了一把紅棗，倒進瓦罐裡，放上紅糖後開始煨煮。到底是親娘，還是怕兩個閨女凍了受了寒。姑娘家還是要嬌養點的，給她們姊兒倆煨點生薑紅棗湯喝喝，好祛寒氣。

車夫和趙大山、黃德磊，一人都吃了一大碗雞湯麵，又吃了三個大饅頭，這才覺得整個人都活了過來。

「還是家裡做的手擀麵好吃！」黃德磊放下碗，滿足地輕輕吁了口氣。

「那肯定的！娘可是拿雞蛋和的麵，又用老母雞湯做的湯料，能不好吃嗎？」黃三娘聽見兒子誇獎，心裡是說不出的高興和滿足。「吃飽了就去洗洗，早點睡。這一路可把你們累壞了吧？」黃三娘看著兒子，越看越歡喜。

「好。大山，就在這邊睡吧？」黃德磊站起身。

「不了，我回家去。」趙大山也站起身。「三叔、三嬸，劉師傅待在你們這邊，我先回去了。」

「行，路上慢點兒！德磊，給大山拿個燈籠。」黃老三看著往外走的趙大山，連忙吩咐。

「不用了，我走了。」趙大山轉頭說著，又大跨步向外走去。

黃德磊帶著車夫回屋睡覺，黃桃和黃豆屋裡的燈也熄滅了。

夜，安靜了下來。

第三十一章　幫忙一起修欄杆

冬天的山風從林間穿過，異常的冷清。山裡的雞鴨鵝、羊群和小牛犢子都趕回了後院裡的牲口棚。

過年沒事做，吃完午飯後，大部分人都會找個背風又能曬到太陽的地方賭兩把。黃老三沒這個愛好，看了幾眼就沒興趣了，想想在家也是閒著沒事，就想進山裡看看。

聽見黃老三在院子裡說要去山裡看看，黃豆立刻放下剛沖好的漿糊跑了出來。「爹，我也去！」

「妳別去了，山裡陰冷陰冷的。爹只是去看看，在家沒事做，閒得慌。」黃老三看黃豆要去，連忙攔著。

「沒事，我再多圍條圍巾。」就這樣，圍著大圍巾的黃豆氣喘吁吁地跟在黃老三後面進山了。

山裡，一部分樹的葉子都落光了，只留下光禿禿的枝幹。還有一部分四季常青的樹木，還在寒風中頭頂著積雪，傲然站立著。

黃老三是個閒不住的人，過年期間，黃三娘把他那些木工工具、刀斧都收了起來，要等過完年十五，才能拿出來。他沒工具砍柴，就把落地上的枯樹枝歸攏歸攏，不一會兒就歸攏了一堆，準備回頭帶回去，灶房也能多一把柴火。

路過一片圍欄，見有的地方已經搖搖欲墜了，黃老三也扶了木樁往下按按，心裡提醒自己，過完年記得來修整一下。

黃豆一邊走，一邊伸腳特意去踩那些枯黃的落葉，一腳踩到一個圓鼓鼓的東西，腳下一滑，她嚇得驚叫一聲，雙手在半空中揮動半天，才勉強站穩，沒有摔倒。再回頭來看，腳下踩到的竟然是個野核桃！黃豆一見，來了興趣，開始用樹枝撥開落葉，細細尋找起來。

「豆豆，妳沒事吧？」黃老三聽見黃豆驚叫，連忙站直身子看過去。

「爹，我沒事！剛才踩到一個野核桃了，差點滑倒。」

黃老三聽黃豆說沒事，才放下心來。「喔，走慢點，地上濕滑，小心摔了。」說著，又低下頭去扶那些已經開始歪斜的欄杆。

黃家在靠近村子的這邊特意敲了一片護欄，為的就是不讓人隨便進山，護欄敲在半山腰。山腳下一片的樹枝和雜樹隨便周圍村裡人看是砍了回去用，還是撿了回去燒火，都行，山裡的則不能放人進去。黃老漢已經領著兒孫在裡面種了一片野核桃樹，松樹也連成了片。這些等秋天到了，就是一筆收入。有眼饞的，會偷摸上山，但大部分人都不會這樣做，畢竟南山這一片山勢很長，小山坡眾多，想發點小財的完全可以去那些無主的山頭。

趙大山在屋後整理菜園子，他細細地把凍土挖開敲碎，這樣過了冬天，娘和妹妹就可以只管種菜，不用挖土了。

他看見黃豆跟著黃老三往後山走，也想扔下鐵鍬過去看看，可是黃老三在，想想還是算了，只是挖地的速度加快起來。

趙大川也拿了把鋤頭過來幫忙，他哥挖地，他就把硬實的土塊敲碎。趙大娘和趙小雨在屋裡準備著包餃子，留待大年初一早上吃。

南山鎮這邊，過年的風俗就是三十晚上包餃子，大年初一吃餃子，餃子又叫彎彎（萬萬）順，寓意好，意味著一年到頭萬事順利。

大年初一規矩很多，這一天家裡用的東西，包括一杯水都不能潑出去，怕把一年的財運潑出去了。也不能吃生的，中午就是吃年三十蒸好的乾飯，菜也是年三十做好的，中午熱一熱就行；晚上大部分就是湯泡飯一類的。等到初二就可以隨便做了，生的熟的也不介意了。

趙大山很快把屋後的小菜園挖完，看看黃豆還沒有下山，把鐵鍬握在手裡，吩咐了趙大川一句。「你敲好就進屋吧，外面冷，小心凍了手。」趙大川小時候愛撈魚摸蝦，後來他爹死了，冬天去撈魚，凍傷了手，一到冬天就生凍瘡，怎麼治也好不了。

「沒事。哥，娘給你看媳婦了。」趙大川賊兮兮地湊過去說：「就是鎮上在碼頭擺攤的那個桃花。」

聽到桃花兩個字，趙大山一愣，這個名字好像有點熟悉？接著眉頭一皺。「你和娘說，給人家回了，別耽誤別人家的好姑娘。」

「咋了？」剛好趙大娘走到屋後要掐蔥，聽見了趙大山這麼一句話。

「娘，我實話跟你說吧，我想娶黃三叔家的黃豆，過完年，等磊子的親事定下來後，妳去幫我問問。」趙大山覺得還是和娘說清楚的好，不能再瞞著，不然說不定娘挑媳婦挑花了眼，最後給他隨隨便便就定了一個。

趙大川驀地張大嘴巴，看著他大哥趙大山。黃豆？那個還沒小雨大的黃小豆？

「大山，你可別亂說！豆豆還小呢，你翻過年都二十二了！」趙大娘也很驚訝。她是喜歡黃豆，可她從來沒想過把黃豆說給自己家大兒子做媳婦！以前她還動過心思，尋思著黃豆的年齡和大川還算合適，後來看黃家發展得那麼好，就歇了心思，一心一意把黃豆當閨女一樣看待。

「娘，我想過了，我可以等黃豆幾年，妳要是急著抱孫子，就讓大川先成婚吧。」趙大川已經十八，翻過年就十九了，如果不是趙大山阻在前頭，他完全可以成親了。

「哥，我不急！」趙大川臉都紅了。

「沒你事！」趙大娘看小兒子臉紅脖子粗的樣子，沒好氣地拍了他一巴掌。「你弟弟不急，你急！你別惦記小黃豆了，她估計過完年春後就要和錢家的錢多多訂親了！」趙大娘雖然寡居，人緣卻很好，錢家到黃家透口風這事是瞞不住的，沒兩天村子裡大部分人都知道了。趙大娘聽了還替黃豆高興，覺得嫁到錢家確實不錯，黃豆也算是好人有好報。誰想到自己家的混小子老牛還想吃嫩草，黃家就是瞎了也不會放著錢多多不要，要自己家這個粗漢子一樣的兒子啊！

趙大娘看了看大兒子，又看了看小兒子，不由得從心裡嘆了口氣。大兒子長得太高大魁梧了，雖然臉型像他爹，眉眼俊朗，卻是更稜角分明，一看就是個硬漢子。要是大兒子像小兒子一樣，俊俏一點、白皙一點、文質彬彬一點，起碼在外形上還能和錢多多拚一拚。

「娘，妳聽誰說的？」趙大山心裡被趙大娘一句話給掀起了驚濤駭浪。

「就是那天寶貴娶媳婦，錢家不是來送禮嘛，錢多多和他妹妹錢滿滿都來了。是他家的大管事特意在黃老爺子面前提的，意思是黃家沒問題的話，春天就訂親。黃家要是捨不得豆豆，錢家再等兩年也行。」說到這裡，趙大娘又看了一眼皺起眉頭的兒子。「錢家這句話分量可確實挺重的，他家子息不豐，錢多多按道理明年就十八了，完全可以成親了——」

趙大娘話還沒說完，趙大山把手中鐵鍬往凍土裡一插，躍過竹籬笆就朝後山走。開始還用走，後來就直接跑起來，越跑越快。一眨眼人就像一陣風，捲進了後山的樹林裡。

「娘，我哥他……」趙大川嚥了口唾沫，覺得他哥可能有點瘋了。

「唉……」趙大娘看著大兒子跑遠的身影，重重地嘆了口氣。她確實很喜歡豆豆，如果能做她家的兒媳婦，那是再好不過的事情了。可自己家是什麼條件、黃家是什麼條件、錢家又是什麼條件？想到大兒子剛才那副嚇人的神情，趙大娘心裡不由得沈甸甸的。可憐的大山，如果你爹不去得早……

「娘，大哥好像是認真的。」趙大川摸了摸下巴，望著已經看不見趙大山身影的後山，認真地說。

「我當然知道你大哥是認真的，你大哥從小到大，只要他想做的事情就沒有做不好的！不過，這次他估計要碰得頭破血流了……」想到大兒子，趙大娘心裡就難受。

老天爺，祢要是公平點，就讓我兒子如意一次吧！他從小到大吃了多少苦，如果婚姻也不能如意，那麼這輩子，他還有什麼可舒心的事了？

「娘，妳別擔心，我覺得說不定豆豆就喜歡大哥這種的！那個錢多多長得跟個文弱書生一樣，豆豆不一定看得上。」

「呸！」趙大娘呸了小兒子一口。「你當你娘瞎啦？那個錢多多每次從襄陽府回來，南山鎮的大小姑娘誰不眼紅？他家有錢是有錢，但錢多多長得好，那也是有眼睛都能看見的！」

「娘，妳這叫滅自己威風，長他人志氣！」趙大川不服地嘟囔起來。如果大哥能娶到黃豆，那麼自己想娶黃小雨應該也沒問題吧？趙大川不由得癡癡地幻想起來。

趙大山一口氣跑進山林裡，迎頭碰見正在修整欄杆的黃老三。「三叔，修欄杆呀？」即使他已經被錢多多提親的消息激得失去了理智，但看見黃老三，他還是很快地冷靜了下來。

「大山呀，吃了沒？剛好你過來，幫我把欄杆扶一下。」黃老三抬頭一看是趙大山，也不客氣，直接招手叫他過去幫忙。

趙大山走過去扶著欄杆，看著黃老三拿起一塊石頭，「啪啪啪」地把一根木棍釘了下去。「三叔，我來吧。」說著，趙大山就要去接手。

「不用不用！石頭冰手，我來就行。大山，你怎麼沒去找磊子他們玩，一個人跑山上來幹麼？」

「喔，剛才看見豆豆跟著您上山了，我來找她，有點事情問問她。」趙大山往山林裡掃視了一圈，沒有看見黃豆的身影。

黃老三停下手，也看了看四周。「豆豆呀？剛才還在的，應該是進去撿核桃了。你們四個在東央郡弄的貨行怎麼樣了？真是年輕啊，心也太大了，這個步子邁得有點大啊！」黃老三說著，覺得自己這態度可能不對，連忙換了口氣。「大山，我與你爹從小相識，不說一起長大，也算是看著你長大的。你爹去得早，三叔也沒教導過你，不過你和磊子他們幾個要好，跟親兄弟一樣，三叔說你幾句，你可別往心裡去。」

「嗳，三叔，我當您和我爹一樣呢，我們要是做的不好，您只管說。要是做錯了，你就把我當磊子一樣，抽一頓都行。」趙大山謙遜地低著頭，認真扶著手上歪斜的護欄。

「你們這次沒有和家裡商量，直接在東央郡買鋪子、買地，把幾年出海的錢都投進去了，我和你黃爺爺心裡啊，沒底。」說到這裡，黃老三站直身子，看著趙大山。「大山啊，我們是莊戶人家，你們這個步子邁得太大了。你算算，幾千兩銀子能買多少好地啊？要是、要是……」黃老三想說「虧損」，又怕大過年的不吉利，只能把到嘴的話嚥了回去。「不是叔囉嗦，你們還年輕，出去闖闖可以，但是不能這麼幹，飯要一口一口吃，路要一步一步走。起碼當初應該回來先買點良田，這樣以後不管怎麼樣，也有個退路。」

趙大山看著黃三叔被風霜吹黑的臉。「三叔，沒事，我們不是還年輕嘛，大不了從頭再來。」

「大山！」黃老三忍住怒火，低喝了一聲。「你已經二十一了，叔像你這麼大的時候，磊子都滿地跑了！你娘拉拔你們兄妹三個容易嗎？你去東央郡開商行沒錯，錯的是你們連商量都沒商量！你和磊子他們不同，磊子還有我，他是我兒子，他就算一敗塗地了，回來我這手裡幾十畝地也有他吃喝的，夠他養育兒女了。但你呢？你爹留下來的幾畝地租種給別人，也只能勉強混個飽，你娘省吃儉用就是為了你們兄妹日子能過好，你是長子，你不能錯，因為你一步踏錯，全家都要跟著你遭罪，你想過嗎？」說到這裡，黃老三不禁微微有點喘息。他平時寡言少語，今天中午喝了點酒，又在這裡忙了一會兒，此刻酒意有點上頭了。

「叔……」趙大山看著面前的漢子，眼眶有點淚光。他爹死的時候他才十二歲，可以說，基本上很多做人的道理還沒有教過他。

爹爹死後，就連最親的叔叔都算計他們，沒有一個人告訴他，你要好好的，這樣你娘、你弟弟和妹妹才能有人保護。雖然這些道理不用別人說，他也知道。可是沒人知道他害怕，他怕自己不夠強，怕自己連弟弟、妹妹和娘親都養不活。他對金錢的渴望其實一直是強於磊子他們三個的。

回來前，他把手裡的錢都規劃好了，給弟弟五百兩，讓他買地建房、娶妻生子，以後不愁吃喝；給妹妹留點，買點地以後陪嫁豐富一點，讓她不用去婆家看人臉色；給娘留一點，以後養老都不用煩心；剩下的，他自己留一部分買點地，再拿出一部分和磊子他們一起買艘船在南山鎮跑跑，先掙幾年辛苦錢，把家安上，過幾年掙得好了，買地也行、開店也行。

是什麼時候開始，他失去了本心？他把妹妹的嫁妝銀子、娘的養老錢、弟弟買地建房娶媳婦的錢，都拿出來投進了方舟貨行。

是因為豆豆談起怎麼做貨行時那明亮的眼睛，是因為黃米出嫁時塗家開來的三條大船，還是因為他的小姑娘被黃三孀指使著做這做那，他捨不得，心疼她？他覺得，他的小姑娘適合更好的，他不捨得放她給別人照顧，那麼他就更要娶她，盡力給她最好的，他錯了嗎？

看著面前臉色微紅、神態迷茫的趙大山，黃老三有點後悔了，自己今天的話有點多，也有點重了。大山是個好孩子，他們開的貨行也運行得很好，自己不應該這麼打擊他的。

「大山？大山？」黃老三試探地叫了兩聲，把陷入迷茫的趙大山喚醒過來。

「啊？叔您叫我？」趙大山抬起頭看向黃三叔。

「你要是找豆豆有急事，你就過去吧，往核桃林那邊找，豆豆應該在那邊。」黃老三也不忍心叫這個孩子給自己幫忙了。其實自己哪裡會教孩子？可別把一個好孩子帶入歧途了。說不定他們做的才是對的，自己畢竟是老了，做事就有點瞻前顧後的，還是年輕好啊！

「好。」趙大山答應著，轉身往山坡上走去。

黃豆踩了核桃，差點摔了一跤後，就找了根樹枝，一路撥弄著，尋找掉落的核桃。找了半天，大概找到十幾個，她也不管髒不髒，一屁股坐在一塊沒有積雪的石頭上，開始用找到的石塊敲核桃。

最近半年，黃豆嘴很饞，就是那種明明吃飽了，但看見什麼都還想吃一口的饞。

大概是進入發育生長期吧，十四歲的黃豆已經發育得很好，整個小胸脯都鼓鼓囊囊的，顯得她有點肥的腰都不那麼粗了。減肥成了黃豆掛在嘴邊的一句話，又覺得自己才十四歲，還在生長。都說女大十八變，看看爹娘、哥哥和姊姊，黃豆也知道，只要自己不長歪了，怎麼也不會醜，何況黃家也沒一個胖的，都是高高眺眺的，一堆身材標準甚至偏瘦的。

這個年代能吃飽穿暖就算不錯了，就連錢多多，小時候養那麼胖，這幾年還不是抽條給抽成一個玉樹臨風的小帥哥了？

想到錢多多，黃豆就不由自主地想起趙大山。錢多多的事情，她還沒有和趙大山說呢，主要是不知道該怎麼說。趙大山和她還沒有訂親，況且這樣的事情也不適合趙大山出面。

「唉……」想想錢多多，再想想趙大山，黃豆忍不住深深嘆了一口氣。

她準備不再想了，船到橋頭自然直。

想到這裡，黃豆拿起石頭狠命開始砸起了核桃。砸開兩個，竟然還有一個是壞的，裡面的核桃仁都黑了，黃豆氣得順手就給它扔回林子裡去了，哺育你的大地母親去吧！撿起另外一個，放進嘴裡，嚼嚼，有點苦、有點澀，還有點微微的甘甜，勉強能吃。黃豆也不講究，又砸了一個，然後把剩下的歸攏歸攏，打算等會兒要回去再拿。

黃豆又往前走，前面原本是一片雜樹林，後來被清理了，蓋上一片棚子，平時關了雞和奶山羊。

繞過棚子，前面就是一片天然的松樹林。松樹四季常青，這個時候的樹葉已經綠得發黑，邊緣還有點微微發黃。樹頂上的白雪都結成了塊，像一頂帽子頂在樹頭上。

黃豆沒有往松樹林走，秋天他們過來打松子的時候，黃豆跟著進去過，裡面常年不見陽光，總給人一種陰森森的感覺，非常適合拍鬼片，或者嚇唬人用。

核桃林樹上的葉子已經落光了，一眼可以望出去很遠，根本沒看見黃豆的身影。趙大山往羊圈那邊走走，看見一塊石頭邊堆了十幾個核桃，就知道沒找錯位置。繞過羊圈，就看見黃豆正探頭探腦往松樹林看，一副又緊張、又好奇的樣子，他忍不住叫了一聲。「豆豆！妳在幹麼？」

「啊！」黃豆被趙大山突如其來的一聲叫喚驚得跳了起來，一看是趙大山，頓時又驚又怒，衝過去就是一頓拳頭。「你嚇死我了！」

黃豆的拳頭落在趙大山身上根本不疼，卻讓他心裡蕩起陣陣漣漪，忍不住一低頭，封住了那讓他眼暈的紅唇。

第三十二章　送妳一包甜核桃

等到黃豆掙扎著從趙大山懷裡掙脫出來時，兩個人都是面紅耳赤、呼吸不穩。

看著眼前嬌豔的黃豆，趙大山忍不住嚥了一口唾沫，彎腰一把抱起她就竄進了白雪皚皚的松樹林。往前跑了一段路後，他找了一棵樹幹比較粗壯的松樹，一手抱著黃豆，一手及雙腳並用，攀爬了上去。

這棵樹的主幹生長畸形，不知道什麼原因突然往一邊傾斜了出去，多出來一段橫樑一樣的主幹，勉強能坐兩個人。趙大山把黃豆放在靠樹幹的一邊，自己在外側坐了下來。

黃豆從趙大山的肩頭往旁邊看去——喔，原來如此！旁邊有一棵更高大粗壯的松樹，筆直而立，樹幹幾乎籠罩了這棵樹的半邊身子。真是難為黃豆現在屁股下坐著的這棵樹了，為了能夠沐浴到陽光，算是費了老大的勁了，把一棵本來該筆直生長的樹，硬生生逼成了弓腰駝背的。「你來過這裡嗎？」黃豆在樹幹上坐穩身子後，推了推趙大山問。

「沒有，我只到過養山羊的那邊。」趙大山指了指剛才的來路。

「那你怎麼找到這棵樹的？」沒來過，竟然奔著這棵樹就過來了？黃豆有點不相信。

趙大山笑著看了黃豆一眼。「進來時掃了一眼，發現這樹長得有點奇怪，就過來了。」

「火眼金睛啊？」黃豆笑看他一眼。

「豆豆，錢多多的事情，妳能跟我說一下嗎？」趙大山用手輕輕掃了掃剛才抱著黃豆進來時，落在她頭髮上的積雪。

「就是錢家想和黃家結親，大概覺得我合適，就來提了。」

「妳爺爺和妳爹娘怎麼想的？」趙大山看著黃豆，握緊了拳頭。

「我爹娘和我爺爺，包括我全家叔伯兄弟，大概沒有一個人有意見的，大家都覺得錢多多不錯，錢家不錯。」黃豆仰頭看向趙大山。他真高啊，即使坐在她身邊，也比她高出半個頭去。

「妳怎麼想的？」趙大山看著黃豆的眼睛，感覺裡面有一道漩渦，能讓他淪陷進去，永世不得出頭。

「我只要你啊！」黃豆又不傻，這可是一道送命題，她若答不好，說不定某人就記在了心裡，那可是一輩子的事情呢！

「傻瓜。」趙大山用手背摩挲了一下黃豆嬌豔的臉蛋。「妳說錢家如果被妳拒絕了，會不會做點什麼？」

「會啊！」黃豆非常肯定。「如果宋蘭娘什麼都不做，她就不是宋蘭娘。況且錢家完全可以在任何時候來提這件事情，而不是在我老叔的大婚之日。」說到這裡，黃豆微微嘆了口氣。「雖然，表面上他家大管事是背地裡和我爺爺提的，但如今該知道跟不該知道的人都知道了，錢家這是勢在必得啊！」

趙大山聽到這句「勢在必得」，握緊的手掌重重擂向一旁的樹幹。樹頂的積雪瞬間噗噗落下，從頭頂一下子滑進黃豆的後脖子裡，驚得黃豆大叫一聲，一頭扎進趙大山的懷裡。「快快！後面！」

幸虧趙大山身高體壯坐得穩，否則差點就被黃豆撞飛出去了。

其實趙大山脖子裡也灌進了積雪，不過與黃豆過於激烈的反應相比，他的忍耐力明顯大多了，只「嘶嘶」地倒吸了一口涼氣。他趕緊接住黃豆，把手伸進她的後領裡面，胡亂地撥弄著。但雪進了脖子裡面，哪裡還能掏得出來？早化成雪水，流到了後背。趙大山的手只顧著胡亂地抹著，沒注意，一下子勾到了一根細細的帶子，腦袋一木，驀地就傻了，隨即一道鼻血流了出來。

等他跳到地上手忙腳亂地胡亂抓了點雪捂在鼻子上，將血跡抹乾淨時，黃豆已經坐在樹上笑得花枝亂顫。如果不是她一隻手緊緊抱著旁邊的主幹，估計整個人都能笑掉下來。

趙大山的臉就像火燒了一樣，只能低下頭，又抓了兩把雪握在手裡，強自鎮定了半天。

黃豆笑夠了，終於停了下來，向趙大山招了招手。「呆子，上來吧！」

這回沒有抱著黃豆，趙大山上樹的速度很快，幾乎一個眨眼的功夫，人就坐到了黃豆身邊。

「想過怎麼做嗎？」趙大山終於鎮定了下來。

「想過，拖吧。」黃豆晃蕩著雙足，輕鬆隨意。

「拖到妳能夠成親的年齡嗎？那有什麼用？而且如果到時候再說不，反而更會激怒宋蘭娘吧？」趙大山皺緊眉。拖個兩、三年，就等於黃豆耽誤錢多多替錢家傳宗接代了。兩、三年，種子好、土地肥沃，說不定兩個孩子都生了！宋蘭娘一怒，肯定不會善罷甘休。如果錢家想對付現在的黃家，雖然不能說輕而易舉，起碼也會讓黃家元氣大傷。

「不用，最遲拖到明年年底吧。我哥的親事差不多有著落了，如果不出意外，春天能成親。然後我姊秋後出嫁，等我姊出嫁後，錢家要是舊事重提了，到時候再拒絕。」黃豆說著，挺直雙腳，把頭輕輕靠在趙大山的肩頭上。

「有區別嗎？早一點說和晚一點說，宋蘭娘只要想動黃家，遲早都會動。」趙大山覺得整個口腔裡充斥著一股血腥氣息。「妳拒絕了，黃家一定躲不掉。」

「沒事，等明年我哥婚後，就可以直接搬去東央郡居住了，為了我爹娘能早日抱上大胖孫子，嫂子跟去肯定沒問題。開了春，你和哥想辦法把小虎也誘惑過去，不管幹什麼，得讓他在那邊有事做。」說到這裡，黃豆微微停頓了一下。「然後秋後他和我姊成婚，他們就可以理直氣壯地去東央郡定居。明年就讓小八去東央郡那邊讀書，那邊有個『厚德書院』，非常不錯，小八可以去試試。到時候，我肯定是要過去照看他的。」

「豆豆，妳想幹什麼？」趙大山看著黃豆把兄弟姊姊都安排好了，就知道她肯定是做了最壞的打算。

「什麼都不想，見招拆招吧。宋蘭娘如果要趕盡殺絕也不可能，她唯一能動腦筋的就是黃港碼頭了，比如讓它出點什麼事情。」黃豆伸出手，緊緊抱著趙大山的腰身。「大山，打不過就跑，我認慫。她宋蘭娘總不能追到東央郡對付我吧？」

趙大山一隻手摟著黃豆，一隻手緊緊抓住身下的樹幹。如果他夠強大，如果……

兩個人說了一會兒話後，就離開了松樹林。裡面太陰暗了，陽光都很難照進來，不適合久待。

走到那堆野核桃邊，黃豆拉著趙大山，一個一個撿起來。「你捏得動嗎？」

趙大山拿了一個試試。「應該不行。」說著一用力，核桃果然紋絲不動。

看看趙大山手裡的核桃，又看看滿臉無奈的趙大山。「我以為你是個王者呢，原來也就是個青銅啊！」話音剛落，就見趙大山拿著核桃往地上的石頭一按，「喀嚓」一聲，核桃裂了。

趙大山三下五除二地把核桃外殼剝乾淨，遞給了黃豆。「生的不怎麼好吃。」

「嗯，我知道，糖炒核桃才好吃，就是剝核桃太費勁了，每次我哥都要敲半天，才夠炒一次的。生吃幾個也不錯，這個補腦子。」說著，黃豆把核桃塞進嘴裡，大力咀嚼了一會兒後，「咕嘟」一聲嚥了下去。

兩個人走出核桃林，見黃老三還在和他的那片護欄奮戰。黃豆跟著趙大山一起去幫忙，一個人扶，兩個人敲，很快就把剩下的護欄都弄好了。

黃老三拍了拍手上的浮土。「走吧，回家！今天晚上吃湯圓，大山，一起去，陪叔喝兩杯！」

「不了，三叔，等過完年我一定陪您喝兩杯，今天晚上得回去陪我娘他們守歲。」趙大山憨厚地擺擺手，看著黃豆拽住黃老三的胳膊，並肩往下走，他也跟了上去。

「行，到時候我讓磊子叫你！」黃老三一邊說，一邊指著不遠處的田地給黃豆看。「那邊有一片土地要賣，妳不是說要試試麥種嗎？我覺得那邊的坡地比灘地好。」

「好啊，我本來想去以前黃家灣那片地試試呢，不過沒把握，一直沒敢動手，那是爺爺的命根子，我可不敢亂動。」黃豆踮起腳尖，看向黃老三指的地。

「亂說什麼呢！」黃老三怕趙大山誤會，連忙責怪地看了小閨女一眼。「對妳爺爺和妳爹來說，土地就是命根子啊！崽賣爺田不心疼，錢多任性害後人，忠厚傳家才是正道啊！」

「爹，那如果我們家這個碼頭要是出了什麼事，你覺得爺爺會不會很難過？」黃豆看著黃老三，小心翼翼地問。

「怎麼想起來問這個？能出什麼事？難過是肯定的，不過妳爺爺應該可以看得開。不是我們黃家的，強奪也沒用；是我們家的，遲早還是我們家的。」

黃豆看著她老實而平凡的爹，心裡想著，如果爺爺也能像爹這樣想就好了。

和趙大山分開後，黃老三直接進了後院，去了牲口棚看他的小牛犢去了。

黃德磊蹲在灶房門口砸核桃，黃桃正坐在灶房吃飯的小桌子旁包湯圓，黃德儀則搬了個凳子坐在一邊剝瓜子，瓜子仁分成三堆，剝好了一個一個挨著放，二姊一堆、三哥一堆、小八一堆。

原本南山鎮這邊過年是不吃湯圓的，但黃豆喜歡，非說湯圓表示團團圓圓。

既然妹妹喜歡，黃桃也不怕麻煩，挑了鮮嫩的野薺菜切碎，雞蛋皮切絲，鹹肉切丁一起和餡。這樣的湯圓，因為裡面包了餡料，味道非常鮮美，一口咬下去香得流油。

黃豆一口氣能吃四個，就再不敢吃了。這東西吃多了容易膩，可她還是嘴饞得很，一到冬天，有了野薺菜和臘肉，就想包湯圓吃。

夕陽的光從半空斜射進去，照在哥哥、姊姊和弟弟們的身上，帶著暖暖的光暈。

這樣的兄弟姊妹，應該一生平安喜樂。

黃豆走過去，趁黃德儀不注意，一把抓起一小堆瓜子仁塞進嘴裡。唔，真是香甜！

黃德儀只是一低頭，就看見一隻手把他剝半天的瓜子仁給抓走了，急得想大叫，一看是三姊，又慫了。他趕緊把剩下的兩堆小心翼翼地挪挪，用一隻手護著，分出三份，抓起一份很快地塞進黃桃嘴裡，又一手抓著一把，走出去塞了一份到黃德磊嘴裡，最後才放心地把自己那份塞進嘴裡，真香甜！

看著瞇著眼的黃德儀，黃豆很想去摸摸他的大腦袋，想想覺得還是不要逗弄他的好，別惹毛了，娘看見又要心疼的嘮嘮叨叨了。

做母親的偏心眼的很多，黃三娘其實還算好的，不會很明顯。

黃德磊已經砸好一堆的核桃肉，力道控制得不怎麼好，大部分都碎了。看見黃豆過來，他頭也不抬地說：「等會兒讓妳姊給妳炒炒，吃完了再給妳砸。」

看著眼巴巴望過來的黃德儀，黃豆得意地伸伸舌頭。想吃核桃？趕緊過來拍我馬屁吧！沒想到，黃德儀根本不屑一顧，又去剝自己的瓜子了。哼，誰稀罕吃啊？又苦又澀！

晚上要守歲，大家都不會早早去睡覺，黃老三領著媳婦去黃老漢那邊一起守歲。黃德磊帶著弟弟和妹妹出去與堂兄弟姊妹匯合，大家一起往南山鎮走去，路上陸陸續續有年齡相仿的小夥伴加入，到了南山鎮路口自然就集成了一大群。

南山鎮點上了花燈，遠遠看去分外好看。這樣的燈一直要從大年三十點到年十五。

趙小雨很快跑過來，抱著黃豆的胳膊。「豆豆，妳晚上吃了啥？」

「鹹肉薺菜餡湯圓。」黃豆任由趙小雨拉著胳膊，眼睛下意識地開始尋找。果然，趙大山和趙大川就站在她們身後不遠。

一會兒，黃小雨也跑了過來，三個人像連體嬰一樣，一個拉著一個往鎮子裡走，看得拉著黃梨手的黃桃直搖頭。

鎮裡的花燈更多，路邊攤上賣著各種小吃和花燈。黃豆買了一個簡單的蓮花燈籠；趙小雨和黃小雨都選了小兔子燈；黃桃選了一個月下美人燈；黃梨左看看、右看看，覺得哪個都喜歡，最後還是黃桃幫她選了一個小猴子燈籠。

幾個人提著燈籠在前面走，黃德磊、趙大山幾個就在後面跟著。也不是刻意跟著，南山鎮雖然大，主街道只有一條，大家都是一路從鎮口往碼頭方向去，走到碼頭玩玩看看後，再往回走。

走到張小虎家門口時，張小虎正站在門口翹首以盼，看見黃桃一行人，連忙走了過去。「豆豆、黃桃，妳們買什麼燈啊？」

對著這個未來的準姊夫，黃豆還是很客氣的，舉起燈籠給他看。「喏，沒有好看的，只有這些。」

燈籠大部分都是附近人自己編製的，再糊上白紙，勉強有個樣子就行。要說多好看也談不上，晚上點了蠟燭看，只能說不難看吧。

張小虎看了看，轉身又跑進屋裡，從裡面拿出三個燈籠來。

這些燈籠應該不是南山鎮買的，手工精細，上面糊的也不是白紙，而是各色的絹布，看樣子，價格也不便宜。既然是三個，肯定是為黃家姊妹準備的，趙小雨和黃小雨看張小虎拿著燈籠出來，就故意說著話，退後了幾步。

果然，張小虎提著燈籠走過來，先遞了一個小兔子燈給黃梨，這個小兔子就做得很惟妙惟肖了，連眼睛都點上紅色，還抱著一根胡蘿蔔，黃梨喜歡得不行，一口一個「謝謝小虎哥哥」。

黃豆分到的是一個寶塔燈，造型別緻，花樣不多，卻勝在精緻。黃豆大大方方地接過來，對著張小虎就來了一句。「謝謝二姊夫！」張小虎年前已經和黃桃過了庚帖，所以黃豆這聲「二姊夫」喊得早是早了點，不過也不算什麼。

站在一邊的黃桃一聽，連忙伸手去掐她胳膊。

黃豆痛呼著跳到一邊去，把位置讓開。

張小虎紅著臉把手裡的燈籠遞給黃桃，然後就轉身跑到黃德磊那邊去了。

站在黃德磊後面的趙大山，看著黃豆姊妹三個手裡提著的燈籠，摸了摸懷裡揣著的還熱呼的糖炒核桃，不由得有點汗顏，自己還不如張小虎呢！

一行人繼續往碼頭逛去，看見路邊有什麼好吃的就停下來看看、嚐嚐，邊走邊吃。快到碼頭才發現，碼頭這邊燈籠更多，也更精緻點，一看就是有錢人的大手筆。

站在自家攤子後面的桃花很快就看見了人群裡的趙大山，他高大英俊、氣宇軒昂，走在人群裡那麼醒目。桃花的一顆心不由得撲撲直跳，連忙從攤子後面走出來，喊著小雨，走過去一把挽住了趙小雨的胳膊。

自從知道桃花的心思後，趙小雨還是樂見其成的，桃花人不壞，長得也好，配她大哥勉強能行。可自從上次黃米出嫁，趙大山讓她叫黃豆出來，她就有一種我窺破了什麼的感覺。今天，她大哥從山上回來後，埋頭敲了大半天的野核桃，把品相完整的挑出來，親自炒了一份糖炒核桃包好塞進懷裡，她就徹底明白了。如今再見桃花，她就不自然起來，這要是被黃豆知道桃花暗戀她哥，她這個和桃花走得頗近的小姑子，估計也沒好果子吃啊！

趙大山對桃花根本毫無印象，看見一個穿得漂漂亮亮的姑娘跑過來拉著妹妹的胳膊，他還以為是妹妹的閨中好友呢！可是走了一會兒他就覺得不對勁了，這個姑娘一直在看他，而且她看他不是那種偷偷摸摸的看，是光明正大的看，就好像是一種宣告。等到妹妹叫了一聲「桃花」，他腦子裡才迅速翻出殘存的記憶，黃豆提過這個名字。趙大山求生意識還是挺強的，連忙幾步走上前追上黃豆，從懷裡掏出那包帶著他身體餘溫的糖炒核桃，遞給了黃豆。

眾人都是一臉茫然，這是什麼意思？

黃豆接過糖炒核桃，轉頭看向趙大山，才後知後覺地看見了桃花。喔，原來是這樣，有人沒做賊卻心虛了！黃豆也不客氣，打開紙包，給身邊的人一人分了一把。至於走在她身後的趙小雨和桃花，她自動忽略了。她才不會把趙大山特意送來的核桃給桃花吃呢，情敵什麼的，滾一邊去！

黃桃看看吃著糖炒核桃的妹妹，又看看走在身後的趙大山，和三哥黃德磊深深地對視了一眼，有什麼他們不知道的事情已經發生了嗎？

第三十三章　情敵相見眼就紅

黃豆的核桃還沒吃完，就聽見碼頭那邊有人喊她。

「豆豆！豆豆，這邊！」

頭一抬，一片燈光下，錢滿滿和錢多多正站在不遠處。

錢滿滿看見黃豆就很開心，跳著腳喊著豆豆。她很想過去，可是豆豆那邊有一群男子，小慫包錢滿滿只能沮喪地想著，她還是站在這裡等豆豆過來吧。

錢多多看見黃豆也很高興，只是他已經成年，不能像以前那樣了，只是微微的下意識站直了身子。

趙大山也看見了錢多多，他不得不承認，一片燈光下，錢多多果然是玉樹臨風一少年。

黃豆原本還吃著香甜的核桃呢，這一下子又吃出了它本身的苦澀氣味來。

唉，她現在回家還來得及嗎？

看著手舞足蹈的錢滿滿，黃豆很不想過去，卻又不得不在趙大山的目光注視下，硬著頭皮走過去。「滿滿，你們回來過年的嗎？」黃豆正準備把手中捧著的核桃拿給錢滿滿吃，一下子想起來這是趙大山給她的，連忙又把包著核桃的紙包團吧團吧攥緊，揣進了兜裡。

看著黃豆的動作，錢多多忍不住笑了起來。豆豆還是那麼貪嘴，總是喜歡帶點零食，以前有黃梨做藉口，現在黃梨大了，只能自己拿著。這不，看見他們大概覺得不好意思了，便趕緊收了起來。

「嗯，我們回來好幾天了，我和我哥還去妳家找妳了。三嬸說妳和妳哥去了東央郡還沒回來，我還想找妳去挖河蚌呢！」錢滿滿很喜歡黃豆，那種喜歡是溢於言表、不加掩飾的。

「我和哥哥他們二十六晚上才到家。」黃豆其實也很喜歡錢滿滿，如果沒有錢多多的事情、沒有碼頭的事情，她覺得她們能做一輩子的好閨蜜。

「真的呀？我也好想出去玩玩，可是娘不放心。哥，明年你要是再出去，也帶著我出去好不好？」說著，錢滿滿轉頭拉了拉錢多多的衣袖，輕輕搖著。

「好，只要娘沒意見，妳想去哪兒我都帶妳去。」

聽見哥哥這麼說，錢滿滿沮喪地放下手。她娘是那種典型的三從四德的女人，覺得姑娘家就應該大門不出、二門不邁，要不是祖母強勢，錢滿滿今天連花燈都別想出來看。

錢多多看看滿臉失落的妹妹，有點不忍心，卻又無可奈何。有些事情他也無能為力，比如娘對妹妹的教育方式。

錢多多只能無奈地轉頭看向提著兩盞燈籠的黃豆。「豆豆，妳這盞燈籠是不是襄陽府買的？我在襄陽府也買了幾個燈籠，妳還要嗎？我去拿給妳！」

「不用，這是小虎哥買的，我已經有兩個了，太多了拿不下。」黃豆說著，舉起了手裡的燈籠。「滿滿，妳的燈籠也挺好看的啊，跟我的燈籠很像呢！」黃豆早就注意到錢滿滿手上的燈籠，竟然和自己手上的一模一樣呢！

「對呀對呀，我剛才遠遠看見妳提了這個，所以特意拿的！我家那邊有很多種燈籠，剛好有妳提的這種，我才拿個和妳一模一樣的出來呢！」錢滿滿是個毫無心機的孩子，見黃豆說兩個燈籠一樣，立刻滿心歡喜起來。

「妳要不要跟我們一起去看燈？」黃豆只敢邀請錢滿滿，連「你們」都不敢說。

「好啊！我和哥哥在這裡等妳半天了，我哥說，妳今天晚上一定會出來看燈的！」

聽著錢滿滿的話，黃豆很想說：滿滿，我只想看見妳，不想看見妳哥啊！

黃豆的目光一直躲著錢多多，也沒和錢多多說話。

在趙大山看來，黃豆這就是做賊心虛的表現！

錢多多看卻是覺得，黃豆害羞了！

到底是十四歲的小姑娘，這樣的姑娘家，錢多多是心甘情願等她長大的，他很期待，過幾年的黃豆會有多出色？

錢多多剛準備和黃豆一起去看燈，錢喜喜就走了過來。

「滿滿，這是誰啊？」

錢喜喜明顯比胖乎乎的錢滿滿長得漂亮，她身姿窈窕，眉眼如畫，一笑起來隱約露出一對淺淺的梨渦。如果不是錢滿滿太熟悉這個二姊，她可能就把黃豆介紹給錢喜喜認識了。可是錢滿滿太瞭解這個二姊了，那就是個蛇蠍美人，從小到大，錢滿滿在她手裡沒少吃過苦，所以錢滿滿才不願意把好朋友介紹給錢喜喜呢！

幸好胸大無腦的錢歡歡前兩年嫁出去了，錢滿滿的日子才好過很多，不然兩個姊姊聯手，她就是再彪悍也是防不勝防。每次都是錢喜喜出主意，錢歡歡出頭，錢滿滿吃虧。從小到大，錢滿滿都不知道吃了多少虧，卻又奈何不了她們。

「這是我在南山鎮的朋友。二姊，我要和她們去玩了，妳自己玩吧。」說著，錢滿滿拉著黃豆的胳膊就走。有了黃豆，錢滿滿覺得自己底氣都足了一點。

不是錢滿滿慫包，主要是錢多多平常不是讀書就是有一堆事情要管，很少在家。錢喜喜的娘依仗自己的哥哥是襄陽府巡撫手下的得力師爺，沒少給錢家撈好處，這樣的妾在錢家的地位並不比正妻差多少。

錢滿滿的娘個性軟弱，並不兇悍，如果錢滿滿是小慫包，錢滿滿的娘就是個大慫包。宋蘭娘看見這個兒媳婦就頭疼，她一輩子要強，最後還是依了兒子，選了這麼一個上不了檯面的媳婦。

相較之下，錢喜喜的娘就厲害多了，如果不是錢喜喜的娘生了錢喜喜後，再沒能生個兒子出來，錢家只有錢多多這一個正妻生的兒子，否則她簡直就可以稱霸錢家了。

現在，襄陽府外面的一些事物都是錢喜喜的娘在管，家裡的事情才是錢多多的娘管。錢多多的爹則什麼都不管，只管吃喝養生就行。

別看錢多多的爹當年為了娶現在的妻子，不惜和自己的娘親反抗，夫妻多年下來，早習慣得像左手和右手，再好的感情也消磨殆盡了。何況，兩個人中間還夾了兩房妾。

剛成婚時，宋家為了緩和當初與宋蘭娘的死局，一定要錢多多的爹娶宋家的姑娘，可惜錢多多的爹無意中碰見了錢多多的娘，一見鍾情，死活不肯娶舅家表妹。

後來宋蘭娘只好給兒子納個娘家遠房姪女做妾，這個姪女是宋蘭娘親自選的，長相說得過去就行，就圖個胸大、屁股大，能生兒子，可惜最後也只生了錢歡歡一個女兒。

有了新歡，錢多多的爹也沒忘記舊愛，畢竟表妹也就是一個長相普通的女子。只是沒兩年，巡撫師爺的妹妹看上了錢多多的爹，這個師爺是巡撫的得力助手之一，可為心腹。

師爺的妹妹長得可和錢歡歡的娘不一樣，那是真正的好看，嬌小玲瓏，一雙水汪汪的大眼睛，一笑就露出一對梨渦，甜得能讓人的心都化了。

師爺對這個妹妹是千依百順，知道妹妹喜歡錢家的少爺，也不反對，直接來了南山鎮找宋蘭娘談條件。宋蘭娘和師爺彼此心知肚明，這樣的結合是有百利而無一害的，因此很快地，年輕漂亮的第二個小妾就抬進了錢府。

這個妾確實是漂亮，又有點小心計，進門沒一年就把錢家少爺的魂勾去了大半。錢家主母的位置她不是沒惦記過，可惜，她肚子不爭氣，這麼多年都沒生出個兒子來，只生了錢喜喜一女。況且錢家自從有了錢多多後，宋蘭娘看得跟眼珠子一樣，師爺哥哥也警告過她，不管她在錢家怎麼興風作浪都可以，但是一定不能害錢家子息，這可是宋蘭娘的逆鱗。

錢喜喜原本沒打算過來的，但是她一眼在人群裡看見了黃德磊。錢喜喜和她娘一樣，注重皮囊，一心想找個長得好的，起碼不能輸給她爹和她哥哥。

黃家兄妹長得都好，黃德磊回來幾個月，皮膚也白了回來，不再像出海時那麼黑了，反而是一種健康的白。加上俊眉朗目，雙眼熠熠生輝，顧盼之間有種見過世面的從容和自信。

這是錢喜喜除了她哥外，見過長得最好看的男子了。這個男子身邊的幾個同伴長得也不錯，其中一個高大英俊的也很好看，就是太壯了。如果讓錢喜喜挑選，她還是寧願挑瘦弱一點的黃德磊。錢喜喜就喜歡文弱如書生的男子，而黃德磊不但帥，還顯得文質彬彬卻一點都不文弱。

錢滿滿不想帶著錢喜喜，可是錢喜喜想跟著錢滿滿。她看錢滿滿拉著黃豆要走，也急走兩步跟了上去。「妹妹，我還是跟著妳一起吧，不然娘要不放心了。」說著，自動就跟在錢滿滿後面幾步。為什麼要走在後面幾步？因為這樣可以偷窺帥哥呀！

無奈的錢滿滿拖著黃豆，走得是不甘不願。誰願意讓一個討厭鬼跟著？煩都煩死了！錢喜喜整天跟隻蒼蠅一樣，不是和錢滿滿比吃的，就是比穿的。最痛苦的是，她還長得比錢滿滿好看，每次做了新衣都要找個由頭拉著錢滿滿出去比一比，而錢滿滿的娘還一直不許錢滿滿說她兩個姊姊不好！

被錢滿滿拖著的黃豆，後面跟著錢喜喜和錢多多。

一路上，錢喜喜的眼睛就一直沒離開過黃德磊的身上。真是越看越帥氣，他不管和身邊的人說話，還是和自己的弟弟說話，都那麼溫柔有禮。這樣的男人，才是值得託付終身的男人啊！

而桃花也一直頻頻回頭看趙大山，就見趙大山皺眉、滿臉不耐煩，很明顯是心情不好。桃花惴惴不安地摸了摸自己的臉，又看看錢滿滿、黃豆和黃小雨，這群假想敵的實力都不容小覷，不過看大山哥一臉不耐煩的神情，應該是沒有一個看上的。

錢多多雖然不說話，卻一直不離妹妹錢滿滿左右，這讓走在錢滿滿身邊的黃豆簡直是步步驚心，生怕自己一不小心說錯話、表錯情，鬧出誤會就麻煩了！這樣的一群人，別說糖核桃失去了香甜的味道，就是花燈也不好看了，黃豆一心只想回家啊！

黃德磊明顯看見了錢喜喜的目光，可惜是落花有意，流水無情。黃德磊年前和南山鎮私塾吳先生家的長女吳月娘，已經在雙方父母的安排下，算是口頭商定了下來。

吳月娘從小在父兄的薰陶下，識字作畫都有一手好功底，還擅長廚藝，又精通女紅。與她相比，別說黃豆，就連姊姊黃桃都被比掉下水裡去了。

也是吳月娘的長兄先看中了來接黃德儀的黃德磊，黃德磊雖然沒在吳先生手下讀書習字過，但黃德儀確是吳先生帶的。吳月娘的長兄是個心思細膩的人，自己先打聽了黃德磊的近況，知道黃家這半年來一直在給黃德磊張羅媳婦，立刻私下和爹娘商量，又帶著他們偷偷看了黃德磊，才託了人婉言在黃老漢面前提起。

吳先生雖然家境一般，門風卻很好，為人公正，在南山鎮有極好的聲譽。吳家大公子也是秀才出身，小兒子年底剛進了童生，這樣的人家，別說配黃家，配南山鎮任何一家都配得起。黃老漢非常滿意，立刻就招了黃德磊和他爹娘商議，後來在吳月娘長兄的有心安排下，兩個人還「偶遇」了一次，沒想到黃德磊和吳月娘一見，彼此都滿意得很。因為黃家事情多，張小虎和黃桃又交換了庚帖，索性把兩個人的事情放到春節正月十六。如果不出意外，黃家三月就要娶新婦進門了。

錢喜喜越看黃德磊越滿意，可當她知道這個俊秀少年是黃豆的哥哥後，她的心一剎那變得痛楚難當。如果黃豆嫁給她哥哥錢多多，那錢家再也不可能把她嫁入黃家了，因為這就不叫結兩姓之好，而是換親了，不管是黃家還是錢家，可都丟不起這個臉。

失魂落魄的錢喜喜一時忍不住就把心中的怨恨推到了黃豆身上，她覺得是黃豆阻了她的大好姻緣，如果沒有黃豆，那她和黃德磊一定是有情人終成眷屬。

那邊錢喜喜傷心欲絕，這邊桃花卻是滿心歡喜，她發現趙大山除了偶爾和趙小雨說話外，根本不搭理在場的任何一個姑娘，就連黃豆，回頭偷瞄了趙大山兩眼，趙大山也是惡狠狠地瞪著她，沒有給她好臉色。

桃花是不喜歡黃豆的，人的緣分很奇怪，桃花也不是什麼壞姑娘，黃豆也是個本性不錯的人，但是兩個人從一見面就好像氣場不對般，總是合不來。

可憐黃豆被趙大山瞪了兩眼，感覺自己超無辜，好想找人打一架！

錢滿滿一直挽著她的右胳膊不撒手，趙小雨也興沖沖地挽著她的左胳膊不放手。錢滿滿是無心，趙小雨也是無意，她們都沒想到對方的哥哥是自己哥哥的情敵，還很歡喜地一起討論著哪家花燈好看？哪家小攤的零食好吃？

幾個人邊吃邊逛，趙大山、黃德磊、錢多多、張小虎搶著付錢，讓幾個姑娘都覺得又好玩、又好笑。

最後還是張小虎提議，找個地方坐坐，看見有喜歡吃的就去買一點來，誰想吃就誰去買，也不用你爭我搶，大家也能歇歇腳。

剛好走到一家賣小餛飩的攤子，大家索性坐了下來，招呼老闆娘給他們幾個下餛飩。這種小餛飩還是黃豆她四嬸家傳出來的，南山鎮有頭腦靈活的小販就偷學了。後來黃四娘家不做這些早點小吃了，也不介意配方公開，南山鎮會做餛飩的就有好幾家。

黃豆選的這家老闆娘也是逃荒來的，人乾淨又仔細，看這一群人呼呼啦啦坐下來十來個，歡喜得眼都笑開了花。

黃德磊兄妹五個、趙大山兄妹三個、錢多多兄妹三個，再加上桃花、黃小雨，整整十三個人。

黃德磊又去旁邊買了一堆油炸鵪鶉；張小虎跑出去買了各種零食；錢多多乾脆叫提筆、研墨回去拎了兩個食盒過來，一盒是滿滿的菜餚，一盒是各式點心；趙大山無奈，只能提前把小餛飩的錢給付了。

其實大家都不餓，就是人多吃個熱鬧，圖個好玩。

陸陸續續又過來幾個黃港的男子，一邊吃一邊聊。幾個男子因為旁邊桌子坐了姑娘，特別的興奮，說起奇聞趣談誰都能插一句。

錢滿滿和錢喜喜是大戶人家的小姐，很少拋頭露面，更別說跟一群姑娘坐在街邊小攤，吃著東西聽一群男子吹牛皮了。

錢喜喜是滿臉的不耐，錢滿滿是一臉的好奇，只有黃豆這些小鎮姑娘見怪不怪，並不覺得稀奇。桃花自小在碼頭跑，更是個膽大不怕的，看他們說的開始飄了，就轉頭過去懟他們幾句，把他們往現實拉拉。

大家都很熟悉，唯獨對錢家兄妹比較陌生。

錢多多竟然和他們聊得很好，說到最後，也挽起袖子，拿起油炸鵪鶉開始吃。

黃豆身邊的錢滿滿一直搗黃豆的胳膊肘。「妳看，我哥他竟然在吃那個炸鵪鶉！」

錢喜喜也探過頭去看。「我哥是不是傻了，鬼上身了？」

對於和錢多多一起吃過胡辣湯的黃豆來說，這樣的錢多多她並不陌生；然而對一直和他生活在一起的錢滿滿和錢喜喜來說，這樣的錢多多不是她們認識的那個有輕微潔癖的哥哥。

錢多多小時候是個不講究的孩子，不挑食，養得好、餵得胖。直到七歲的時候，他無意間跑進一家店的後廚，從此錢多多變成了一個挑剔的人，特別是在吃食上。

錢多多對吃食介意到掌勺的人要乾淨索利、長得不醜。家裡為了他，換了多少廚子，最後來了青娘，他才好一點。

而青娘最擅長的就是做點心，漂亮的青娘愛乾淨，做出來的點心也是花樣繁多。

錢多多認識黃豆那年，青娘來到錢家，一直待到現在。也是那一年，錢多多第一次不嫌棄地在外面吃了一碗胡辣湯，記住了一個小姑娘。

這一記，記了一輩子！

一群人吃完餛飩，吃完桌子上的各種點心、菜餚、零食後，竟然覺得玩得還不盡興，有人提議大家去租條船遊河。

黃豆不想去，本能地想搖頭。

但趙小雨和錢滿滿兩個傻子願意啊，根本不給黃豆拒絕的機會，一迭聲地說：「好啊、好啊！我們玩得遲點再回去守歲，不然待在家裡睏都睏死了。」

兩個人都是小孩子心性，覺得反正有親哥哥跟著，不會有事。

「我不想去，太冷了，我要回家陪爺爺守歲。」黃豆實在不想去，這種場合太尷尬了，她簡直是飽受煎熬。

「豆豆！」趙小雨和錢滿滿一起搖著黃豆的胳膊，用一臉可憐兮兮的表情看著黃豆。

錢多多也站了過來。「豆豆，要不——」

話還沒說完，趙大山一步跨過來，打斷了錢多多的話音。「豆豆，我送妳回去。」

「嗯。」黃豆答應了一聲，拉起黃桃的手，看也沒看錢多多一眼。「姊，走吧。」

黃桃衝著張小虎微微一笑。「走吧，回家吧，天太晚了，不要讓張伯等急了。」

自從兩家開始說親事，黃桃基本上沒和張小虎說過話，不是不喜歡張小虎，而是害羞吧。今天張小虎送了她們姊妹三個各一盞花燈，她也不過是含笑瞅了他一眼，現在竟然主動開口叫他回家，張小虎一時歡喜得手足無措，站起身就要走。

「你們去玩吧，小八也睏了，他人小，熬不住。」說著，黃德磊捏了捏小八的手。

黃德儀還懵著呢，只感覺手被哥哥用力一捏，竟然反應很快地打了個哈欠。

黃德磊一把抱起黃德儀，率先大跨步地往黃家灣的方向走去。

黃豆拉著黃桃，黃桃拽著黃小雨，並肩走在一起，趙大山和張小虎緊跟在後。

趙小雨看看錢滿滿，又看看遠去的幾人，連忙追著黃豆跑了過去。「豆豆，等等我！」

趙大川看著他們遠去的身影，對著錢多多幾人一拱手。「你們玩吧，我也回去陪我娘守歲了。」說著，轉身追著趙大山而去。

錢多多看著遠去的一群人，目光緊緊盯著黃豆以及緊跟在黃豆身後的趙大山，突然有一種不好的預感。

第三十四章　最聰明的黃小八

一早，黃豆就被鞭炮聲吵醒，過年了。她好想睡懶覺，可是鞭炮聲不讓她睡，爹娘也不會讓孩子在大年初一睡懶覺。都說大年初一睡懶覺要懶一年，這事肯定不能容忍。

院子裡傳來黃德儀的跑鬧聲，黃德磊放完鞭炮，就去院子後面抱了一捆柴火進來。這是每年黃三娘都要提前嘮叨的一件事，不過以前抱柴火的是黃老三，今年換成了黃德磊。

大概就是一種吉利的象徵，柴火表示材和紅火。

早上黃三娘煮了餃子，黃三娘還特意包了三個銅錢在三個餃子裡面。

每年都是這樣，那種做了記號的餃子，黃三娘是不會讓人碰的，從餃子出鍋到上桌，全程都是她一個人操持，就是為了確保把這些有記號的餃子放到該吃到的人面前。

自從黃豆三歲的時候，親眼看見黃三娘把有銅錢的餃子放在黃老三面前後，她就對這種把戲嗤之以鼻。財神爺是這麼容易糊弄的嗎？

不過，黃三娘卻不覺得這樣做有什麼不好，而且在當地，大部分仔細、會過日子的媳婦都會這麼做。

第一個吃到的是黃德磊，大家都很高興。

黃三娘更是臉上笑開了花。黃德磊去了東央郡開貨行，說不擔心是假的，但是更多的還是期望，希望他順順利利，多賺大錢。今年，他第一個吃到銅錢，這明顯是個好彩頭。

第二個吃到的是黃老三，他把銅錢洗了洗就裝進口袋裡。「我要壓一壓口袋，今年多掙些錢給我們家豆豆買田。」

「給豆豆買什麼田？」黃三娘停下筷子，奇怪地看著黃老三。

「買地培育良種，開發更多高產優質的稻種、穀種、玉米種啊！」黃老三笑呵呵地回答。

「你呀——」大過年的黃三娘不想說掃興的話，就把要說的話嚥了回去。

黃豆看看欲言又止的娘，一點都不覺得偏心、難受。黃三娘就是這樣的人，兒子第一、丈夫第二、閨女第三，她自己最無關緊要。以後可能這個位置會有所改變，比如黃德磊、黃德儀成婚生子後，位置就變成兒子第一、孫子第二、黃老三第三了，然後是閨女、兒媳婦，不變的永遠是她自己總把自己放在最後。這是一種被洗腦的女性傳統精神，根深蒂固，包括黃豆自己也不敢保證，等她成婚生子後，會不會也和黃三娘一樣。不過有一點她可以保證，她肯定沒這麼重男輕女，這個對她來說是不可能存在的。

黃老三吃餃子說買地，確實是他的心裡話。家裡種地、弄碼頭、開鋪子，他最喜歡的還是種地，只有站在土地上，手裡抓著飽滿的果實，他的心才會真正覺得踏實。

第三個吃到的是黃德儀，可把他高興壞了。黃豆找了條紅繩幫他繫起來，掛在脖子上。最後，黃德磊、黃老三的兩個銅錢都被他給哄去了，三個銅錢一起掛脖子上，跑起來叮鈴哐啷亂響，他也不覺得吵，還很滿意。

黃豆很想擰他耳朵，又不是算命卜卦，誰天天戴著三個銅錢滿街跑的？

跑到下午，黃德儀的三個銅錢就不見了，估計是和玩伴顯擺時弄丟了。黃豆怕黃三娘嘮叨，就偷偷又給他繫了三個銅錢，讓他去交給娘收起來。

但黃德儀覺得這樣太虧了，就把三個銅錢拿去買了零嘴，回來跟哥哥、姊姊分享。

黃豆感嘆：這是一個比我們聰明多了的孩子，我們當初還是太老實了！

這是事實，不管是文秀的黃桃，還是忠厚的黃德磊，或者是黃豆，他們從小得到壓歲錢後的第一個念頭都是交給娘收起來。

但黃德儀不，他從知道錢可以買零嘴開始，到他手裡的錢黃三娘就別想再拿回去。他會自己收起來，不過收起來的錢，最後都被黃三娘搜刮走了，畢竟一個孩子收錢的地方也就那些。黃德儀被搜刮多了，也變聰明了，之後拿了錢就給黃豆，讓她幫忙收著或者幫他買東西。

有時候黃德磊會故意逗他，讓他把錢給三哥，三哥帶他去買東西，或者給二姊，讓二姊幫他買，但他從來不上當，因為他知道，這個家裡真正敢不聽話的只有黃豆。只要他把錢交到黃豆手裡，那麼這個錢就還是他的錢。就算不小心被黃三娘給搜刮走了，黃豆也會一文不少地給他補齊。交給黃德磊和黃桃他都不放心，他親眼看見過黃德磊和黃桃拿了錢後，轉手就給了黃三娘，又被黃三娘小心地鎖進箱子裡。

其實黃德儀只是聰明卻不小氣，他的錢只要他可以自己支配，那麼無論是哥哥或姊姊借，或者是買零嘴和他們分享，他都捨得。

別人的錢，他也不要。黃豆經常會把幾文錢的零錢隨手放在桌子上的盒子裡，黃德儀在她房間寫字玩耍時，從來不會去拿姊姊的錢。反而是黃三娘看見了，直接就收起來了，她覺得黃豆心大，錢怎麼能亂扔？還是她給收起來的好。

黃德儀這樣的孩子才是真正聰明的孩子，知道什麼是自己的，不小氣也不貪心。

黃老三吃完飯後，又去後山轉了一圈，他是個閒不住的人。

他也確實在幫黃豆物色土地，準備和黃豆一起把麥種試種出來。自從自己家的水稻產量達到五百斤後，黃老三的信心就很足。

雖然五百畝的畝產並不穩定，但是黃家留出來的稻種，在別人家的田地裡最差也能收到三百五十斤，這在以前是不敢想的。

黃老三在河灘種了麥子，種了五年，收成都不錯，相較於平時的產量要高，但是也沒高到他滿意的數字。之所以產量高，也是因為這片灘地是以前的淤積地，土地肥沃，只要保護得好，十幾年之內都不會貧瘠。

父女倆除了顧著襄陽府那邊的店鋪，大部分時間都花在提高產量上。不過，黃豆也不能提出更好的方法，她是在農村長大，只見過人工育苗、人工插秧、機器插秧、雜交水稻，至於更多的東西，她根本不懂。她所知道的，只是她見過的，甚至連親手參與都沒有過。水稻提前培育栽插，確實增加了產量，但是這個產量也是有限的，黃家灘地之所以產量高，還是因為土地肥沃，又恰好遇到黃豆的栽插法適合，要不然為什麼黃家的稻種到了別的土地上，正常三百多，畝產最多也就四百一、二十斤，並沒有達到黃家灘地畝產五百的？

這個產量，黃豆不滿意，但所有買了黃家稻種的人卻都很滿意。

看著黃老三一頭扎進麥田，黃豆也只能搖搖頭，爹爹願意去實驗培育是很好，優選種子本身確實就很容易增加產量，只是沒有化肥農藥，她也是不知道麥子該怎麼增加產量了。

麥種一直是撒種播種的，放在現代也是播種，一畝地五十斤到五十五斤的種子，而不是像現在黃家一畝地需要用七、八十斤的種子，但這個黃豆真不敢胡亂去實驗，說黃家的種子多了。畢竟她以前見過的種子都是培育過的，而現在，所有的種子還是最原始的。

她怕她聰明反被聰明誤，看著黃老三對小麥培育的勁頭那麼足，黃豆只能攤攤手，她也幫不上大忙。

稻子能增產她是撞大運了；因為沒有栽插法，一直是撒種播種，和小麥一樣，這個黃豆是知道的。撒種播種費種子，產量也不高，所以她有信心試試栽插，結果真的成功了。

今年，黃豆給黃老三提了一個建議，灘地留下來全心種稻子，不要再種小麥了，因為土地再肥沃，也禁受不住這種一年兩季的剝削。要想稻穀的產量高，就要保持灘地的肥沃。

黃豆還建議，稻苗收割後儘量保證秸稈還田，就是收割的時候秸稈留長一點在田地裡，等稻子收完，就把田地的各路通水管道封死，把河水倒灌進去，淹沒秸稈，開始原始化漚肥。這樣，等到明年春耕，草種不容易生根發芽，土地也能肥沃點。

這個提議，黃老三今年就開始實驗了，所以今年的灘地沒有種麥子，而黃家其餘四兄弟二話不說，也沒有種麥子，直接把所有灘地都積水漚肥了。

這個方法不知道對不對，黃豆和黃老三的兄弟說了只是實驗，未必會有效果。不過他們覺得可行，畢竟種麥子本錢要高於水稻，且種子用得多，對肥料的要求也高。

黃家土地多，就靠那點人畜的糞肥根本是杯水車薪，家裡也儘量用那種沼氣法漚肥，可還是不夠用，田地裡的莊稼要肥，山裡的果樹要肥，包括屋後那半畝菜園子都要肥！這個方法如果不錯，黃老三準備今年都試試。

過完年初五，趙大山要提前出發，去東央郡那邊。等他過去，黃德落就可以回來玩到正月十六再過去。正月十八，方舟貨行就要繼續開業了。

其實按照黃豆的想法，他們就不應該在過年關門的！大過年的，歇一天都是奢侈，何況還從年三十就一直歇到第二年的正月十八啊！人什麼時候最有錢？當然是過年了！這個時候不僅不掙錢，且手裡還有閒錢。等手裡錢都花完了，年也過完了，人的消費慾望也消失了，進入理智消費的時期，你再開門做生意，就沒有過年時期那麼好忽悠了。不過他們幾個都是第一年開店，又是出海幾年沒在家過年了，所以黃豆想了想，還是把這些話嚥了下去。

趙大山很急，他很想過年時就去黃豆家提親，最好把他和黃豆的親事定下來，這樣他才能安心去東央郡做事。可是，這不是他急就能做的事情，因為黃三娘已經公開對上門的所有媒人說了——家裡這一年要給大兒子說親事，要準備大女兒出嫁，至於黃豆還小，這兩年內都不會考慮黃豆的親事。她只有兩個閨女，她還想讓黃豆在身邊多待兩年。

這話，黃三娘說的沒毛病。南山鎮這邊除非從小定的娃娃親，基本上兒子娶媳婦、姑娘說婆家，都是當年說好，當年成婚。

主要是這個時代的人成婚早，十三、四歲就開始準備相看，等到看好了，十四、五歲或者十五、六歲出嫁就行，這兩、三年都可以挑選。

訂親後，每個節日，準女婿都要往丈母娘家送禮，訂親越久，送禮越多。一年裡，從春節到端午，再到八月半中秋，三個大節日的送禮都是一筆很大的開銷。如果你家定個媳婦三、四年不娶，那三、四年間光是送禮的開銷都夠再娶個媳婦的了，這個錢一般老百姓都花不起。

為什麼很多小說裡，那些定了娃娃親的，以前都沒見過，突然十年後或者十幾年後拿個定親信物出現，然後就拜堂成親了？很簡單，就是怕送年禮、送節禮啊！

趙大山急，趙大娘更急。黃寶貴已經成婚了，黃德磊據說也有了頭緒，不過黃家口風緊，還不知道對象是誰。一個年，趙大娘急得嘴上都起了火泡，因為趙大山已經二十二了！

沒辦法，大兒子倔，看中黃豆了，怎麼說都不聽。

這件事情，她也不好聲張，一是怕對黃豆閨譽不好，另外則是錢家夾在中間，她怕她漏了口風，錢家會使壞。她不能讓大兒子不痛快，更不能讓黃豆壞了名聲。就連唯一的閨女趙小雨，趙大娘都沒露一點口風，她深怕趙小雨沒心眼，一不小心說溜了嘴。至於二兒子，她放心得很，這個從小就是個嘴緊的，就連這樣，她還是叮囑了又叮囑。

大兒子這邊暫時一、兩年是沒戲了，她一生氣，乾脆去給二兒子說親。趙大川喜歡黃小雨，她這個做娘的怎麼能不知道？

不過這個黃小雨和黃豆一樣大，翻過年也是十五。趙大娘就尋思著先託人問問，如果能說就先定下來，黃小雨的爹娘願意，今年她家就可以先娶一房兒媳婦了，如果想留兩年，她也不介意多送兩年節禮。

主要是家裡兩個兒子都大了，卻連一個兒媳婦都沒混到，她著急啊！

第三十五章　趙大川開始議親

過完正月，趙大娘便託黃豆的大伯娘黃大娘去說親。

黃大娘是個細心的人，說話、做事都不來虛頭巴腦那套，接了趙大娘的囑託，她就去了黃小雨的家。

黃小雨的哥哥黃大牛年前剛得了個閨女，黃小雨的娘正在家裡看孩子。

「他嬸子，在家嗎？」黃大娘隔著院門就喊開了。

聽見喊門的聲音，黃小雨的娘趕緊走了出去。「誰啊？門沒拴，進來吧！」

「是我！他嬸子，在家幹麼呢？也不去我家溜門子！」黃大娘推開院門走了進去。

「哎喲，快快快，進來坐！小雨，妳大伯娘來了，趕緊給妳大伯娘倒茶去！」黃小雨的娘說著就往院子裡走，走上前一把拉住黃大娘的手就往堂屋讓。

「妳看妳才是真忙呢，一年到頭都見不到妳的面！怎麼沒把妳家兩個孫子帶過來玩？」黃小雨的娘拽著黃大娘的手就沒放。

「那兩個皮小子去他三爺爺家了，他三姑說今天要做什麼蛋糕，中飯都沒回家吃呢！」說著，接過小雨倒的茶。「小雨啊，妳怎麼沒去找豆豆玩？把春子帶去，豆豆今天做蛋糕呢，小孩子都喜歡吃這個！」

黃小雨的娘一聽，就知道黃大娘是讓小雨出去避避呢！肯定是給她家小雨說親來了，不然，她大伯娘那麼忙的人，能閒得跑來串門子？「小雨，去吧，帶著春子，看著他一點，別讓他亂跑嗆了風。」春子是黃大牛的大兒子，今年三歲，年前黃大牛又得了個閨女叫小夏。

黃小雨聽話地領著小姪子去了黃豆家。

黃小雨的大嫂從屋裡走了出來，低低地叫了一聲。「大伯娘。」然後就把剛吃完奶的閨女塞給了婆婆，一轉頭進了灶房。

「我呢，也是無事不登三寶殿，妳家小雨不是大了嗎？我就尋思著，你們有什麼想法沒？」黃大娘看看黃小雨的娘，委婉地問了起來。

「哎喲，她大伯娘，小雨就是妳眼前長大的，雖然不是妳親姪女，但我們家可是沒出五服呢，妳要是有合適的人家只管說，我和她爹尋思尋思，只要家風好、人品周正就行。」

黃小雨的娘也是個直性子，說話不喜歡拐彎抹角。

黃大娘低頭喝了一口茶，想了想便道：「我呢，也是受人所託，孩子是個好孩子，這個不會瞎說，就是家底嘛，暫時看不大清楚。」

「妳這是說誰家的孩子啊？」黃小雨的娘連忙湊過去問。

「就是以前那個死掉的趙勤家，他家二小子趙大川。」現在都是一個村子上的，黃大娘也不瞞著。「他家那個寡居的娘，昨天找了我，說看妳家小雨有眼緣，妳家也是個忠厚人家，就想結個親，又怕貿然找媒人不妥，就託我先過來問問。」

「他家啊……」黃小雨的娘低頭沈吟起來。「她大伯娘，我也不瞞妳，小雨過年前，她嬸子也給說了一戶人家，孩子也是個好的，就是有點遠。妳也知道，我這麼多年來，就保下這兩個孩子，所以啊……就想閨女能嫁得近一點。」說著，黃小雨的娘眼圈就紅了。

黃大娘無奈地拍了拍她的手，嘆了一口氣。

黃小雨的娘嫁過來後，因為婆婆有點凶，妯娌兄弟間的關係就比較緊張，而她剛進門時年輕不懂事，懷了身子也不知道，一個多月的身子，挑水澆菜地見了紅，孩子沒留住。第二年又懷上了，結果又沒留住。兩年連丟了兩個孩子，黃小雨的爹就急了，鬧著要分家，說自己媳婦就是沒養好身子才留不住的。事情鬧得不可開交，最後還是黃老漢去勸了黃小雨的爺爺，還拿自己家做例子。最後黃小雨的爹分了家，找了大夫給黃小雨的娘好好調理了兩年，才有了黃大牛，隔了三年又生下黃小雨。

黃大牛的媳婦端了兩碗荷包蛋走了進來。「大伯娘、娘，妳們吃點東西墊墊，我去準備準備，大伯娘晚上就在這裡吃飯吧？」

「哎呦，妳這孩子，我剛吃了飯，妳弄這玩意兒幹啥？」黃大娘連忙把面前的碗推開。

桌子上放了兩個大碗，一個碗裡是四個白生生的糖水荷包蛋，這是一家待客的最高規格了。正常一碗兩個雞蛋就是很給面子了，大部分都是一碗白糖水就行了，窩了荷包蛋的都是貴客。

「客氣啥？我們認識都二十多年了，換成以前，我想請妳吃也沒錢。這幾年沾著二叔的光，搬到這裡，雖然種地遠了，但是離鎮子近，大牛和他爹做活也方便。」說著，黃小雨的娘推了推碗。「快點吃，別涼了。」

「真吃不下，放這裡吧，留著孩子回來吃，我們妯娌倆說說話就行。」黃大娘確實是剛吃過飯才過來的。

兩個人推來推去，後來又拿了個碗，撥出來兩個，黃小雨的娘陪著黃大娘一人吃了兩個糖水荷包蛋。

「她大伯娘，妳說這趙大川家，到底能不能說？我這心裡沒底啊！」黃小雨的娘吃了糖水荷包蛋，又把話題扯到小雨的親事上。

「孩子肯定沒得說，一個村也住了五、六年了，都看得見。這幾年在錢家倉庫那邊做得也不錯，還識幾個字，又不用做重活，工錢還拿不少。趙大川的娘也是個本分人，從來沒見她東家長、西家短地說別人閒話，一看就不是個是非人。哥哥趙大山是跟我們家他老叔和兩個孩子一起出過海的，也是個義氣的孩子，況且當初若不是他，我們家豆豆就差點丟了！他家還有一個女兒也叫小雨，也是個好孩子。」說到這裡，黃大娘想了想才道：「唯一覺得不太放心的就是家底不是很好，妳也知道，趙勤去得早，這幾年孩子的叔叔們也沒幫上忙，都靠孤兒寡母幾塊地熬出來的。」

「是啊，也就是妳了，若換了別人來，肯定是說趙大山出海幾年賺了大錢，都去東央郡開鋪子了，說這些沒用的。」黃小雨的娘看著兒媳婦把碗筷收走，轉身又從屋裡端了花生、瓜子出來。「吃點瓜子吧，昨天剛炒的，過年的都吃完了。」說著，黃小雨的娘抓了一把放在黃大娘手裡。「我呢，也不圖他家多有錢，但是小雨也是我嬌養大的，讓她去吃苦受窮，我也捨不得。她大娘，他家既然讓妳來，肯定也說了家裡條件吧？妳說說，我聽聽。」

「也沒說啥，那個大山回來時，是帶了點錢。本來呢，家裡想買地的，後來不是寶貴跟幾個孩子去了東央郡嗎？就把這錢啊都給投到了那什麼貨行裡了。」說著，黃大娘湊過去，壓低了聲音道：「不過，大山他娘給我透了底，說大山給他弟弟留了一百兩銀子，讓大川買地娶媳婦的。」

「一百兩?!」黃小雨的娘驚呼一聲，說完又意識到自己的聲音太大，連忙壓低了聲音。「這個大山真掙到錢了？竟然給大川一出手就是一百兩?!」

「是掙到了些，不過都投到貨行裡去了。」說著，黃大娘「嘖嘖」了兩聲。「妳說這些孩子，拚死拚活地出海，一去五年，結果掙了點錢竟全都投入貨行裡了，要是——」

「可別，大過年的！」黃小雨的娘連忙伸手攔住她未完的話。

「呸呸！」黃大娘連忙往地上啐了兩口。「看我這嘴，也沒個把門的。」

「妳我還不知道嗎？也就是話趕話，趕上了。」說著，黃小雨的娘把茶碗推了推。「那這錢是買地呢，還是蓋房呢？要我看，這一百兩雖然是大山給大川的，但我覺得大川不會都想著自己，房子得建，地也得買，假如以後大山有個什麼不小心的，起碼大川這裡也算是一條退路。」

黃小雨的娘這話說的，連黃大娘都對她刮目相看了，這是個講理的人啊！

黃小雨的娘受過婆婆的苦，也和妯娌之間不和睦，有了媳婦就從來沒想搓磨過兒媳婦。閨女更是想找個就近的人家嫁，若家裡是兄弟和睦的，像黃老漢家這樣的就最好不過。

別說黃小雨的娘拿黃家做為選親家的標準，其實黃家灣大部分人家都覺得閨女能嫁進黃家這樣的人家是有福氣的。

「房子開了春就建，大山的意思是建兩棟，兄弟倆的一起建，這個錢他來出。至於大川手裡的錢，就是給大川成親買地的，大川若不買地，想做生意也行，大山不管。」黃大娘把自己知道的，有一說一都說了。

「那大山媳婦說好了？沒聽說啊！」黃小雨的娘奇怪地問。

「我問了，還沒呢！大山說這兩年要專心做貨行，等兩年再說。這不，可把大山他娘給急壞了，畢竟不小了，都二十二了。可大山倔，脾氣不像大川軟和，大山他娘也沒辦法，就想著乾脆給大川先定下來。大山他娘也說了，兄弟倆都不小了，也不分前後了。你們要是願意，婚期由你們家定，該辦的她一樣都少不了小雨的。如果要是捨得，她是巴不得今年就娶個媳婦進門；要是捨不得，想再留兩年也行。四時節禮，他們一回不落。」黃大娘一口氣說完後，只覺得口乾舌燥，端起面前的茶水一飲而盡。

黃小雨的娘連忙提起一旁的茶壺再給她倒滿。「我家小雨不管要去誰家，肯定都要留兩年再嫁的。孩子成婚太早，身子骨都還沒長好呢，我受過的罪可不能讓我閨女、媳婦也受。」黃小雨的娘這樣說，確實也是這樣做的。她家大牛的媳婦也是先定好了親，過兩年才進門的，就是為了讓媳婦長長身子，回頭好生養。這不，大牛媳婦一進門就懷上了，才幾年就生了兩個，把黃小雨的娘歡喜得不得了。

「要我看呢，大川不錯，大川他娘也不錯，這樣的人家是沒話說的。回頭等春天房子一建，地再一買，妳就看著吧，總有那眼皮子淺的會打破頭往裡擠。」黃大娘也是實話實說。

「大川的事我和小雨她爹商量商量，再問問小雨，過幾天給妳個準信，妳看行不？」

「行，我就喜歡妳這樣的索利勁！實話告訴妳，也就是大山娘找我，說的妳家，別人家我肯定不去！妳知道我這個性子，可不喜歡那些鬼頭巴腦的事情。」說著，黃大娘站起了身子。「那我走了，妳也別留我了，家裡都是事。」一邊說就邊往門外走。

黃小雨的娘急忙跟著送了出去。「那我就不留妳在這兒吃飯了，回頭讓小雨給妳送點紅薯乾過去，我瞅著你們家今年好像沒種？」

「那行，我就喜歡這個！確實沒種，顧不上啊！整天啊，也不知道幹麼了，忙得菜園子都要荒了。」黃大娘這是實話，也是一種炫耀。她家確實忙，但還不至於荒了菜園子，那是要被戳脊梁骨的。

晚上，黃小雨的爹娘準備睡覺時，黃小雨的娘就提起趙大川家想說小雨的事情。「老頭子，你說這個大山是怎麼想的？一百兩銀子啊，居然撒手就給大川了！就是親兄弟，也不能這麼捨得啊！要是我，就捨不得。」

「妳呀，就是頭髮長，見識短。趙大山他爹死得那麼早，那時候大山才十來歲的娃子，妳看他娘，也不是個多硬氣的，如果不是大山，這個家估計早散了！大山這是把弟弟、妹妹當兒女養呢，這小子重情義，是個漢子啊！」

「那你說，我們家小雨要是說給大山，那不比大川好嗎？」黃小雨的娘看老頭子把煙袋拿了出來，連忙湊過去幫他點火。

「說妳沒見識，妳還不服氣！別說人家提的是大川，就算真的提的是大山，我們也不能答應。大川這個孩子，在碼頭做了這幾年，是個肚裡存住貨的，會寫會畫，見人三分笑，脾氣好，性子也不糯，這樣的人小雨能嫁，我們家小雨太嬌慣了點。大山就不行，那孩子性子太野了，小雨是駕馭不了他的。」

「也不知道他想找個什麼樣的，你說，都二十二了，換成別人家，孩子都滿地跑了，他娘能不急嗎？換成我，早急得火上牆了。」

「我估摸著大山心裡應該是有數的，不然他娘也不一定會這麼由著他。」

「有數還不提親？又不是沒錢！還是這孩子性子野，又出去跑了幾年船，他娘管不住他了？」黃小雨的娘覺得，肯定是趙大山他娘管不住趙大山！兒大不由娘，只能先緊著大川定下來了。

「沒爹的孩子，也是怪不容易的。」黃小雨的爹想了想，說道：「他們爹趙勤比我小幾歲，莊子隔著莊子，也算是一起長大的。那人啊，這不是我誇，要是沒死，如今大山家那得是另一個樣子。」

「這都是命，就是苦了這母子四個了。」黃小雨的娘看看老頭子，也跟著嘆息。

「苦日子算是熬過去了，現在孩子都大了。妳看著吧，以後就憑這兄弟倆，肯定都是過好日子的。」黃小雨的爹端著煙袋一口接一口地吸著，他還是很看好趙大山兄弟倆的。

黃小雨的娘滿眼笑意地看著黃小雨的爹。「既然你這麼說，我這心啊，就放下來了。我也不是圖他家那一百兩銀子，不過有這一百兩置辦點田地產業，小雨過去也打不著饑荒，我這心也就寬裕了。」

「嗯，妳回頭問問小雨，小雨要是沒意見，就給東莊她大伯娘回個話。咱家不做那不識抬舉的事情，這幾年，若不是東莊他們家拉拔著我們，我們的日子過不到這麼好。」說著，黃小雨的爹把吸了兩口的煙袋敲了敲。

「那……要是小雨不同意——」

黃小雨的娘話沒說完，就被黃小雨的爹給截斷了。「那是她能作主的事情？她個孩子懂什麼？她不願意，妳這做娘的要說，把該說的都說清楚。別對孩子凶，妳越凶她越對著來，妳把道理給我掰開揉碎了跟她說，我們家小雨不是那不懂事的孩子。」

「好，我先睡了。你少抽點，看你天天夜裡咳嗽的。」黃小雨的娘掀了被子上了床。

「睡妳的吧，一天天嘮叨來、嘮叨去的，我都抽這麼多年了。妳明天抽空就和小雨說，後天妳給她東莊大伯娘送點紅薯乾去，把我們家的意思說清楚。」說完，黃小雨的爹又深深吸了一口煙。

「行，那我睡了。」黃小雨的娘也知道自己家老頭子就是嘴上說說，其實是個面硬心軟的，這麼多年來，要不是他硬氣，她可能早被黃土埋多深了！

第三天，黃小雨的娘去了一趟東莊黃大娘家，給黃大娘帶了紅薯乾，還帶了一包糖果，說是給四個寶的，住在大兒子家的黃老漢、黃奶奶也給帶了兩盒點心。幾個人熱熱鬧鬧地聊天、喝茶，說了一下午話。

沒兩天，就看見趙大川的娘請了黃港的王媒婆，去了黃小雨家。

王媒婆不是本地人，一開始也沒幫人作過媒。她與王重陽家是本家，一起逃荒到了黃港安家落戶，因為能說會道，又是個熱心腸的，很快地，黃港好幾戶人家就開始請她保媒了。她作的媒，成功的次數居然極高，且成婚後都是很快就抱娃的，大家都覺得這兆頭好，於是更喜歡請王媒婆了，而王媒婆覺得做媒人竟然這般得心應手，也是歡歡喜喜地答應了。

趙家請的王媒婆進了黃小雨家，這件事就像一陣風一樣，在黃港傳了出去。

很快地，趙大川和黃小雨的親事就定了下來。

這親事定的，一下子就把二十二歲卻還沒說親的趙大山推到了風口浪尖上。

一個莊子裡說什麼的都有，有的是純粹無聊，曬太陽、嗑瓜子閒的；有的就是眼紅，什麼樣的人都有，什麼樣的謠言也都敢說。

有的說，趙大山是出了幾年海，有錢了，看不上鄉下姑娘，想去東央郡找個大戶人家的小姐。這話一說，就惹得眾人哄笑，有錢人家的小姐那是誰都能娶的嗎？那麼嬌滴滴的小姐，就跟一塊豆腐掉進灰堆裡，拍不得、吹不得，娶回來還得當個菩薩供著！有那混的就說，就是當菩薩供著也是願意的，那些嬌養的小姐別說當菩薩供著了，就是睡一覺立刻去死也值得了，何況還娶回來做了媳婦。

也有的說，是不是趙大山跑船靠碼頭時，青樓楚館逛多了，得了什麼說不出口的病？

還有的說，大山是不是出海時遇見海盜，打鬥中受了傷？不是說他們四個是因為有功勞，得到了賞賜，所以才有錢去東央郡開鋪子的嗎？這跑船的功勞可不是小功勞，沒見當初黃老漢揹回小東家，就在黃家灣蓋了四棟房子，雖然後來走山全沖垮了，但人家現在跑黃港這邊又蓋了五棟呢！

當初一起跑船的四個人，黃寶貴已經成親了，黃德磊也在議親，連黃德落的娘也在託媒人相看著，就只有趙大山一點動靜都沒有，趙大川還搶先在哥哥前頭說好了親事，這明擺著是有事啊！但眾人的猜測也不過是——趙大山是不是傷了？估計是不能傳宗接代了，所以不想禍害好人家的姑娘吧？

謠言傳起來，就像一陣風一樣。很快地，就連趙莊趙大山的爺爺、奶奶都得到了消息。

春天，二月初三，一陣鞭炮聲中，趙大山家的房子開始動工了。大船運來的青磚烏瓦，就停在黃港碼頭。

挖地基、砌磚牆、上屋樑、蓋烏瓦，趙家的兩棟房子以肉眼可見的速度立了起來。很快地，趙家在鎮北買了一片近百畝灘地的事情又傳了出來。

那些當初對趙大川這個俊俏後生有點想法卻又猶豫不決的人家，如今後悔得腸子都青了。早知道，應該在趙大山一回來時，就過來先把趙大川給定了的，趙大山都是廢人一個了，以後肯定指望著兄弟趙大川呢！黃大牛他爹果然是個不老實的，下手這麼快，抓了趙大川這條大魚！

也有那心思蠢蠢欲動的想著，趙大川怎麼也比不上趙大山有本事，還不如直接把閨女說給趙大山呢！說是有問題，也未必真有問題啊，畢竟是謠傳嘛！再說了，就是有問題，那不是人還好好的嗎？濃眉大眼，身材高大。實在不行，以後趙大川生了兒子，抱一個回來養，香火沒問題。

只是不知道怎麼回事，媒人雖沒少上門，趙大娘卻一律都是回說：算命的先生說了，大山不宜早成婚，得等兩年。

這話說多了，就連趙大娘自己都有點相信了，覺得我家大山可能真的不能早成婚。姻緣不都是天定的嘛，大山肯定是姻緣沒到！於是趙大娘奇蹟般的安心了，竟然不急不躁地開始準備房屋動工的事情。

至於買的灘地，趙大娘根本不操心，自然有趙大川找人料理得好好的，期間黃豆也幫了不少忙，還把自己的爹拉去做了幾天監工。

趙大川買的這塊地，是黃豆親自測量、計算，最終由趙大山拍板，趙大川才去買的。黃豆可以肯定的是，只要不發洪水，她所選的地，肯定是旱澇保收。而真正的洪水，正常都是幾十年才出現一次。幾十年的收穫，就是淹一次也值了，何況淹沒了，第二年還是自己的土地，還能繼續耕種。且這種灘地，因為容易被淹，最關鍵的是不用交稅糧，這樣算下來就很可觀了。

黃豆還給趙大川保證，只要他把地種好，黃豆就可以讓他家地裡的稻穀也成為縣衙採購的良種。即便縣衙不要，賣給普通民眾、鄉紳大戶家做種糧也可以。只要黃家種糧的這塊金字招牌不倒，那麼趙大川的這片土地就不愁不出好莊稼。

趙大川回去把黃豆的話原原本本學給趙大娘聽，趙大娘便歡喜得連忙到丈夫趙勤的牌位前上了三炷香。不用說，黃豆說這話肯定是為了趙大山。

趙大娘旁敲側擊，都沒有從趙大山嘴裡套出一句關於黃豆的話，她只知道兒子喜歡人家黃豆，卻不知道黃豆對趙大山的看法。因此她還讓二兒子去他哥那裡打探，讓趙大川以兄弟的名義去關心一下哥哥的終身大事。

然而趙大川從小就聽趙大山的，現在更是以他大哥馬首是瞻，所以他一進他大哥屋裡，直接就把娘給出賣了，說是娘讓他來打探一下黃豆的事情，看他們是不是郎情妾意，還是趙大山剃頭擔子一頭熱？結果趙大山只說了兩個字：等著。

趙大山不是不願意說，他是怕傳出去，於黃豆的閨譽不好。只要涉及到黃豆的事情，別說是親兄弟了，親娘來都不行。

打探不到消息的趙大娘也就罷了手，專心開始看著家裡建房造屋。

這日，外面傳來敲門聲，趙大娘邊整理著衣裳邊問：「誰呀？」說著，剛好走到前門。

趙大娘打開門來，就看見自己的公公、婆婆正站在門外，而公婆身後還站了七、八個膀大腰圓的漢子！

第三十六章　理直氣壯來要地

趙老實是被兩個兒子唆使著來到大山家的，其實他根本不想來。

那年趙大山家的房和地被沖了，趙大山他們娘幾個走了就沒回來，把家裡的幾畝地租給別人耕種。那時候，兩個兒子就叫他來，說自己家的地怎能不給家裡人種，反倒給外面的人種。但他沒同意，因為他知道兩個兒子沒安好心，大山難成這樣了還想占他們孤兒寡母的便宜。地要是真租給他們兄弟兩個種，他怕到時候大山他們娘幾個連吃的糧都沒有。

誰也沒想到大山會跑船出海，掙了錢回來，不但去東央郡開了鋪子，家裡還建了房、買了上百畝的灘地。雖然是灘地，可黃老漢那一百多畝灘地一年能出近五萬斤的稻種，那可是金燦燦的稻種啊，賣給襄陽府那邊是稻子兩倍的價格。就算不能像黃家一樣當稻種賣，五萬斤哪，都夠他家吃小半輩子了啊！趙老實打從心裡替大山高興。

結果兩個兒子又說了——這些年趙大山發財了，該孝敬孝敬爺爺、奶奶了，要把當初分給大山家的幾畝地再還給爺爺、奶奶養老才是。反正大山如今有錢了，還能缺這幾塊地？且每年還得給些稻穀。他們不是白要他的地和稻穀，畢竟他們可是養著老人呢！至於給多少，可以商談。

他們怎麼沒想著，趙大山出海時，趙大川年年來送錢，他們連口水都不給大川喝，結果現在居然還想要人家的地？越是這樣，他越沒臉來見大山。他老了，活不了幾年了，他不能再讓人戳脊梁骨了！

豈料，昨天小兒媳婦走了趟娘家回來，一進門就說大山跑船出海傷了命根子，以後傳宗接代都不可能了，準備等著大川生兒子繼承香火呢！

兩個兒子上竄下跳，說要找大山娘問問，為了掙錢，竟然把大山的子息都絕了？大哥雖死了，姪子還是他們的姪子，姪子們還是趙家人，他們得為大山討個公道！

於是，兩個老人就這樣被兩個身強力壯的兒子以及六個孫子挾持著，來了黃港。

趙大娘打開院門，看著門口羅列的一群人時，先是微微一驚，轉而很快鎮定下來。

「爹、娘，你們來了？屋裡坐。」說著大開院門，把兩個老人讓了進來。至於兩個小叔和姪子們，趙大娘並不理會，該撕破的臉皮早撕破了，她也不是那種以德報怨的人。

趙大山和趙大川的兩棟房子連院子占地六畝，院子極大，院牆都是用磚頭砌成的。高高的院牆下，還堆放著沒有來得及清理的磚瓦，大川說留著他有空再把花壇砌好，至於碎裂的就放著以後鋪路。

從前院門口到堂屋，一條青石板路，鋪得整整齊齊。屋裡大致上已經收拾得很乾淨了，只是沒有家具，還顯得很空蕩。眼尖的早看見院子的一頭堆了木料，看樣子，那應該就是準備好打家具的吧？一群人進了院子，看得眼珠子都恨不得掉出來，這房子、這院子，這些要是他們的多好！

趙勤在趙莊建的房，這麼多年來在趙莊都是首屈一指的，就衝著那房子，趙大山這六個堂兄弟，有五個已經娶了媳婦，就連最小的趙大鵬都定好了媳婦。

趙勤的大弟弟叫趙健，小弟叫趙康，一共養了六個兒子，一個閨女。

趙老實老倆口都是個子高䠷的人，養的兒子都像他們，長得高大結實，帶來的六個孫子也不含糊，都是那種又高又壯的。趙大山就很像老趙家人，身材高大。而趙大川更像他娘，雖然高，卻是瘦弱修長的那種。

看著氣勢洶洶的一群人，趙小雨把茶壺拎進屋，給爺爺他們一群人倒好茶，就從後門溜了出去，一路跑向黃豆家。

這幾天，趙大川一直在灘地上忙碌，晚上才回家，就為了能早點弄好，好趕上秋種。

看著叔叔帶著爺爺和奶奶上門，趙小雨直覺沒有好事，她找不到人，只能想到黃豆。而且，自從她察覺到大哥的心思後，她也在心裡把這個多年的好朋友當成了大嫂一樣尊敬。

黃豆正在家裡做紅豆脆皮酥，脆皮中間夾了發酵好的羊奶塊，夏天吃，味道特別無敵。只是沒有烤箱，脆皮不夠脆也不夠酥，但光是這樣，黃桃已經很滿意了，更是把四個小姪子歡喜得直誇三姑姑好聰明。

看著氣喘吁吁跑來的趙小雨，黃豆笑著說：「小雨，妳跑慢點，是不是知道我做了好吃的？看妳這一頭汗。」

「不是……豆豆，我、我二叔和小叔帶著我爺爺跟奶奶來我家了，還、還帶了他們的六個兒子！」趙小雨氣都喘不勻了，急得不行，不知道娘一個人在家受沒受欺負？

聽了趙小雨的話，黃豆皺眉思索了片刻。這種事情她沒應付過，只能讓爺爺和奶奶過去了。「小雨，妳去我大伯家，找我爺爺、奶奶，就說妳爺爺和奶奶來了，說是妳娘說的，妳大哥、二哥都不在家，家裡連個陪客的人都沒有，所以想請黃爺爺跟黃奶奶去陪妳爺爺和奶奶喝茶、聊天。我爺爺、奶奶肯定會去的。」邊說，黃豆邊往盤子裡放點心。「小雨，妳請了我爺爺和奶奶後，再去把黃小雨的爹娘也請去妳家，就說妳爺爺、奶奶來了，叔叔及堂哥們也來了，但妳哥哥們不在家，想請黃叔叔及黃嬸嬸幫忙待客。」

趙小雨答應著，就往外跑。娘一個人在家，她是真的不放心。

黃豆裝好一盤點心後，放進籃子裡，用一塊乾淨的花布巾蓋起來，看看剩下的點心，深深地吐了一口氣，喊了黃桃一聲，讓她過來看著四個小的，然後轉身挎上籃子，走出院門，一路往趙大山家走去。

趙大山家和黃豆家還隔了好幾戶，一路上，黃豆邊走邊和在外面樹蔭下乘涼的鄰居們打招呼——

「七爺爺，您今天怎麼沒下棋啊？我去大山哥家一趟，小雨說她爺爺、奶奶和兩個叔叔們都來了，託我做了點心，我給送去。」

「族長奶奶，您挑豆子啊？我不坐了，小雨說她爺爺和奶奶來了，讓我幫她送些點心過去。」

「三嬸子，您家門口這花開得可真漂亮！小雨的爺爺、奶奶來了……」

「五婆婆，我不吃糖。我要去小雨家呢，她爺爺、奶奶……」

一路走，一路說話，很快地黃豆就走到了趙大山家。推開院門，跨過門檻走了進去，遠遠就見堂屋裡坐著滿滿一屋子人。「趙大娘，在家嗎？」黃豆進了門，站在院子裡喊。

「噯，豆豆啊，在呢！妳怎麼來了？」趙大娘走出灶房，拍打著身上的灰塵，走了過去。

「我做了紅豆脆皮酥，小雨讓我送過來。她說她爺爺和奶奶來了，已經去請我爺爺跟奶奶來幫忙待客，還叫了我西莊的三大爺及三大伯娘他們過來了！」說著，黃豆走近趙大娘，藉著遮籃子的功夫，用力捏了趙大娘的手指一下。

被黃豆一番話說糊塗的趙大娘微微一愣，才反應過來。「這孩子，是我叫她去請妳爺爺和奶奶過來的，她怎麼把妳也喊來了？」

「小雨說都是家裡人，讓我過來幫忙做飯，她一會兒就回來。」黃豆開始挽袖子。「大娘，做什麼？妳吩咐，我來做。」說著話，黃豆就和趙大娘前後腳進了灶房。

灶房的鍋裡正燒著滾水，煮了二十來個紅皮雞蛋。

「我也沒做荷包蛋，就煮了幾個雞蛋，等會兒剝了，放點糖就是。」趙大娘邊說，邊往冷水裡撈雞蛋。

趙大山他二叔家的小兒子趙大鵬，是個屁股上有刺的，屋裡坐不住，就拉著三叔家的趙大河一起，兩隻手揣在棉襖兜裡，滿院子轉悠。一眼看見進門的黃豆，他就愣住了。

他去年剛說了媳婦，是他大嫂娘家莊子上的，長得一般，就是手腳勤快，會做事。這親事原本趙大鵬就心不甘情不願的，此時一眼看見黃豆，他的心就「撲撲」直跳。這麼好看的小姑娘，他還是頭一次見呢！巴掌大的小臉，一對水汪汪的大眼睛，穿的是一身櫻桃紅的襖裙，領口和袖口都鑲嵌了一圈白兔毛，襯得嬌嫩的皮膚雪白粉嫩。

這一刻，趙大鵬覺得自己是戀愛了。

看她和大伯娘有說有笑，挽起袖子就進了灶房，難道她就是趙大川說的媳婦黃小雨？憑什麼趙大川能找個這麼漂亮的小媳婦，我趙大鵬就只能找個樣貌普通的？

想著這些，趙大鵬心裡彷彿堵了一口氣，悶頭就往院子外面衝。

趙大河扯了兩把沒扯住趙大鵬，只能由他去了。

雞蛋剝好，趙大山的爺爺和奶奶都是一個碗裡三個雞蛋加一勺糖，小叔和姪子們則是一個碗裡兩個雞蛋加一勺糖，趙大娘用木製的托盤把一個個大碗送到堂屋裡。

看著兩口就把雞蛋吃完的趙家人，趙大娘靜靜地站了一會兒。

該來的終究還是要來的，大山當初寧願買荒地，也不願意回趙莊建房，就是因為這一群附骨之蛆！要想擺脫他們，只能削肉剔骨了。

吃了雞蛋、喝了糖水的老二趙健及老三趙康兄弟倆，偷偷互相使了一個眼色。

趙健先開了口。「大嫂，妳說妳建房買地這麼大的事，怎麼不叫我們來幫忙？都是自家兄弟，妳幾個大姪子身強力不虧，做事一個頂倆，妳這樣不是讓他們堂兄弟日後生分嗎？」

「就是！爹娘還在呢，怎麼能說都不說一聲？這麼大的事！」趙康在一邊幫腔。

趙大娘的聲音不高不低，卻字字清楚。「家裡離得遠，來回跑，路上太耽擱時間了。春天地裡活又多，大川說，就花點錢找人弄，省時也省心。」

「找外人做還不是要花錢？妳讓大鵬他們來做，自家兄弟，還能占大山他們兄弟倆便宜嗎？我看這院子還沒清理好，屋後的牲口棚也還沒蓋，乾脆讓大鵬他們兄弟幾個在這裡住著，等忙完了再回去吧！家裡那幾塊地，不夠我一個人伺候的，他們在大嫂妳這裡，我們也放心。」趙健說著，砸吧了一下嘴。蛋碗裡糖放得有點多，現在有點口乾，茶壺裡那一口水都不夠分一圈的，大嫂也不說再提一壺來！

趙大娘看了一眼坐在上首的趙老實老倆口，沒說話。

「爹、娘，你們說說，是不是這個理？」趙健見大嫂看向爹娘，也把頭轉了過去。

趙老實舉著煙袋一口接一口地吸菸，並不想說話。

趙奶奶緊緊抿著嘴，這個大兒媳婦，她說不上喜歡還是不喜歡。不過趙勤去得早，看在大兒媳婦把大山兄妹三個拉拔大，還蓋了這麼大的房子，趙奶奶就不想說什麼了，這個兒媳婦其實還是不錯的。

「我知道爹娘偏心大哥，覺得大哥什麼都比我們強。但大哥死了這麼多年，也沒照顧過爹娘一天，爹娘吃的、穿的、用的，還不是我們兄弟倆出的？大嫂，妳不能現在有錢了、享福了，就把爹娘扔了。不管不問，這是不孝，是要被人戳脊梁骨的！」說著，趙康看了看二哥，又看了看爹娘。「這樣吧，我們也沒別的要求，趙莊那幾畝地，大嫂妳就給爹娘，我們兄弟倆辛苦點，幫忙種著。還有——」趙康話還沒說完，就聽見前院大門一下子被推開。

趙小雨提著一個籃子，和黃奶奶並肩跟在黃老漢身後走了進來。

「聽說我趙家兄弟來了，人呢？」黃老漢一進院子就衝著堂屋喊起來，六十多歲卻還是聲音宏亮、中氣十足。

趙老實聽見黃老漢說話，連忙站起身來，往屋外走。「哎呦，這是……怎麼把你給請過來了？快屋裡坐、屋裡坐！」說著，趙老實就伸手去托黃老漢的胳膊。

緊跟在後面出來的趙奶奶，也一把拉住了黃奶奶的手。

看見跟出來的娘，小雨滿臉通紅地把手裡的籃子遞給了趙大娘。「娘，我黃爺爺和黃奶奶非要帶幾斤羊肉過來。」

趙大娘接過籃子一看，果然，好大一塊羊肉，足有四、五斤重！「這孩子，妳還真不客氣，妳黃爺爺、黃奶奶家什麼都往回拿！叔、嬸，那我就不客氣了！我拿鍋裡燉著去，大山他爺爺就好這一口呢！」說著，趙大娘拎著羊肉進了灶房。

黃老漢笑咪咪地點頭。「小雨這孩子說她爺爺跟奶奶來了，我一聽，這不就過來了？我們老兄弟都多少年沒一起嘮嘮了！」

堂屋裡，趙健和趙康也站了起來，連忙吩咐小雨。「小雨，這都沒熱水了，妳快去拎壺熱水來！」

趙小雨拎了一壺開水，噘著嘴，把黃豆帶來的點心端上了桌。

屋裡，兩個老人還挺激動的，手拉著手就嘮了起來。

「自從我那大小子去了後，我這身子骨就一直不怎麼好，我這不是……」說著，趙老漢的眼睛都濕潤了。如果大兒子還在……

「看你，都多少年的事情了，別想了！你看現在大山和大川這屋建的，你別說，這兄弟倆就是索利，不比他們爹差，是個好孩子。你說你們離得又遠，他們從小也沒個爹領著，好不容易掙了點錢，非去我那邊磨，讓我給拿個主意。我就尋思著得買地建房，得安個家才像樣子。這兩個聽話的孩子，現在房也建了，地也買了，等兩年再給你娶兩房孫媳婦，你們老倆口啊，就等著享福吧！」

「是啊！」趙老漢一直點頭。

黃老漢不吸菸，卻還是邊說邊順手把趙老漢的煙袋接過來，給他塞上旱煙，點了起來。

「這煙袋還是你那大小子跑鏢給你帶回來的吧？都多少年了，樣子還這麼小巧精緻。你說說你，就好這麼一口，當初趙勤花大錢買個東西孝敬你，你還給了他一巴掌，說不如買塊地！結果轉頭又去我們面前顯擺，說你手裡捧著的可值一塊地！大山的爹是個好的，出去做什麼都惦記著你們老倆口，你養了多好的一個兒子啊！那時候，誰不羨慕你們？哎，就是命薄，去得早。」

幾句話，說得趙老漢的眼淚都要下來了。他大兒子多好啊，要不是……

黃老漢握著趙老漢的手搖了搖。「大兄弟啊，你看大山兄弟倆起來了，高興不？」

「高興、高興！」趙老漢剛被黃老漢提起最得力的大兒子，覺得肺管子都被戳痛了。

黃老漢贊同地拍了拍趙老漢的手。「高興就好！大山不容易啊，掙了這麼大一個家業，那是拿命拚出來的！我那不爭氣的老兒子跟兩個孫子是跟著他一起跑碼頭的，他連個白麵饃饃都捨不得吃呢！他說自己少吃一口，家裡的娘和弟弟、妹妹就能多吃一口。你說，這孩子，掙這麼大一片家業容易嗎？」

趙老漢的眼淚一下子忍不住，湧了出來。

就連坐在一邊的趙奶奶和黃奶奶，也摸出帕子來擦眼淚。

「大兄弟，你的意思我懂，我就是聽說大山跑船傷著了，我不放心，所以來看看，沒別的意思。」趙老漢顫抖著雙手，把煙袋放了下來。

「這事啊，說來話長，當時大山確實傷得不輕……」

「啊，真傷著了?!」趙奶奶說著，一下子站了起來，哭喊道：「我的天老爺啊！」

「老嫂子，妳這是怎麼了？大山早好了！」黃奶奶連忙跟著站起來，拽著趙奶奶的手。

「好了？」趙奶奶疑惑地看著黃奶奶。「不是說傷了根，連媳婦都娶不了了嗎？怎麼就好了？」

「娘，妳這是聽誰胡說的？」趙大娘急了，是誰在敗壞她兒子名譽的？她家大山可還沒娶媳婦呢，這要是傳出去……

「沒事就好、沒事就好。」趙奶奶喃喃地說著，坐了下來。「我這是老了、糊塗了，聽風就是雨。」她總不能說這話是她小兒媳婦說的吧？這話可真不能說！

「爹、娘，我不管你們是聽誰說的，要是讓我知道，我非撕了那人不可！這是沒安好心啊，我家大山可是連個媳婦都還沒說呢！」說著，趙大娘就坐到了地上，邊哭邊罵。「這是哪家嚼蛆蟲的？一家子沒個周正人了，背後使陰耍壞，欺負我們孤兒寡母啊！可憐我的大山，從小受那麼多苦，好不容易全鬚全尾地把命保回來，這是不想讓他活啊！」

也難怪趙大娘急了，這種事情，捕風捉影，誰也說不清楚。你說你沒病，大家又看不見，所以根本說不清楚。連大山的爺、奶都能聽見風聲，這謠言可傳得夠遠的了。

趙奶奶連忙顛著腳走過去，和黃奶奶一邊架一個膀子，開始拖趙大娘。「大山他娘，妳起來，都是我老婆子沒聽清楚。」說著，揚手就給自己一巴掌。「叫妳胡咧咧！」反手又給自己一下子。「叫妳瞎說八道！」

趙大娘一看婆婆都這樣了，連忙一把將婆婆抱住，婆媳倆抱著哭成一團。

黃奶奶忙蹲下來勸。「妳看妳們娘倆，這是怎麼了？可別哭了，哭壞了身子怎麼辦？以後大山跟大川還指望妳們幫著帶孩子呢！」

婆婆搧了自己一巴掌，這換作從前，趙大娘早嚇著了，誰家婆婆當著媳婦的面前能這麼不要面子？可現在，趙大娘心裡卻已經不怕了，但表面上還是要顧著，她勉強在黃奶奶的拉扯中站了起來，道：「爹、娘，我家大山差點連命都丟了，還被人這麼編派，你們可不能就這麼算了！」

「那是！趙老哥，不是我說，大山這孩子是個好的，誰這麼編派他？這心思也太惡毒了！」黃老漢也插了一句。

趙康面紅耳赤，這話可不就是他那死婆娘說的嗎？別說大山沒毛病，就算有，也確實輪不到妳一個做嬸娘的到處說！

這事鬧得大家都極其不愉快。

趙健的神情訕訕的，但也沒忘記今日來的目的——他們要當初爹娘分給大房的地，最好再給點黃家的稻種！

「田地可以給，種子沒有！田地是趙家的，這個主我可以作，總是要孝敬爹娘的。但種子是黃家的，我沒這個權力，就是有也不能給，因為黃家的種子可是襄陽府管著呢！」黃大娘的話說得乾脆，堵得趙健兄弟倆一句話也說不出。襄陽府管著的種子，你不能讓我家和黃家因為給你們稻種而知法犯法吧？那就不是親戚，是仇人了！

趙大娘也不等兩個兒子回來，直接作主，立了契約。黃老漢為證，按了手印。

最後，趙老漢老夫妻又被一群兒孫帶著，浩浩蕩蕩地回了趙莊。

第三十七章　錯過了就是一生

三月初六，黃德磊大婚，黃家簡直是高朋滿座。

黃家這兩年喜事連連，客人不但沒少，反而一次比一次多了起來。一些和黃德磊打過交道的船商，有空的就親自過來祝賀，沒空的也會派家裡子姪或者管事過來。

錢家，還是錢多多帶了妹妹錢滿滿和一名管事前來。這次，錢家的禮物明顯又比黃寶貴成親那時高了一層。

錢滿滿一如既往去找黃豆，而錢多多則站在黃家大院門口，轉頭深深看了一眼黃港碼頭上停得是滿滿當當的大小船隻，抿了抿嘴，進了待客的院子。

身後的管事連忙把帶來的禮單交到在門口招待客人的黃德光手中。「黃大少爺，你看，這是我家小主子的一點心意，不成敬意、不成敬意。」

接過單子的黃德光，眼睛飛快地掃了一遍，臉色微微一變，轉瞬即逝，笑著向錢家管事拱手，交代身邊的黃德落把管事領到另一邊的院落。看著錢家管事的身影消失在院門後，黃德光才招手喚了在另一邊接待客人的黃德明，小聲地囑咐兩句，就拿著禮單匆匆忙忙去找黃老漢了。

避開來賓，黃老漢細細看了錢家的禮單，又囑咐黃德光把張小虎家送來的禮單也細細比對，而後不由得深深嘆了一口氣。

錢家這禮單完全是比照張家的禮單來置辦的，既沒有越過張家，也巧妙地表達了他家對黃豆的勢在必得之勢。這已經不是想結親那麼簡單，而是不結親就結仇的架勢了。

「德光，你把這份禮單收好，等德磊婚後再議。」說著，黃老漢把禮單遞給了長孫。

黃德光收好禮單，轉身又匆匆往大門而去。今天實在是太忙了，他這個大哥要負責的事情太多，根本也顧不了別的。

酒席開始。

這次趙大山沒有做伴郎，而是以兄弟之誼幫忙招待安排客人，和張小虎一起忙上忙下，忙得不亦樂乎。以趙大山的身分，在黃家這樣做並不為過，畢竟他和黃寶貴、黃德磊兄弟都是有生死之交的情誼。

然而看在錢多多的眼裡，卻是另一種感受。三十那天晚上的燈火下，趙大山的眼神赤裸裸地表達了他想要對錢多多說的話——他也喜歡黃豆，而且不到最後絕不會罷手！

中午的席面，趙大山特意把自己和錢多多安排在同一個席面上。

這次趙大山陪著錢多多喝酒，也不知道是錢多多想灌趙大山，還是趙大山想灌錢多多。到最後，趙大山沒醉卻已經上了頭，而錢多多直接被灌得酩酊大醉，還是錢家管事派了馬車把錢多多接了回去。

看著大醉的錢多多，錢老太太宋蘭娘有了一種不好的預感，招來錢滿滿問了問，但錢滿滿這個傻妮子根本沒覺得哥哥喝醉有什麼不妥，今天黃家喝醉的人又不只有哥哥一個。

看著傻頭傻腦的孫女，錢老太太不由得嘆了口氣。她這個孫女，以後還是找個家境殷實、本分人家的孩子嫁了的好，不然被賣了都不知道，說不定還會幫人家數錢。

當著錢滿滿的面，錢老太太沒再詢問，過後招了管事，詳細問了當時的情形。

管事回憶，當時確實是幾個年輕人起鬨鬥酒，少爺才喝多了，至於為什麼起鬨，也不過是年輕人之間的義氣之爭。

錢多多醒來後，錢老太太又把他叫過來再三詢問，但錢多多一口咬定是幾個年輕人喝酒的時候歡樂過頭了，他一時忘記了分寸。

看著已經長大成人的錢多多，錢老太太決定不再追問。孩子大了，有自己的朋友和處理方式，她不能把錢多多保護得太好，以後錢家不需要一個上不了檯面的家主。

對於這唯一的孫子，錢老太太還是深感欣慰的，這孩子不像他娘軟弱無能，錢多多身上多少帶了點錢家的優點，並不愚鈍，甚至還很聰慧。

至於黃豆和錢多多的事情，黃豆還有比錢多多更好的選擇嗎？這一點，錢老太太非常有自信。既然黃三娘對外宣稱，說等大兒子及大女兒都成親後再說，那麼就等吧，錢家也不是非他們黃家的黃豆不娶。如果不是錢多多喜歡，加上錢老太太也想在黃港碼頭分一杯羹，這錢家主母的位置還輪不到一個鄉下上來的泥腿子呢！

錢老太太認定，黃家之所以按著黃豆的親事，一點動靜全無，完全就是想坐地起價。黃老漢那個老東西一直很聰明，不然他也不能從死人堆裡活著回來，還揹回了自己家的兒子。和聰明人做事就是省心，當初如果黃老漢自己一個人回來，可能黃土下，他的骨頭都要化成灰了。既然黃家想坐地起價，那麼錢家就等好了，左右不過是今年的事情。一個幫工的孫女，還不值得錢老太太在她身上多用心。

只有黃豆和錢多多訂親成婚了，她才能獅子大開口，問黃家以嫁妝名義要一塊地。她有把握，這塊地，黃家必須得給，不想給也要給！

三月初十，黃德磊帶著新婚妻子，沒等新婚滿月就乘船離開了南山鎮，一路往東央郡而去。同行的還有南山鎮的張小虎，他想去東央郡看看，有沒有他可以做的事情。

張伯對兒子的決定非常支持，親自送兒子上船，交給黃德磊夫婦。

黃德磊夫婦一走，黃三娘的重心全部移到了黃桃下半年的婚事上，還有黃德儀的學業上，反而並不在意天天進山的黃豆。

黃豆每日起來就往山裡跑，她和黃老三在山腳下買了一片地，種了小麥，這是一塊五畝多的實驗田地，黃豆想試試能不能把小麥的產量提上去。

等下半年黃桃出嫁後，黃德儀也要去東央郡厚德書院做旁聽生，黃豆準備到時過去照顧黃德儀的飲食起居，這件事情她還沒提，不過她覺得應該沒問題。

黃豆心裡越發著急，只能每天跟著黃老三身後往山邊跑。如果五月份小麥豐收，那麼就預示著她走對了路，以後她去了東央郡，黃老三只管按照她的思路來執行就行，把小麥的產量提高上去，也能成為優質麥種就好了。

四月份，等到張小虎在東央郡租房子準備開酒樓的消息傳回南山鎮，黃三娘整個心都涼了，半夜和黃老三談起都覺得心裡發酸，怎麼她生的四個孩子，一個個都不願意留在她身邊呢？

「妳覺得孩子有出息好，還是留在我們身邊盡孝好呢？」黃老三拋給黃三娘這個問題，就轉身背對著她睡了。

黃三娘一夜難眠，輾轉反側也沒想明白，到底哪個更好。

春收，黃豆的五畝實驗田，收穫並沒有高出多少，也只是比正常水準略高。黃豆覺得很正常，黃老三卻大失所望。

五月初六，過完端午節，錢多多來黃家以找黃德磊詢問東央郡的事由，想借此見一見黃豆。可惜，黃德磊端午節沒回來，他也沒有遇見黃豆，因為黃豆這天到灘地去了。這段時間正是準備插秧的季節，黃豆基本上都是早出晚歸。錢多多在黃三娘的熱情款待中喝了三杯茶，等了一個時辰，也沒有見到黃豆。錢多多很想去找一找黃豆，但在管事的咳嗽聲中，他還是把到嘴的話又嚥了回去。他再也不是幾年前的錢多多了，而黃豆也不是那個想見就能見到的小姑娘了。

七月十六，錢多多回南山鎮過上元節，再次來到黃豆家，黃豆從後門又進了山裡。

其實，黃豆是知道錢多多來的，她只是不想看見錢多多，不想提起錢家想和黃家結親的事情。她在心裡把錢多多當朋友，她覺得她在利用錢多多對她的信任。然而，她只能這樣做，因為她怕錢家老太太宋蘭娘。她不知道該怎麼面對錢多多，她很想有點出息，對錢多多說一句：對不起，你很好，可是我有喜歡的人了。

八月十六，錢多多第三次來訪，終於見到了戴著草帽、準備下地割稻子的黃豆。

黃家兩塊灘田，開發了近三百畝水田，所產的稻穀全部被襄陽府定為優質稻種，不可買賣，不可食用。

看著粉黛不施，挽起褲腳，雪白的小腳毫不猶豫地踩進烏黑淤泥裡，毫不掩飾地衝他大笑的黃豆，錢多多的神情有些茫然。那個和他一起吃胡辣湯的小姑娘，好像離他越來越遠了……可是，他覺得不甘心。

秋收過後，襄陽府和東央郡過來裝稻種的船，又一次駛進了黃港碼頭。

這座名不見經傳的碼頭已經逐漸進入大眾的眼簾，並且被更多貨商船家所知道。

大船、碼頭、扛著麻袋的工人，一片熱鬧非凡。偶爾有遺落的種子掉在地上，立即引得岸邊一群群麻雀飛起又落下。
這是一個剛剛啟蒙的港口，它才開始蹣跚學步，如果給它充足的時間，它一定會讓人看見它的勃勃生機。
黃老漢每天都要到碼頭走兩圈，這裡如果這樣一天天發展起來，黃家後世子孫將享用不盡。這將是他的驕傲，等他百年歸後，是他去見地下列祖列宗時的臉面。
收完稻子，碼頭上又安靜了下來，每天時不時會有大船過來，並不多，沒有南山鎮碼頭那麼繁華，卻一天比一天熱鬧起來。
秋收後，黃豆把更多的時間放到麥種挑選上，一個下午蹲著挑選，起身的時候，只覺得頭暈目眩，還是站在一邊的黃老漢順勢扶了她一把，她才沒有摔倒。
「豆豆呀，妳是不是太急於求成效了？這麥子都種這麼多年了，也就畝產三百多斤，難道妳還能讓它和稻穀一樣達到五百嗎？」黃老漢笑咪咪地看著黃豆問。
「爺爺，事在人為，不是達不到五百斤，而是我們的方法和種子不行，土地的肥沃度也不夠。」黃豆搖了搖頭，把剛才的眩暈感輕輕搖走。
「如果麥子也能達到五百多好，那就有更多老百姓可以溫飽了。」黃老三把挑好的麥種放在一邊的葫蘆瓢裡。
「如果技術好，別說五百，上千斤的都有！」黃豆有點不服氣地噘了噘嘴。
「盡胡說八道！妳以為那是妳想要多少就給妳長多少的？就五百斤，我已經很滿足了！」黃老三掂了掂手裡的麥粒。「如果小麥也達到五百，那簡直就是老天爺的恩賜了！」

「豆豆，如果妳能讓爺爺看見麥子畝產五百，爺爺死也瞑目了。」黃老漢拎了一個小凳子坐了下來，幫著兒子和孫女一起挑選。

黃豆責備地看了黃老漢一眼。「爺爺，你要長命百歲呢！」

「活不了那麼久了，前天我去看妳大爺爺，妳大爺爺就說了，他怕他今年都熬不過去了。妳大爺爺也就比我大三歲而已，看來我也沒幾年好活了。」說到自己的親大哥，黃老漢不由得有些感傷。他大哥一輩子老實本分，兒孫沒有他多，身體卻比他好很多。但是那個身強力壯的大哥，卻一年比一年衰老下去，今年已經斷斷續續病了兩三場了。

黃豆看爺爺盯著手裡的麥粒有點出神，不禁把到嘴的話嚥了回去。

「豆豆，如果爺爺有一天走了，沒人護著妳，妳一定要好好的。去做妳想做的事情，不要管別人怎麼想，妳活得開心，爺爺就高興。」

正低頭挑麥種的黃豆被黃老漢突然的幾句話驚得抬起頭來。「爺爺，你說什麼呢？我不聽不聽！你一定會長命百歲的，一定會！」

「好好好，爺爺一定會長命百歲，看著我家的豆豆嫁人，給我家豆豆哄孩子呢！」黃老漢看著黃豆緋紅的臉，忍不住哈哈大笑。

一旁的黃老三看著又羞又無奈的黃豆，又看看自己的老父親，也忍不住笑出聲來。被取笑的黃豆只能跺跺腳，無聲地抗議著。

十月初六，黃桃大婚，備好的嫁妝從黃家抬出來，一路吹吹打打地往張家去，在黃港和南山鎮形成了一道美麗的風景。

黃家兩年嫁了兩個閨女，兩個閨女都成了南山鎮附近十里八鄉的談資，嫁女兒能嫁到黃家這種規格，真是多少少女們夢寐以求的事情。

黃桃三朝回門，是挺著大肚子的吳月娘親自忙上忙下接待她的。

吳月娘已經懷孕五個多月了，而王大妮還一點動靜都沒有，黃老漢和黃奶奶都有點著急。

十月二十，張小虎帶著黃桃，跟著黃德磊夫婦和黃德儀一起去了東央郡。

張小虎在那邊開了一家酒樓，喜得張伯直拍大腿，覺得兒子比他有出息。

黃德儀已經在那邊聯繫了厚德書院，這次他是做為旁聽生先去試讀的，等過完春節，就正式進入厚德書院開始學習了。

十一月十二，錢家派了媒婆來黃家提親，黃三娘搖頭拒絕了，她說錢家高門大戶，黃家不敢高攀，只求小女嫁入尋常人家，平安喜樂就好。

黃三娘怎麼也想不明白，黃豆為什麼不肯嫁錢多多？錢家多好啊，有錢、有田、有碼頭。而錢多多也是個俊秀少年，知書達禮、溫文爾雅，是多少小姑娘想嫁的如意郎君。可她不得不拒絕，因為黃豆說了，如果她敢答應錢家的親事，黃豆就去東央郡，永遠不會再回這個家。大兒子德磊也囑咐了她，在婚事上不要硬給豆豆作主，豆豆性子倔，是個有主意的。也許閨女的話她還未必當回事，但兒子也這麼說，她就不得不謹慎考慮了。

黃三娘看著錢家派來的媒婆氣急敗壞地走出大門，眼淚不由自主地「撲撲」往下掉。她生了一個什麼閨女啊，自己的婚姻大事竟敢自己作主！誰家閨女有這麼大膽子？都是她爺爺給寵的！

還是黃老三看得明白。「豆豆不喜歡也是有道理的，錢家高門大戶，實在不適合豆豆。她被我們寵壞了，她是不能關進籠子裡做家雀的。」

「那她想做什麼？她想一輩子像我一樣種地嗎？」黃三娘忍不住大怒。

黃老三看著坐在一邊抹淚的黃三娘，心裡也很不是滋味，只能安慰地說：「兒孫自有兒孫福，妳看爹都沒說什麼，只說既然豆豆不願意，那就拒了……」

「都是你們寵的！從小到大她要幹什麼，爹都不攔著，才寵成這樣的！」黃三娘怒氣沖沖地起身，甩門去了東屋。

黃老三看看被甩得晃動的屋門，又看看從隔壁窗戶內偷偷伸出腦袋來的黃豆，不由得嘆了一口氣。一個是他媳婦，一個是他閨女，他也很無奈好不好！

宋蘭娘知道黃家拒婚，勃然大怒。

十一月十四，錢喜喜的舅舅來到南山鎮，進了錢家老宅。

十一月十八，錢喜喜和襄陽府集曹家的小公子訂婚，將以嫡女身分出嫁。

十二月十二，錢喜喜大婚，錢家出嫁妝六十六抬，轟動襄陽府。

第二年的三月初六行船祭，襄陽府傳來一紙封港令，黃港碼頭被封了。

沒有理由，就是找大師測算過，說黃港碼頭於風水不符合，如果黃港碼頭繼續使用下去，會影響襄陽府的氣運，甚至影響東央郡的氣運。

接到這紙封港令，黃老漢吐血暈倒，且一病不起，黃家請了多少大夫名醫，都沒能夠治好黃老漢。

接到消息的黃寶貴和黃德磊帶著妻子，匆匆上了船，一起回來的還有黃德落、黃桃、黃德儀、張小虎、趙大山。

船行很快，一路揚帆直達黃港碼頭。此刻的夕陽西下，原本熱鬧的黃港碼頭上一片淒涼，橫七豎八的木樁釘在水裡，阻攔著船隻靠岸。

趙大山找了很久，才在靠近灘田邊找了塊地方把船停了下來。

黃寶貴一行人走進黃老大家的院落，就見一院子的人。他們幾個一到，人就算齊了。

看見黃寶貴等人，眾人紛紛走過來，七嘴八舌，有問吃飯了沒有？有問路上可還順利？還有問他們都回來了，那貨行店鋪誰在管理？

黃寶貴無心應答，推開眾人，就往黃老漢的屋子裡跑。

此刻，守在黃老漢門口的是黃老漢的大哥，黃滿屯。

「寶貴，你怎麼回來了？」黃滿屯看見黃寶貴，驚得站了起來。

「大伯，我接到家裡的信，就連夜趕回來的。我爹怎麼樣了？」黃寶貴看著大伯，眼淚就「吧嗒吧嗒」地掉了下來。

「不太好。你爹剛才把黃豆喊進去了，叫我們出來，他說有話要和黃豆說。」黃滿屯看著自己最小的姪子，嘴裡一陣發苦。他這個兄弟一向身體健朗，如果不是這次的封港令，他不會氣急攻心，突然就倒了下來。自己這個弟弟，對黃港碼頭太看重，已經成為執念了。

第三十八章　老叔的滔天怒火

屋裡，黃豆正半蹲跪在黃老漢床邊，握著黃老漢的手說話。

一旁的黃奶奶低頭擰著熱毛巾，幫黃老漢把嘴角的口水擦掉。黃老漢一急一怒，倒了下來後，整個人就失去了知覺。

黃老漢拉著黃豆的手，哆嗦著，半天才說出幾個字來。「豆……豆……妳……要……好……好……的……碼……頭……碼……頭……」一陣激烈的咳嗽，把黃老漢要說的話打斷了。

黃豆哭著撲到爺爺的枕頭邊。「爺爺，我知道，我一定把黃港碼頭重新建起來！」

「嗯……」黃老漢點頭，緊緊抓著黃豆的手。「好……好……」

外面的黃寶貴推開門走了進來。

黃老漢看著風塵僕僕趕回來的老兒子，一滴眼淚從深凹的眼窩裡流了出來。「寶……寶……貴……」

黃寶貴哭著跪倒在地，匍匐著膝行到黃老漢的床邊，一把拉住黃老漢伸過來的手。

「爹，你怎麼啦？兒回來了！」

黃寶貴身後跟著的黃德磊、黃德落、黃桃和張小虎也跪了下來。

趙大山站在門外的人群後面，看著蹲跪在黃老漢床前的黃豆，心如刀絞。他的小姑娘就像遭了霜打一樣，蔫巴了，而他卻無能為力，什麼都不能為她做……

屋外的黃榮貴只聽裡面的黃豆淒厲地喊了聲「爺爺——」，連忙一把推開房門跑了進去，黃家子孫也緊跟在後面擠了進去。

屋裡，黃老漢躺在床上，雙眼大睜，嘴巴半張，一隻手緊緊抓著黃豆的手，一隻手緊緊抓著黃寶貴的手，已然去了。

黃寶貴撲了上去，黃豆一下子被老叔撞到一邊去，黃寶貴捧著黃老漢的臉拚命大喊。

「爹！爹……我是寶貴啊……我是寶貴啊……」

然而，黃老漢再也不會醒來了，他最愛的老兒子，他只來得及看一眼就走了。

一時間，黃老大家的屋裡屋外跪倒了一片孝子賢孫，哭聲四起。

周圍的村民很快圍攏過來，有主事的安排事物。每家每戶，能幫忙的都來幫忙，自動去找自己該做的事情，找不到事情的就聽主事人的安排。

成捆的白布搬進屋，白色的孝衣、孝服、孝帽，在黃家的媳婦、孫媳婦手中，很快做了出來。從黃老大開始，一個個過去，從地上撿起做好的孝衣、孝服、孝帽，穿戴好後，又走回去，跪在黃老漢的靈前開始守靈。

大門兩側，白色的紙糊燈籠高高掛起，上面龍飛鳳舞地寫著個「黃」，黃家內外縞素一片。

堂屋中供起的漆黑棺木，還是黃老漢六十大壽時做的。那時候黃寶貴剛出海第一年，本來還想著老兒子能趕回來給他過壽，結果黃寶貴沒趕回來，給他寄了二十兩銀子，說是他掙得的第一筆銀子，要孝敬爹娘。黃老漢就拿這二十兩銀子，買了杉木回來，特意找人訂製了兩口壽材。黃老漢原本五十多歲的時候就打過兩口壽材，後來走山，被水沖走了，黃寶貴還說「爹，等兒子掙錢了，給你打個最好的壽材」！

這幾年，年年過完生辰，黃老漢都會親自替自己和老伴的兩口壽材刷一層新漆，而這兩口壽材一直放在黃老大家的雜物間裡。今天，抬了一口出來，只留下黃奶奶的一口壽材孤零零地放在角落。

黃奶奶病倒了，黃德明媳婦在旁邊伺候著，黃德光媳婦要陪著婆婆招呼前來的女眷。

三月初九黃老漢喪。

三月十二各處親友前來弔唁，三月十三下葬，這是特意找先生看的日子。

黃老漢的墓地沒有葬回黃家灣去，黃老大說，就葬在後山，這是黃家的土地，以後祖墳就在這裡。

遠在襄陽府的黃米，已經足月臨盆。聽到黃老漢的死訊，又急又驚，一下子動了胎氣。在黃老漢死去的第二日傍晚，替塗華生產下第一個孩子，他們的長子塗天賜。

塗華生在黃老爺死後第三天趕了過來，這也算是為黃家增添了一點喜氣。

三月十二這天，無數親朋好友來到黃港，進了黃家的喪棚。幾個臨時砌的灶台、數口大鍋，騰騰熱氣升起又消失。

黃豆感覺很累，就像走了兩萬五千里長征一樣的累，那是一種由心到身的疲憊感，她很想躺下來睡一覺，也許一覺醒來就好了。好像這幾晚她都沒有好好睡過覺，眼睛一閉就看見爺爺死不瞑目的樣子。但她還不能睡，爺爺死了，她是孫女，她還要守靈呢。

爺爺死了，那個寵她、慣她、萬事由著她的爺爺死了！那個答應她要長命百歲的爺爺死了！那個說要是看見她畝產五百斤麥種便死也瞑目的爺爺，到死都沒有閉上眼，還是人爺爺一遍一遍用手把他的眼皮抹了下來，抹了三、四次，爺爺的眼睛才閉起來，嘴巴才合起來。

大爺爺病倒了，奶奶病倒了。大家都沒說，可是黃豆知道，他們都在心裡指責她。是她啊，叛逆無知，以為自己什麼都知道，都可以算計，卻沒有想到唯獨忘記了爺爺受不受得住。她錯了嗎？她是不是錯了呢？她是不是就應該和哥哥、姊姊們一樣，父母之命、媒妁之言地聽父母安排？這樣爺爺就不會死，黃港碼頭也會安然無恙吧？

黃豆一個人孤零零地跪在爺爺的棺木邊，身邊人來人往，她卻聽不見任何聲音。她的爺爺死了，這個世界上對她最好的人死了。

家裡人都知道，黃老漢的死和錢家有關，如果黃豆不拒婚，錢家就不會把一個孫女嫁給襄陽府集曹家的小公子。這個管著水陸交通的小吏，為了自己的貪婪，動用了手中的權力，封了一個名不見經傳的小碼頭。

這一切都是導火線，是黃老漢受不住打擊，急火攻心、吐血而死的源頭。

弔唁之日，錢家竟然也來了，沒有錢多多也沒有錢滿滿，只是兩個小管事。

看著錢家來人，黃榮貴兄弟只覺得胸口被人擂了一拳一樣，痛不可擋，卻又不得不接受下錢家的弔唁。

兩個小管事人很低調地來去匆匆，卻在黃家掀起了軒然大波。

在兄長那裡瞭解到前因後果的黃寶貴怒不可遏，他沒有辦法去找錢家理論，因為他根本沒有證據能證明錢家在這件事情裡扮演了什麼角色，所以他只能把滿腔怒火發洩在不聽話的黃豆身上。如果不是黃豆，黃港碼頭就不會被封，爹也不會死！

黃寶貴像一頭憤怒的豹子一樣，從幾位兄長身邊衝了出去。

黃老大一看他的樣子就知道不好，生怕他去找錢家麻煩，大叫一聲「寶貴」，就準備去拉他，結果被帶著一個踉蹌，一下子摔倒在地，半邊身子撞到了桌子，疼得直吸氣。

「快，追回他！」黃老二衝著呆愣在門口的黃德明大吼。

堵在門口的黃德明沒有去拉黃寶貴，他甚至還微微側了一下身子，把老叔讓了出去。這是黃豆惹的事情，憑什麼黃家要替黃豆受過？他後來才發現，上次他和許秀霞的事情，就是黃豆告訴三嬸，三嬸又告訴大伯娘，然後全家都知道了。如果不是黃豆，他怎麼會被許彩霞的哥哥打？怎麼會被逼得和許秀霞分手？怎麼會丟這麼大的臉，差點在兄弟中抬不起頭來？

黃德光站在黃德明後面，聽見二叔叫著追老叔，還沒來得及反應過來，就見老叔一陣風一樣從身邊颳過去，直奔跪在爺爺棺木旁的黃豆而去。黃德光忙撲過去攔，卻被黃寶貴一巴掌推開，人沒站穩，一下子撞到了後面的牆，整個背都被撞得隱隱作痛。

「滾！」隨著黃寶貴的一聲怒吼，就見黃寶貴飛起一腳，一腳把跪著的黃豆踢倒，她一頭就往身旁燃燒的火盆之上栽倒過去。

「豆豆——」最先撲過去的是黃德磊，他就跪在黃豆對面，兄妹倆之間只隔了一個火盆，看見老叔一腳向黃豆踢去，黃德磊立即伸手撲了過去抱她，但黃豆已一頭栽到燃燒著紙元寶和草紙的火盆裡。

兄妹倆滾成一團，火盆被黃豆撞翻了，裡面燃燒的紙錢一下子就飛散開來，眼看就要撩著了旁邊堆放的紙錢和稻草。

黃德光拖過一床晚上守靈的被子捂了上去，大喊：「老叔！你瘋了？」

黃德明這才慌了，避開地上的黃豆和黃德磊跑了出去，端了一盆水回來，沒頭沒臉地往地上潑去。

屋外的黃德落也跟著端水往堂屋潑去，如果爺爺的靈柩燒起來，那就不得了了！

這個時候，黃寶貴的怒火終於被摔倒的黃豆、撲過去的黃德磊，以及差點引起火災的火盆給一下子驚醒了！他做了什麼？見眾人忙亂著救火，黃寶貴伸手去拖跪趴在地的黃豆。

黃豆用手護著臉，尖叫地躲開。

黃德磊瘋了一般地把去拖黃豆的黃寶貴推開，伸手想撥開黃豆燒焦的頭髮去看她的臉，只感覺右胳膊肘一陣鑽心的疼痛。他都傷成這樣了，那麼撲到火盆裡的豆豆會傷成什麼樣？黃德磊不敢想，看見黃寶貴還要來拉扯黃豆，頓時氣得站起身，飛起一腳就把黃寶貴踢了出去，撞到了剛出房門的黃老四身上。黃德磊不管不顧，飛撲過去，握拳就打，「咚咚咚」三拳，拳拳到肉，打得黃寶貴悶哼不已。

「黃德磊！你瘋了？」黃老四一把接著黃寶貴，勉強穩住了身子，連忙側身去擋。

黃德磊心裡有一團火，那是他的妹妹，誰都不能傷她，老叔也不行！他忍著疼痛，一把撥開忙亂的人群，抱起地上濕漉漉的黃豆，小聲說：「豆豆，別怕，哥哥帶妳回家。」

用胳膊遮著臉的黃豆，一動也不動，任由黃德磊抱起她往家裡跑去。

從旁邊看去，只能看見黃豆頭頂的黑髮被燒得焦黃一團，醜陋地頂在頭上。

等趙大山聽見消息趕到時，黃豆已經被受傷的黃德磊抱回了家。

趙大山又一口氣往黃老三家跑，跑進黃老三的院子，就見大著肚子的吳月娘正幫著黃德磊脫下外衣。

黃德磊的左胳膊燙起了一串燎泡，疼得黃德磊發出「嘶嘶」的吸氣聲。

「磊子！豆豆怎麼樣了？」趙大山人沒到，聲音已經傳到黃德磊面前。

「二妹在裡面，還不知道情況，二妹夫已經去請大夫了。」黃德磊咬著牙沒說話，反而是吳月娘滿臉是淚地接了話。她既心疼黃豆，也心疼因為護著黃豆而受傷的黃德磊。

趙大山急得團團轉，卻又不敢衝進黃豆的閨房，只能一跺腳，轉身往黃豆房間的窗戶邊跑去，還沒來得及開口，黃三娘已在黃老三的攙扶下跌跌撞撞地跑了進來。

「豆豆呢？怎麼樣了？豆豆怎麼樣了？」

「娘……豆豆毀容了！」屋裡傳來黃桃的哭聲，然後是控制不住的嚎啕大哭。

而黃豆，從始到終都沒有一點聲音。

黃三娘頓覺得頭暈目眩，若不是被黃老三攔腰一把抱住，差點就一頭栽倒在院子裡了。

黃老三家的黃豆毀容了，消息如風一樣，傳遍了南山鎮周邊的角角落落。

遠在襄陽府的錢多多正躺在院中的搖椅上，一本書蓋在臉上，穿著布襪的腳一隻耷拉在躺椅上，一隻蹺在搖椅的扶手上，搖搖晃晃，昏昏欲睡。

這張搖椅還是他仿照黃老爺子那一張躺椅做的。

研墨躡手躡腳地走進院子，輕聲道：「少爺，有個南山鎮的消息，是關於黃家的，你要不要聽？」

「不想聽。」錢多多的姿勢都沒變，繼續搖晃著身子。

研墨看了看呆子一樣站在一邊的提筆，又往錢多多身邊湊了湊。「是關於黃豆的，很重要。」

錢多多火了，一把將臉上的書拽了下來，砸向靠近自己的研墨。「爺說了不想聽！你聾了？」

研墨連忙躲開，任由書從身邊飛了出去，摔落在地上，這才又小心翼翼地跑過去，把書拾起來，拍打了一下上面的灰塵，又放到一旁的圓桌上。「這個消息是關於黃豆的，小的覺得爺還是聽一聽的好。」

研墨雖然話多，但很少這麼不聽錢多多的話。「什麼消息？」錢多多把書拿了過去，又打開，蓋在臉上。

「黃豆毀容了。」

「你說什麼?!」錢多多一把將臉上的書扯下，猛地從搖椅上站了起來，一下子沒站穩，幸好被眼疾手快的提筆扶了一把。

「昨天黃老爺子弔唁，黃豆被黃寶貴打了，一頭栽到燒紙錢的火盆裡，毀容了。」研墨索性把剛打探到的消息全盤托出。

栽到火盆裡？毀容了？錢多多愣了愣，半天才消化掉這個消息。那個漂亮的、笑起來眼睛亮晶晶的小姑娘，毀容了？不，這不是真的！錢多多拔腿就跑，他要回南山鎮，他要親眼去看看，他不相信！

正要急奔出去的錢多多，被提筆追上，一把抱住。

「爺，南山鎮你可以去，但黃家你不能去。」看著一臉煩躁地穿著鞋的錢多多，研墨小心翼翼地說。

「為什麼？」錢多多惱怒地看向研墨。

研墨頭疼地看向提筆，背著錢多多開始擠眉弄眼，希望提筆替他說幾句。

提筆理都不理他，外面的事情一直是研墨在管的，提筆根本不過問，讓他怎麼說？

看著什麼都不知道的錢多多和提筆，研墨心一橫，反正早死晚死都是死，還是勇敢說了吧！「少爺，黃豆被打就是因為錢家，如果你去，不但見不到黃豆，甚至你還可能會被黃家給恨上。那個黃寶貴混起來，說不定連你都能打！」

「黃豆被打是因為錢家？錢家幹了什麼？」錢多多並不是個傻子，一聽就知道，這其中有內幕，他面帶深意地看了研墨一眼。

「呃……」研墨又望向提筆。

「我問你話呢，你看他幹什麼？」錢多多臉色一沈。

「我的爺，就是老太太派人向黃家提親，然後黃家拒了……然後……然後……」

錢多多看著研墨吞吞吐吐的樣子就怒不可遏，一腳踢了過去，怒道：「說！」

研墨一哆嗦，索性眼一閉、心一橫，把他打聽到的都兜了出來。「老太太找了二姨娘的哥哥盧師爺，作主把二小姐嫁給了集曹李大人家的小公子。二小姐多出來的三十多箱嫁妝，其中二十箱就是老太太給李大人送的禮，還有十幾箱算是老太太替盧師爺給外甥女的一點心意。二小姐嫁過去後，李大人就給南山鎮發了一封公文，是封港令，說黃港碼頭於風水有礙，對襄陽府和東央郡都不好。黃老爺子當時就吐血倒地，然後一病不起，三天後就死了。

黃寶貴聽說是因為黃豆沒答應錢家的親事，所以碼頭才會被封，黃老爺子才會被氣死，他覺得這些都是黃豆惹的禍，一腳把她踢翻栽倒在火盆裡，黃豆就毀容了！」研墨閉著眼一口氣說完，再睜開眼，就看見少爺呆呆地站在桌前，一動也不動。

錢多多呆住了，他記得當初大妹回來哭訴的時候，他還覺得大妹不孝，二妹是做為嫡女嫁出去的，嫁妝有區別很正常。奶奶做事情從來不會沒有理由，大妹妹這樣哭鬧根本就是不顧錢家的臉面，所以還打了她一巴掌。

他沒想到，最傻的人其實是他，他竟然助紂為虐，他就是間接害了黃豆的罪魁禍首！

他害得黃豆家裡的港口被封，害得黃爺爺去世，害得黃豆毀容，這些都是他害的！他竟然害了自己最喜歡的姑娘！

「你知道黃豆傷了哪裡嗎？臉還是額頭？或者別的地方？」錢多多低下頭，任由大滴眼淚輕輕地滑落，潤濕在他的衣襬上。

「奴才打聽了，據說是一張臉都毀了。南山鎮的大夫和襄陽府的大夫都找了，說毀容是肯定的。」

錢多多閉上眼睛，眼前彷彿又看見那個小姑娘。那麼漂亮的小姑娘因為他毀了，他還有什麼面目去南山鎮？十幾歲的小姑娘，一輩子就這樣毀了，她還怎麼嫁人？

……嫁人？「我可以娶她……」錢多多喃喃道。「我可以娶她……對，我可以娶她的！」錢多多說著就準備往外跑。「我去和奶奶說！」

「少爺。」錢多多被提筆攔住。「您不能娶她。」

「為什麼？」錢多多看向提筆。「我可以保護她，給她最好的生活！」

「少爺，您得給人留一條活路，不能欺人太甚。」提筆木著臉，一如從前一樣，不受人待見那樣說著話。

「不是的，我沒欺負她！我會對她好，一輩子對她好，我保證！」錢多多似乎在說服提筆，又似乎在說服自己。

「真正的對她好，就是從此不再打擾她。想保護她，還是等您強大起來，能替錢家作主再說吧。」在研墨一聲接一聲的咳嗽聲中，提筆還是把話說完了。

研墨氣得真想踢他一腳。少爺都傷心成這樣了，你不安慰他，還打擊他，你有個奴才樣子嗎？

「是我害了她？是我不夠強大，所以害了她？」錢多多在搖椅邊蹲了下來，埋頭大哭起來。「是我害了她啊……」

第三十九章 百無一用趙大山

黃老三家的大夫來來去去，先是張小虎請的南山鎮的大夫，進來清理了傷口，開了藥後，搖頭嘆息地走了出來。黃家這個丫頭，毀容是肯定的了，現在是春天，天氣還不算太熱，只要面部不發瘍，勉強還能看。

看著搖頭出來的大夫，黃德磊推了塗華生一把。「大姊夫，麻煩你去襄陽府請大夫來看看。」

「好！」塗華生答應了一聲，二話不說轉身就往碼頭外跑。現在黃港碼頭被封，他們家的船過來只能停在碼頭外靠近灘地的地方。

塗華生帶著人，駕著船從襄陽府回來，船上帶著兩名老大夫，都是襄陽府有名的大夫。兩個老大夫看在塗家的面子上，並沒有因為塗華生的冒失而生氣，而是在路上就探討起燒傷膏的研製方法。

黃豆的房裡只有黃桃，除了黃桃，她不讓任何人進去，包括一直想進去的黃三娘。

兩個老大夫趕到後，黃桃打開房門，側身讓人進去，又一把攔住黃三娘。「娘，妳就不要進來添亂了，行嗎？」

被吳月娘扶著的黃三娘看著自己親生的大閨女，和屋裡只能看見一個背影的小閨女，頓時淚如雨下，只覺得心裡刀絞一樣難受。

黃老三和黃德磊必須去大房，那邊吉時已經到了，孝子賢孫得去，不然要被人戳斷脊梁骨的；吳月娘因為懷了身孕，怕沖撞了，就一直在家裡沒過去；本來黃三娘和黃桃也應該去，但黃豆受傷了，黃桃是肯定不會去的，只能張小虎去。

黃三娘也不肯去，因為她心裡已經怨上了老爺子，覺得都是他寵的，才把黃豆和黃寶貴寵得這麼無法無天。如果不是他寵著，黃豆不會任意妄為，不聽爹娘的話；如果不是他寵著，黃寶貴不會這麼是非不分，連黃豆都傷。

院子裡還有一個人沒有走，那是趙大山。黃三娘來來去去，看了他好幾眼，他就站在黃豆的窗戶外面，握著兩個拳頭，一動也不動。

從他進來到張小虎帶著南山鎮大夫來，再到塗華生請了襄陽府的兩個大夫過來，甚至到大夫開了藥離開，黃老三父子去了喪棚那邊，他就這麼一直站在黃豆的窗外。他聽見黃桃的哭聲、黃豆清洗傷口時的抽氣聲、大夫的說話聲、院子裡吵吵嚷嚷的吵鬧聲。

他的小姑娘，被黃寶貴傷了，他卻什麼都不能做，只能在這裡等，窩囊地等。

好像從認識黃豆到現在，他什麼都沒為她做過，包括他們的未來。他誘惑黃豆許諾於他，卻什麼也沒有為她做過，一直是黃豆一個人在對抗。她對抗黃家、她拒絕錢多多的求親、她被黃家老少埋怨、她被黃寶貴打、她被黃德磊抱回來……

而他，卻什麼都沒有為她做過。

那個笑起來眉眼彎彎的小姑娘，毀容了。

他的心就像被一隻手緊緊攥住了一樣，疼得他想張大嘴巴大吼一聲。

他要娶她！百日之內，一定要娶她，帶她離開這裡！黃家容不下她，他就帶她走，天涯海角，她想去哪兒，他就陪她去哪兒！

黃老漢的送飯隊伍很長，塗華生送兩個大夫上了往襄陽府的船，又匆匆吩咐夥計幾句，就追著隊伍去了。黃米沒來，他這個大孫女婿不能不去，只能囑咐帶來的兩個夥計，一個送兩位老大夫回去，一個盯著黃豆這裡，有消息隨時回報。

黃德磊的左胳膊受了傷，不能動，一動就鑽心的疼，一疼他就想到妹妹，自己都這麼疼了，她會有多疼？

黃德落緊緊抓住黃德磊的右胳膊，他深怕自己沒抓住黃德磊，黃德磊會跑前面又把黃寶貴打一頓。事發當時，他人一直在外面，等他進去的時候，就看見黃德明一盆水潑了過去，黃德磊一腳踢倒了老叔。因為太慌亂了，他連反應過來的能力好像都失去了。

老叔打了黃豆，黃豆毀容，爺爺的靈堂差點燒起來，三哥又打了老叔……這到底是發生了什麼事？誰來告訴他？

送完喪飯，答謝了親友，黃德磊拖著黃老三就往家裡走。這個地方，他一分鐘也不想待，黃寶貴那張臉，他一眼也不想看到！

黃老三還想和兄弟們說幾句，看著盛怒之下的黃德磊，他想想還是順從地跟著兒子回了家。

自從老爺子死了，家裡就一直沒開火。黃三娘在院子裡轉了兩圈，轉身進了灶房。她想給黃豆做點吃的，可是又不知道做什麼，抓了兩個雞蛋出來，想想又抓了兩個，看著跟進灶房的兒媳婦，黃三娘又抓了兩個。

「娘，您要做什麼？我來。」吳月娘是個溫柔賢淑的女子，她沒弄清楚到底發生了什麼事，只知道小姑子傷了臉，夫君傷了胳膊。

「不用。我給妳妹妹們做碗糖水荷包蛋，妳也跟著吃一點。」說著，黃三娘就坐下來燒火，等著水開。

「娘，我來吧，您也累了，歇一歇。」

「我說不用就不用！」黃三娘說完後，意識到自己的語氣有點不好，又緩了緩聲音。「月娘，妳去瞅瞅，看看豆豆能不能讓妳進？娘……娘不放心啊……」黃三娘的眼淚控制不住地落了下來。那可是她肚子裡掉出來的肉啊，現在傷著了，竟然看都不許她看，她這個娘做得有多失敗啊！

「好，我去看看。」吳月娘說著起了身，出了灶房，一直走到黃豆的門前。

「二妹、三妹，我是月娘，我可以進去嗎？」

門「吱嘎」一聲從裡面打開了，黃桃腫著眼睛從門後伸出頭來。「嫂子，妳別進來，豆豆傷得有點重，別嚇著妳，驚了孩子就不好了。」

吳月娘低頭看看自己已經隆起的肚子，又看看灶房的方向。「那妳問問三妹，她想吃什麼？我去做。」

「嫂子，不用了，我不餓。」

屋裡傳來黃豆的聲音，大概因為疼，聲音有點嘶啞低沈。

站在窗邊的趙大山好像一下子活了，幾步就走到了房門前。「豆豆，我能進去看看妳嗎？」

「好，你進來吧。」

黃桃和吳月娘皆震驚地看著趙大山，又看看裡面說話的黃豆。

趙大山用手輕輕推了一下門，向站在門後的黃桃一點頭，一步走了進去。

黃桃一手扶著門，一手伸出來想攔，又想到是黃豆答應他進來的，又把手縮了回去。

「我……這……」黃桃看著已經進了屋的趙大山，不知道自己該出去，還是該繼續站在裡面？

趙大山根本不管黃桃的糾結，一進門，邁開步子就往床邊走。

灰白色的蚊帳放了下來，遮擋得嚴嚴實實，他只看見蚊帳裡坐了一個身影，卻看不見她傷在哪裡？傷得怎麼樣？

趙大山想伸手去拽開那掩住的蚊帳，手伸了伸，輕輕貼在蚊帳上。「豆豆，能讓我看看嗎？」

「別看了，大山哥，我毀容了，你回去吧，以後別來了。」

趙大山一怔，黃豆在說什麼？以後別來了？

門外的吳月娘，門裡的黃桃，彼此又驚詫地對視一眼，她們好像知道了什麼不得了的大事……

趙大山正要說話，吳月娘突然出聲了。「娘，我來端，您歇著！」

隨著吳月娘的話聲，黃桃「砰」地一聲把門關了起來。

明明覺得光明正大的趙大山，也被這姑嫂倆的一連串動作驚了一下，一時也不知道是該說話還是該出去？

只一會兒，外面響起了敲門聲，然後是吳月娘的聲音。「二妹，開門，娘給妳們做的糖水荷包蛋。」

門輕輕打開一條縫，先露出黃桃一雙烏溜溜的大眼睛。她看了看門外，只站著吳月娘一個人，又伸出頭來看了看斜對面的灶房，見黃三娘正站在灶房門口往這邊看，連忙把門開大一點，伸手把吳月娘手中的托盤接了過來。「謝謝嫂子。」說完，瞅了吳月娘一眼，給她使了一個眼色，又把門關了起來。黃桃端著兩碗糖水荷包蛋走到桌邊，看著床前站著的趙大山，忍不住就想把他拖出去。「豆豆，娘做了糖水荷包蛋，妳要不要吃點？」

「謝謝姊，我不餓。妳出去一會兒好嗎？我和大山哥說幾句話。」

黃桃看看趙大山，又看看蚊帳裡看不清人的黃豆，輕輕把托盤放到桌上，轉身，打開房門走了出去。門「砰」一聲又關了起來，吳月娘還如臨大敵地站在門外，沒敢換地方。

姑嫂倆妳看看我、我看看妳，都不知道該如何是好？如果這個時候有人進來，看見趙大山在黃豆房間，那麼豆豆的閨譽就毀了！想到豆豆的閨譽，姑嫂倆不約而同打了個冷顫，決定不管怎麼樣，她們都不能離開房門一步！

「豆豆，能讓我看看妳傷得怎麼樣嗎？」趙大山的手還放在蚊帳上，只要他一用力，他就能看見他的小姑娘傷成什麼樣子了。可是，他不敢。他不是怕看見黃豆的傷口有多可怕，而是怕刺激到她。

蚊帳被輕輕打開一條縫，露出一隻滿是水泡的手。「你看，我的臉，就和我的手一樣。」

趙大山緊緊盯著從蚊帳縫隙裡伸出來的手，以前那雙雪白粉嫩、十指纖纖的小手，如今上面都是大小不一的水泡，應該是塗過藥水，有的水泡漲得透明，有的卻又萎縮著、皺皺巴巴的。

趙大山把放在蚊帳上的手輕輕滑了下來，慢慢托著黃豆的手腕，他的淚水一滴一滴地滴落下來。他爹死的時候他沒有哭過，他在船上被人刺中差點死了也沒有哭過，可是此刻，看見他心愛的小姑娘滿是水泡的小手，他只覺得滿心都是說不出的難受。如果可以，他寧願現在受傷的是他，哪怕讓他承受更多、更重的傷害，他也不願意讓他的小姑娘受一點點傷。

趙大山托著黃豆的手腕，一點點蹲下身子，把黃豆滿是水泡的手湊到面前，輕輕把自己的唇貼了上去，溫熱的唇碰觸到黃豆唯一沒有水泡的指尖之上。

一滴淚水「啪」地一下滴落到黃豆的指甲上，黃豆忍不住打了一個哆嗦，想抽回右手，但趙大山緊緊地握著，不讓她動。「大山哥，你攥疼我了。」

趙大山驀地鬆了鬆手，可還是把黃豆的手腕緊緊掌握在手心中。

「豆豆，我們成親吧。」

「好。」

「豆豆，我……妳、妳說什麼？妳再說一遍。」趙大山一愣。

「好。」

趙大山一把掀開蚊帳，蚊帳裡黃豆盤腿而坐，她頭頂上的髮被燒焦了一片，露出滿是水泡的額頭，額頭上還有一道半指長的血痕，斜斜地劃到眉峰。眉毛以上慘不忍睹，眉毛以下完好無損。趙大山伸出手，輕輕碰了碰黃豆有點蒼白的小臉。「豆豆，妳還是那麼好看，一點都不醜。」

「我知道不好看，額頭被火盆劃破了。」黃豆推開趙大山的手，想伸手摸摸自己的額頭，又縮了回去。

「好看，妳怎麼樣都好看。等水泡消下去後，慢慢地就更好了。」說著，趙大山湊過去，輕輕在黃豆的額頭上吹了吹，好像這樣吹吹她就能好得快一樣。

「會留疤的，你看。」黃豆伸手點向眉心。「這道口子劃這麼長，肯定會留疤。」

「沒事，妳要是覺得不喜歡，就把頭髮留下來，剪成齊齊的那種，就看不見了。」趙大山把黃豆的手輕輕拿開，深怕她一不小心就碰到額頭的水泡。

「那叫齊劉海，笨蛋！」

「好，就留個齊劉海。妳說說，當時是怎麼回事？」趙大山斜身坐到黃豆的床邊。

「就是在燒紙的時候，被老叔踢了一腳。如果不是三哥，我怕是整張臉都毀了。」

黃寶貴？為什麼？趙大山想不明白。

黃豆也想不明白。她從小跟著老叔的時候比跟著黃德磊還多，她小時候幾乎是在爺爺家長大的。黃德磊天天像個小大人一樣，黃桃也是從小就比別人懂事，只有黃寶貴天天像個孩子，所以黃豆更願意跟著老叔玩。而黃寶貴也喜歡帶著黃豆，她雖然小，卻愛乾淨又聽話。

就因為是黃寶貴踢了黃豆，黃豆心裡才更難受。

爺爺死了，她也覺得是她的錯，不是百分之百，但起碼自己也占了百分之二十到三十的責任。

她沒想到碼頭會被直接封了，如果她知道她拒婚的最終代價竟那麼大，也許當初她不一定會拒得這麼乾脆。黃豆後悔嗎？後悔，她只後悔自己沒做得更好，以至於失去了爺爺。但是，她不後悔拒婚，她不願意嫁給錢多多，是因為她一直把錢多多當朋友，而不是愛人。

黃德磊拖著黃老三往回走，他們身上還穿著孝服。

進了院子就看見黃桃和吳月娘呆呆地站在黃豆的門口，黃德磊鬆開手走了過去。「二妹、月娘，豆豆怎麼樣了？」

看見黃老三和黃德磊進了院子，黃桃和吳月娘更慌了，這要是看見了會不會打起來啊？

「不……不……不知道。」黃桃一急，說話都結巴了。

黃德磊奇怪地看了一眼緊張的黃桃，又看了一眼臉色發白的吳月娘。「月娘，妳怎麼了？哪裡不舒服嗎？臉色怎這麼難看？是不是累了？」

大著肚子的吳月娘慌忙地搖頭。「沒有！沒事，我很好！」

黃德磊走到吳月娘身邊，伸手輕輕握了一下吳月娘冰涼的指尖。「妳去屋裡歇會兒吧，妳看妳，手這麼涼。」

黃桃連忙推著吳月娘往他們的東屋走。「對對對，妳去歇著！有什麼事，我和三哥說。」

黃老三走到黃豆房門前輕輕敲了敲門。「豆豆，妳有事就和爹說。妳大伯、二伯說了，等妳爺爺明天下葬，一定讓妳老叔給妳一個交代。」

「我知道了。爹，我沒事。」屋裡傳來黃豆的聲音。

吳月娘被黃桃推進了東屋，一進屋，兩個人立刻站到窗臺邊，姑嫂倆緊張地扒著東屋窗子向西廂望去，看見黃老三站在西廂前和黃豆說了幾句話就走開了，接著黃德磊走了過去，也說了幾句話，一伸手竟然推開房門進去了！兩個人嚇得急忙跑了出去，一口氣跑到黃豆房前，就見黃德磊正站在黃豆床前，隔著蚊帳和黃豆說話。趙大山呢？兩人茫然地看向四周。

屋子內只有一張床，床裡隱約能看見坐著黃豆；床邊一張桌子，做寫字桌兼梳妝檯，桌面上放著一個瓷瓶，瓷瓶裡插著早上剛採的野花，瓷瓶邊一個托盤，托盤裡放著兩碗糖水荷包蛋；桌前有一把靠背木椅；桌邊的牆角是一個洗臉的木架，上面有個洗臉盆，晾著一條洗臉巾；床對面的牆邊放著一個木頭架子，上面是一個木箱，木箱敞開著，是黃桃剛才找東西忘了關，裡面是黃豆的衣物。

此時房間裡除了他們四個，沒有任何一個人。趙大山呢？憑空消失了？

「妳們兩個幹麼？慌慌張張的。」黃德磊無奈地看向自己的媳婦和二妹。

「哥，你帶嫂子回房間休息吧，我看她的腳好像腫了。」

黃德磊聽黃豆這麼一說，連忙低頭去看吳月娘的腳，果然腫得鞋都穿不下了，只能耷拉著。「妳今天是不是站太久了，怎麼又腫了？」說著，小心地蹲下身去按吳月娘的腳。

吳月娘害羞地把腳往後縮了縮。「你幹麼？」

黃德磊這才反應過來，兩個妹妹在旁邊呢！「走，我帶妳回房，妳要躺著休息會兒。豆豆這裡有二妹，妳不用操心。」

看黃德磊扶著吳月娘往外走，黃桃連忙跟過去，等他們一出房門，她急忙關上門，衝到黃豆床邊，一掀蚊帳。「趙大山呢？」

黃豆抬了抬下巴一指。「走了。」

黃桃順著黃豆的下巴看向敞開的後窗。「這……這……」這了半天，也不知道能說什麼。

第四十章　莫名其妙黃德明

趙大山是從黃豆屋裡後窗戶鑽出來的，屋後就是黃豆家的後院，有一個牲口棚。趙大山走到後門，打開門栓走了出來。

從黃豆家走回家的時候，趙大娘正在院子裡整理著剛摘回來的青菜苔。

趙大山最喜歡吃菜苔臘肉飯，一段臘肉切片，骨頭剁開，放在鍋裡炒香，加入菜苔翻炒，放水放米，燜米飯。鍋開再翻一遍，然後繼續悶煮。等到水乾後柴火抽出來，柴火的餘燼足可以讓菜苔飯燜香燜熟。米飯吃完，鍋底的鍋巴還可以烤脆當零嘴吃。

看見趙大山走進院子，趙大娘奇怪地問：「大山，你怎麼這麼早回來？」

「那邊沒什麼事情，我回來看看。娘，小雨呢？」

「小雨剛才去屋後菜園了，她說看見菜地裡還有點嫩薺菜，說馬上天氣熱就要老了，趕緊挑出來給豆豆送去，豆豆喜歡吃薺菜臘肉餡的湯圓。」

「嗯。娘妳忙著，我回房間躺會兒，有點累。」趙大山此刻心情很亂，他想一個人安靜一會兒，整理一下思緒。

「好，要不要給你燒點水洗洗？」趙大娘放下菜苔看著大兒子，很少聽見大兒子說累，今天是怎麼了？看看大兒子皺緊的眉頭，趙大娘還是識趣地閉上嘴巴。兒子大了，不想讓知道的最好別問。

趙大山回到房間，脫了鞋，拖過被子斜躺在上面。雙手交叉放在腦後。即使回到家躺著，趙大山的一顆心還是安靜不下來。

黃豆額頭的傷沒有想像的嚴重，卻也不算輕，水泡破後就怕潰爛，還怕留疤。最嚴重的是那道被瓦盆劃破的半指長傷痕，燒紙用的瓦盆裡都是紙灰黑煙，傷口看不出深度，又因為旁邊有水泡，所以顯得特別猙獰。如果這道傷口留疤，估計黃豆不一定能受得了，小姑娘誰不愛美？不管怎麼樣，都算是毀容了，可憐的小姑娘應該很傷心吧？

現在，最要緊的是想辦法讓她離開黃家。黃豆受傷，是黃寶貴踢的，算是遷怒，卻也能看出黃家對黃豆的態度。那麼多人會攔不住一個黃寶貴？趙大山絕對不相信。可是不相信，他又能怎麼樣？打黃寶貴一頓？那就找機會打他一頓。關鍵是，現在怎麼能把黃豆娶回家？

這個時候，黃老三應該不會讓黃豆嫁人，黃家也丟不起這個臉。不管了，黃家的臉不關他趙大山的事情，他只要娶了黃豆就行，其他的都不重要。

想到這裡，趙大山翻身起床，穿好鞋子走了出去。

趙大娘正在灶房切臘肉，肥瘦相間的臘肉切成薄片，放鍋裡一炒，骨頭剁進去，再放青菜，再把米飯焖進去。連配菜都不用，這樣的飯，每次大山最少都能吃三大碗！

本來挑好菜苔準備明天做的，這兩天大山和大川都在黃家幫忙，飯也是在黃家吃的，沒想到下午竟然回來了，既然回來就做吧，看樣子是不會過去了。

趙小雨挖好薺菜進了院子，看見趙大山，覺得很奇怪。「大哥，你怎麼在家？」

「我回來歇一會兒，現在就過去。」

「你還過去啊？不在家裡吃飯嗎？」趙大娘拎著菜刀，從灶房探出頭來。

「不了，娘，我去找磊子商量點事情。」說著，趙大山走到趙小雨面前。「小雨，妳等會兒把薺菜送去豆豆家，如果看見豆豆，就和豆豆說，我找黃德磊有事，晚上告訴她。」

趙小雨抬起頭，張著嘴巴看著她哥。晚上告訴她是什麼意思？可是她哥說完就轉身大步流星走了！

趙大娘看看蹲在院子裡挑野薺菜的小雨，又看看走出去的趙大山，不由得嘀咕道：「不在家吃也不早說，算了，切好的臘肉放點菜苔，炒炒給小雨吃吧！」

前後沒有兩刻鐘的時間，趙大山又從黃德磊家前門進來了，剛好被從黃豆房裡出來的黃桃看見。黃桃很無語，卻也不能說什麼，只能頭一低，假裝沒看見，進了灶房。

趙大山走到院子裡，對著黃德磊的房間喊了一聲。「磊子，在嗎？」

黃德磊不在自己房間，他把媳婦送進房間休息後，就找了黃老三和黃三娘談話。他想等守完爺爺的六七，一共四十二天後，就帶黃豆去東央郡，不想讓黃豆待在黃港這裡了。

黃老三覺得可以，他是覺得，黃寶貴今天的突然發作不單單是黃寶貴一個人的原因，如果大哥跟二哥在說話的時候能替黃豆著想，肯定不會出現這樣的情況。家裡四個孩子，三個都去了東央郡，就留黃豆一個人在家太寂寞了。

黃三娘卻堅決反對，她覺得黃豆和黃桃不一樣，黃桃成親了，嫁雞隨雞，嫁狗隨狗，但黃豆還沒說好婆家，這樣到處跑，於閨譽不好。

正在爭論不休時，趙大山的聲音在外面響起。

黃德磊連忙走了出去。「大山，怎麼了？」

「我們去後山走走，我找你有點事。」

「好，你等一下，我去拿個東西。」黃德磊其實不是要去屋裡拿東西，他只是進屋和媳婦吳月娘說一聲，囑咐幾句。

因為胳膊受了傷，很容易磨到傷口，黃德磊的胳膊就用細白布細細裹了兩層，穿了衣服總有點不舒服的感覺。他一邊走，一邊忍不住用右手去托左胳膊。

「怎麼樣，很疼吧？今天多謝你。」趙大山轉頭看了眼黃德磊。

此刻兩個人正從黃德磊家的後門出來，順著一條小路往後山走去。

「謝我做什麼？那是我妹妹——」黃德磊下意識地說完，倏地轉頭，明白了過來。

「你、你……你混蛋！」黃德磊突然大怒，他很想像對黃寶貴一樣，飛起一腳把面前的趙大山踢出去，再給他幾拳。

「我想娶豆豆，所以我來找你。」趙大山不管黃德磊此刻是什麼心情，他一分鐘也不想耽擱下去了。

「找我幹麼？找死嗎？」黃德磊真的有點氣瘋了，今天的事一件接一件，件件都是意外，沒有驚喜。

「磊子，我是什麼人你應該知道，這就不說了，我現在想和你說的是豆豆的事情。黃家，她待不下去了。」

「為什麼待不下去？趙大山，我告訴你，黃家只要還有我，她在黃家待一輩子，我就能護她一輩子！」黃德磊覺得趙大山有點過分了，不管怎麼樣，這是他們家裡的事情，趙大山這麼直接要求娶黃豆就是不對！

「你覺得這樣，豆豆快樂嗎？」趙大山站定腳步，看向黃德磊。

快樂嗎？當然不快樂，這也是黃德磊想讓豆豆去東央郡的原因。大家都覺得爺爺的死是因為豆豆拒了錢家的提親，所以錢家報復。可是他們怎麼沒有想過，如今的一切是怎麼來的？如果沒有豆豆，黃家別說碼頭了，這些房子、這些地、那幾間開在襄陽府的店鋪，一樣都不會存在！斗米恩升米仇嗎？

「你為什麼要娶豆豆？你能給她什麼樣的生活？」黃德磊也停下腳步看向趙大山。

「我喜歡豆豆，從海上回來，第一眼看見她，我就覺得這個小姑娘我要照顧她一輩子，給別人照顧我不放心。我不能給你什麼保證，那些都是假的，我只能說，只要她想要，只要我能做到，我就一定會為她做到。」趙大山的目光看向後山遠處的那片松林處，站在這裡，看不見松林，卻能聽見風從那邊傳來。在那片松林，他抱過他的小姑娘，親過他的小姑娘，他發誓要一輩子好好保護他的小姑娘。然而，他沒做到，她受傷了，而他卻不能陪在她身邊。甚至，他都不能像黃德磊一樣，打黃寶貴一頓。

「就這些嗎？還有別的原因嗎？」錢多多娶黃豆還有目的呢，難道趙大山娶黃豆就沒目的？

「沒有別的原因。我就是想娶豆豆，給她我的所有。只要她想要，只要我能做到。」

「好，如果豆豆沒意見，我也沒意見。等兩年後豆豆想嫁你，我絕對不攔著。」

「我等不了兩年，我現在就想娶豆豆，在黃爺爺百日之內。」

「你瘋了！豆豆要守孝，而且，她才剛十六。」

「我沒瘋，磊子。」趙大山把目光轉向黃德磊。「我現在清醒得很。今天當我知道豆豆受傷，我卻沒有守在她身邊，你知道我是什麼感覺嗎？我甚至連打黃寶貴一頓的權利都沒有！」趙大山用拳頭「咚咚」地敲了兩下心口。「我不是衝動，我是不想豆豆再這樣委屈下去。她只有離開黃家，才能想做什麼就做什麼，我保證。」

「不行，這件事情不行。她太小了，而且現在是孝期。」黃德磊只能搖頭，他覺得太荒謬了，因為他竟然認同趙大山的話。

「如果豆豆沒出嫁，那麼黃寶貴今天打她，她只能忍著。如果豆豆是已經出嫁的黃米或者黃桃，你認為今天黃寶貴還敢這樣做嗎？」

「大山，我理解你的心情，但是你這個理由說服不了我。我還是那句話，等豆豆過了孝期。」

黃德磊並不覺得嫁給趙大山就是保護了豆豆，反而他覺得沒出嫁的豆豆他才能保護得更好點。

「你看看這個。」趙大山說著，從懷裡掏出一張紙遞給了黃德磊。

黃德磊奇怪地接過趙大山遞過來的紙，是一張訂購船隻的文書。「這是什麼意思？我們貨行什麼時候訂的船？」

「不是貨行的，是我訂給豆豆的。前年，黃米成婚的時候，就在這裡。」趙大山抬頭指向前年他和黃豆坐過的樹杈。「在這裡，豆豆告訴我，她最大的願望，就是我有一條船，帶著她去世界各地，我們去看山看水看大海，吃各種各樣好吃的，玩各種沒玩過的，體驗各地的風土人情。去年分的紅利，我都拿來訂船了，只是還不夠。我先交了預訂金，再掙兩年，到時候錢夠了，豆豆也大了，剛好船也好了。我想著，如果要住得舒服些，就得把船打造得跟家一樣，這個後期我們自己再慢慢弄，豆豆喜歡什麼樣的，我們就改成什麼樣。」趙大山看向那個坐過人的枝椏，目光幽幽。

黃德磊有一種他被說服了的感覺。如果黃豆嫁給趙大山，對黃豆來說，確實比在黃家好。不管是黃豆跟著趙大山去東央郡，還是黃豆跟著趙大山出去遊玩掙錢，他都很放心。他跟趙大山一起五年，同吃、同住、同生死，趙大山的人品他再瞭解不過了。

可是，要想說動爹娘讓黃豆在百日孝期內出嫁就難了。但如果不在百日孝裡出嫁，那麼就要守孝三年。這三年的變故太多，黃德磊不怕趙大山有變故，他怕有對黃豆不利的變故。到時候他身在東央郡，鞭長莫及怎麼辦？

「我不能答應你，等我回去問問豆豆怎麼想的吧。」黃德磊看了眼趙大山。「我老叔這件事你怎麼想？」

趙大山深深地看了黃德磊一眼。「我很想打他一頓，可光是打他一頓，並不能讓我覺得解決了問題。而且，只是打他一頓就原諒他，對豆豆也不公平。」

黃德磊被趙大山這一眼看得頭皮發麻，不覺地往後退了兩步。「我覺得，關於老叔的事情還是聽豆豆的，你最好不要隨便做什麼。」

「嗯，我會問豆豆。現在就是你爹娘那邊，我希望你能幫幫我。」

「不可能，這件事情只能靠你自己，我只答應不扯你後腿就算不錯了。」

「呵呵，好，不扯後腿就行。還有貨行那邊，有些事情還要詳細商量一下……」

兩個人在無遮無擋的曠野中站定，細細協商了貨行和今後的規劃。

「先這樣吧，等會兒你還要去靈堂那邊守著呢，出來太久不好看。」趙大山說著，拍了拍黃德磊的肩，率先往回走。

看著前面高高大大的身影，黃德磊突然有一種被算計的感覺。不過算計就算計吧，他覺得只要是對豆豆好的，即使被算計了，他也心甘情願。

黃老大家，靈堂前已經收拾好了。

黃寶貴踩著水漬走了出去，一個人走到黃港碼頭上。那天，他是第一個從船上跳下來的，他爹站在碼頭上迎接他。那是他長這麼大以來最輝煌的記憶，他從海上回來，帶著船隊回到家鄉，停靠在自己家的碼頭上，碼頭上站著他的爹娘。

碼頭上並沒有什麼變化，只有岸邊一片貨倉靜悄悄地聳立在一邊。貨倉的門口，幾個孩童正在嬉鬧奔跑。黃寶貴恍惚看見紮著小辮的黃豆，歪歪扭扭地跟在他身後，不哭不鬧，乖巧得讓他不忍心趕她走。

他為什麼要遷怒於黃豆？他為什麼要失去理智踢那一腳？為什麼？

遠處，黃德明和黃德光兄弟倆商量了半天，最後還是黃德明邁步走了過來。

「老叔，這裡風大，我給你拿了一件爺爺的襖。」

黃寶貴只覺得肩頭一沈，身上就被披了一件黃老漢的粗布棉襖。

這件襖是過年時剛做的，還很新，平時黃老漢都捨不得穿，總說要留著過年待客穿。黃老漢死了，黃奶奶把他的舊衣服翻出來，讓他們兄弟五個一人挑一件，留個念想。這是舊俗，老人去世，家裡兒女都要留一件衣服，意味著對生命的傳承。

黃寶貴挑的就是這件襖。他比黃老漢高，而且比老爺子壯實一點，襖他不能穿，這幾天晚上守靈的時候他就披著。

「是德明啊。」黃寶貴抬頭看了一眼，又低下頭，手裡的樹枝還在地上來回地畫著。

「老叔，你別難過，今天你踢豆豆踢得對，她確實就是沒規矩了！」黃德明說著，在黃寶貴身邊蹲了下來。「我早和爺爺說過，這樣寵下去，遲早豆豆要惹事。她在襄陽府開那麼多鋪子，全部都是以她們姊妹四個的名義開的，沒有一間鋪子是以黃家的名義開的。你說說，哪家閨女沒出門子就置私產的？而且德忠給她看了幾年鋪子，她只給德忠發工資，一分利都不給德忠！也是德忠老實，什麼都不說，隨便她給。

「我跟大哥給她店裡供貨，還不是看在自己家兄妹的情分上？我們做的貨，不是吹，襄陽府只要說一聲，多少家想要我們的貨，價格起碼能抬一、兩層起來！那天我和大哥說，大哥還說自家兄妹，不是這麼算的。就是自家兄妹，我才覺得心裡憋得慌啊！誰家已經成年的哥哥給沒出嫁的妹妹打工的？」說到這裡，黃德明緩了一口氣，看向已經停止在地上胡亂畫的老叔。「老叔，這件事情不怨你，就是黃豆的錯！誰家閨女找人家不是父母之命、媒妁之言的？如果不是她拒婚，錢家會找人來封碼頭嗎？要不是她，爺爺也不會死，爺爺就是被氣死——」

黃德明話沒說完，黃寶貴突然站了起來，一腳把蹲在碼頭上的黃德明踢到了碼頭下！

黃德明完全沒有防備，「嘭」一聲就落進了春寒還很刺骨的水裡。

黃家兄弟都會水，特別是搬到黃港後，夏天經常兄弟幾個去河灘那邊游泳。

等黃德光和黃老二、黃老四並黃家幾個親眷跑到碼頭時，黃德明已經從水底掙扎著浮出了水面。只是碼頭岸口太高，黃德明從這裡根本爬不上去，只能往遠處的河灘游過去，從淺灘那邊爬上岸。

「黃寶貴！你是不是瘋了？」看著黃德明被黃德光從水裡濕淋淋地拖上來，黃老二忍不住走過去推了黃寶貴一把。

黃寶貴根本不理他二哥，看見黃德明從水裡爬上來，他立即撥開黃老二，拔腿就往淺灘跑，那架勢就好像還想把黃德明踹進去一樣。

「攔住他！」扭傷了腰的黃老大也被人攙扶著來到了碼頭，看見已經紅了眼睛的黃寶貴，不禁嚇了一跳，連忙喊了一聲。

黃德光、黃德落急忙迎面奔過來，一個繞到後面抱腰，一個在前面攔著黃寶貴。

黃德光急得都快哭了。「老叔！有什麼不能好好說的，你要這樣？」

黃寶貴眼看踢不到黃德明，也不去踢了，而是站定身形，指著黃德明破口大罵。「黃德明，我告訴你，我打黃豆是我的事，輪得到你在這裡指手畫腳？你要是覺得黃豆對你不好，你就從黃港滾回黃家灣去，那裡才是你該待的地方！這房子、這土地、這碼頭，還有那片灘地，你睜大眼睛看看，這是你掙的嗎？你還嫌黃豆給黃家掙得不夠多嗎？我打黃豆是我的事情，就算是我不對，你憑什麼說黃豆？啊？你憑什麼？憑你會的那點木工手藝嗎？你的木工還是跟你三叔學的，你三叔沒教德磊，都教給你了！就憑這個，你給你三叔養老送終都不為過吧？你倒好，忘恩負義，白眼狼一個！別人叫了你幾天黃二少，你尾巴就翹上天了？你怎麼不摸摸你的良心，你的黃二少是怎麼來的？沒有黃豆，你吃屎都攆不上一條狗！」

黃寶貴這幾句話罵的不單單是黃德明，還有最近心懷怨恨的黃家眾人，以及他自己。

黃德明一直在打噴嚏，他落了水，又被老叔指著大罵了一場，回來後就有點不舒服。

原本，許彩霞是肯定要忙上忙下給他熬薑湯、準備洗澡水，就連換洗的衣服也是要備好的。可是黃德明回到家裡，迎接他的卻是一屋子的清冷。

最後，還是黃德忠跑回來燒了一鍋熱水，讓他洗了一個澡。

「二哥，水燒好了，自己來拎！」黃德忠沒好氣地燒好水，轉身就出了灶房。他不想伺候他哥，一點都不想。

「五弟，請你幫我提到浴房。」

黃家幾兄弟新建的房子在黃豆的設計下，都有了獨立的洗澡間，還是男女分開的。沒辦法，古代規矩多，不能女人進去洗過澡了，男人再進去洗，這樣不合規矩、不吉利，反正就是不行。

黃德忠非常不待見他哥，卻還是忍氣吞聲地幫他把水又打好送進浴房裡，沒辦法，誰叫他是親哥呢！他覺得他二哥心大器量小，眼界又窄，還不如他二嫂會來事呢！就今天他說的那些話，什麼沒給德忠分一分利，這叫人話嗎？

去年黃豆姊妹四個問他，是想自己開店還是繼續幫她們管理？如果想開店，她們就給他資金開間屬於自己的店；如果不想開店，她們就給他在襄陽府買套宅子。他選了宅子，結果冬天就買好了，宅子上寫的就是他黃德忠的名字，說是對他這幾年貢獻的獎勵。

況且襄陽府開的「喜嫁」不是也有大嫂和二嫂的一份嗎？二哥怎麼能說這些話？

還有，現在黃德忠手裡的四家鋪子，以後黃豆姊妹可是不帶走的，早說好了以後就留給黃家生的小姑娘們做零花錢用。也就是說，他黃德忠以後若生了閨女，這鋪子就有他閨女的一分子，這怎麼能說和他沒關係？即使他沒生閨女，他以後還能沒孫女嗎？

當時，他和大哥一起過去準備勸勸老叔，結果就聽見他二哥吧嗒吧嗒在說，他真是臉都羞紅了！如果不是大哥硬把他拽走，他一定先把二哥踹河裡去，根本不用老叔動手。

黃德忠越想越生氣，他怎麼攤上這麼個哥哥，還是一母同胞的親兄弟！

第四十一章 世界上最土情話

黃老漢下葬這一天，天氣特別冷，明明已經三月天了，竟然還來了一場倒春寒。四人抬棺，四人護棺，黑漆漆的棺木就上了後山。

是黃老漢的大哥黃滿屯定的後山，找來南山鎮風水先生看的地方，黃滿屯還順便把自己的地方也選好了。兩兄弟離得很近，用黃滿屯的話說——兄弟倆靠得近，以後也有個照顧。

墓穴是提前來人挖好的，只等吉時下棺木。黃老大先跳進去，在墓穴的四角都放上銅錢。他的腰扭了，昨天推拿過後，好了很多，但上來的時候還是費了點勁，被黃老三和黃老四硬拖上來的。

黃老漢剛下葬，雨就淅淅瀝瀝地下了起來，黃家眾人一路狂奔，跳過半路的火堆，跑回家中。

回家第一件事就是打掃屋子，洗澡、洗頭、換衣服。

中午，吃完飯，親朋好友陸陸續續回家，黃老三又帶著黃德磊，一家一家地還桌子、板凳。還一家東西，就放上兩個饅頭、幾片米糕，及一碗辦喪事剩下的菜。這些剩菜基本上都是廚房留下來的，各種類混合在一起，雞、鴨、鵝、羊肉、豬肉，全部倒在一起。去還東西，不帶要還的東西，卻帶著要送的菜，一家一家送，東西等回頭就送來。也沒有人嫌棄，因為幾乎都是肉菜，孩子們歡喜得很，晚上又能解個饞了。

東西都不用黃家兄弟搬，各家各戶的東西，自己家來兩個人連抬帶搬就拿回去了。

黃老漢頭七，黃豆還是在自己屋裡沒出來，黃三娘急得團團轉，黃豆也不許她進去看傷口。她只能拉了黃桃一遍一遍地問，問一遍心涼一遍。滿頭水泡，還劃破了一道傷口，這可怎麼辦啊？這是毀容了啊，誰家願意娶個毀容的媳婦回家啊？黃三娘以前就怕黃豆嫁得不好，現在則怕黃豆嫁不出去。

守七就是晚上子孫都在一處包餃子，傳說人死魂不散，會在家裡徘徊不去。子孫們一起包餃子吃飯，也是和死者一起吃頓團圓飯的意思。也會有親朋來，比如黃老漢的大哥一家、黃老漢的親家王重陽一家，莊上鄰居們也會過來湊個熱鬧。其實就是做給死者看的——你看，我們一大家子在一起包餃子吃飯呢，你放心走吧！

一共要守七個七，也就是四十九天。

這時，死者才會安心地跟著陰差一起去地府，等著投胎轉世。

家裡人都去黃老大家守七了，留下黃豆一個人躺在床上發呆。原本黃三娘要留在家裡陪她的，被黃豆勸走了。畢竟今天是老爺子頭七，孫女不去沒事，兒媳婦不去卻不大妥當。

已經過了三天，她頭上的水泡早已經破裂，癟在頭上，皺巴巴的，很難看。

黃豆屋裡有一面巴掌大的小鏡子，還是黃德磊從海外帶回來的，姊妹四個一人一面。黃豆一會兒就從枕頭下掏出鏡子來看看，看了難受，但不看又忍不住。剛把鏡子塞到枕頭下，就聽見後窗傳來輕輕的敲擊聲。黃豆把蚊帳從下面掀起來，頭鑽進去，往後窗看，看不大清楚，她乾脆又從蚊帳中鑽出來，光著腳走到窗戶前，把插銷打開，輕輕一推，就看見趙大山正站在窗外笑吟吟地看著她。

馬上快十五了，窗外的月光還算不錯。趙大山穿著一件灰褐色的秋衫，站在月光下竟然顯得很帥氣。黃豆索性直接趴在窗臺上，問：「大帥哥，你幹麼？」

就見趙大山的嘴角翹得越來越高。「來看看妳。好點了沒有？」

黃豆也不遮掩，用手一撩劉海。「你看，越來越醜了。」

趙大山走近半步，湊過來細細看了半天：「不錯，在癒合了。這段時間要注意，別吃辛辣的，那些重味的也別吃，吃點清淡的。」

「你要進來嗎？」黃豆看他湊到窗臺邊的臉，有些好笑，不如請他進來說話反而方便。

「好。」趙大山從善如流。

黃豆看他把雙手搭在窗臺上，連忙將兩扇窗都推開，人往旁邊站了站。

趙大山雙臂一用力，整個人如靈蛇一樣，一下子就鑽了進來。

「呃……」黃豆張大嘴巴看著他，這人爬窗戶這麼索利，是練過嗎？

趙大山鑽進來後，就看見黃豆竟然是赤著雙足站在地上的，不由得一急，伸手彎腰一把將她抱起。「妳怎麼不穿鞋？地上多涼！」

黃豆連忙一把抱住趙大山的脖子，說好的公主抱呢？怎麼能跟抱小孩子一樣，單手就抱起來了！「我是不是很輕啊？」黃豆忍不住戳了戳趙大山硬實的肩膀，好像都是肌肉，不知道肚子上有幾塊腹肌？

趙大山抱著黃豆，竟然掂了掂。「嗯，不重。」說著，繞到床前，掀開蚊帳，把黃豆放了進去。

「這不是肉？」黃豆捏了捏腮幫子，又捏了捏自己肚子邊的一小圈肥肉。「這不是肉？」

趙大山啼笑皆非，忍不住也伸手去捏了捏她另一邊的腮幫子。「還行，還能再養肥點。」

氣得黃豆「啪」地一下把他的手打開了。「再養就成豬了！」

「豬要是養成妳這樣不是虧了嗎？」趙大山很認真地又捏了捏黃豆的腮幫子。

好吧，不能和直男討論胖瘦的問題。對於女生來說，再瘦都覺得自己胖，何況黃豆一直覺得自己不瘦，還帶了點嬰兒肥。

「你怎麼沒去吃餃子？」黃豆坐在床上，把光著的腳放在床邊來回晃。

剛剛腳底站在地上，應該沾了灰塵，她要是直接放床上，晚上估計她就睡不著覺了，總覺得髒。

「我娘帶著小雨去了，大川去他岳丈家蹭飯了，我就過來看看妳。」說著，趙大山彎腰找了一圈，在臉盆架子下面摸出一塊布巾來。

「咦？你幹麼？」黃豆看他拿出一塊布巾。

「給妳擦擦腳。」說著，趙大山走過去，蹲下身，仔仔細細把黃豆的腳擦了一遍。

看著一臉嚴肅、認認真真在給自己擦腳的趙大山，黃豆很想問趙大山：你就沒有一點旖旎的想法嗎？雖然不能來一句「六寸膚圓光致致，白羅繡屧紅托裡。南朝天子欠風流，卻重金蓮輕綠齒」，但好歹臉紅一下，心跳加快點，讓我知道你的歡喜已經抑制不住了呀！

趙大山淡定地給黃豆擦完腳後，竟然開了門走出去，打了水把布巾洗了洗。

大哥，這是我家耶，你這種如入無人之境的舉動，是不是太猖狂了？

洗好布巾後，趙大山進來又插上了門，轉身坐到黃豆床邊。

「豆豆，這兩天晚上我一睡覺就夢見妳，想得我半夜都想過來敲妳的窗。若不是怕妳二姊在這裡，我昨天晚上就真過來了。」

這傢伙，竟然來了段土味情話！黃豆很想笑，但是看趙大山一臉認真，她又莫名地覺得感動。黃豆確實也看不懂趙大山這個人，說他直男吧，有時候說話也挺暖的；說他暖男吧，大部分時候又沒有情商的感覺。不過疼她是真的，他能彎腰蹲下幫她擦腳，就說明了一切。

所以說，女人都是感性的，不分年齡和時代。

「想我也不能來敲窗，要是別人看見了，我跳進東湖也說不清。」黃豆說著，還假裝不高興地拿腳踢了他一下。

趙大山眼疾手快地一把握住她的腳。「我知道，所以我想明天讓我娘來提親。」

「這麼快？」黃豆覺得剛過完頭七就商量婚事，好像有點不合適。

「我本來就準備過了頭七來商量婚事的。妳爺爺去世，要嘛妳在家守孝三年，要嘛就只能百日之內出嫁。現在不說，百日內要出嫁，時間上就不夠。如果妳好好的，等三年就等三年，可是現在我一天都不想等，我不放心妳在黃家。」趙大山把黃豆的腳握了一會兒又輕輕放進被子裡面。

「有什麼不放心的？我在黃家都長了十幾年了。再說，我確實還小，身子骨還沒長開呢！」黃豆想想，要她十六歲就嫁人，她還是覺得太早了，讓她害怕。

「妳先嫁過來，等兩年，等妳身子骨長好了我們再圓房，好嗎？這兩年我們就行船去各地看看，一邊做生意一邊去轉轉。等過兩年，我手裡有錢了，我們也買兩條大船，跟商隊出海去。」

「爹娘不會同意的。」黃豆抿了抿嘴。她也想嫁人了……不，不對，不是想嫁人，是她渴望那種天高任鳥飛的自由。

「沒試怎麼知道不行？」趙大山反而很有信心，再難他也想試試。

「好，那你明天可要加油呀！」黃豆笑著向他比了個拳頭。

「妳想要什麼？我去買給妳。還有聘禮什麼的，妳有什麼要求？」趙大山看著笑靨如花的黃豆，她額頭上的傷痕好像都因這樣的笑容而變得好看起來。

可能是注意到趙大山的目光，黃豆不好意思地用手撥了撥劉海，她心裡還是很介意自己毀容了的。「要房、要車、要錢，都要，你給嗎？」

「房子有了，車暫時買不了，我訂了艘船。禮金的話妳要多少？家裡現銀暫時不多，不夠的我去湊。」趙大山伸手把黃豆的手抓下。「別遮，我不介意。」

「我介意！」黃豆嘟了嘟嘴。「你不討價還價嗎？你不怕我獅子大開口啊？」

「豆豆，若能娶到妳，只要我有的，我都可以給妳；我沒有的，我借也儘量借出來。妳想要的我都會給妳，不會讓妳失望。」

看了一臉正色的趙大山，黃豆覺得自己這個玩笑開大了。「那你錢不都買了船嗎？你真的決定帶我去走遍五湖四海啊？」

「嗯，船隻交了三分之一訂金，他們先開始預備著；秋後，我再交三分之一；剩下的尾款，等明年春天交船時給他們。因為考慮到以後要出海，所以訂的是貨船，即使不出海，以後我們各地走，也可以帶貨。等之後掙到錢了，我們再買船，組織成商隊，這樣出去就能多掙錢。以後有機會了帶妳出海，我還想帶妳去看藍眼黃頭髮的人。」

「那你方舟貨行怎麼辦？你一直在外面跑，貨行不做了嗎？」黃豆覺得有些事情還是要問清楚的。

「貨行等明年我想把我那一份轉給妳哥，這樣貨行就有一半是妳哥的，以後他就不會被妳老叔和四哥左右。原本是沒這個打算的，但是這次妳受傷，我和妳哥都很憤怒，覺得不能任由妳老叔坐大，必須要有人壓制他，生意是生意，親戚是親戚。我們各地跑，碰見合適的地方也可以建立分號，這些分號以後就是我們和德磊的。還有我們買的那塊地，妳不是很看重嗎？這次我們會提出出錢拿過來，當做聘禮給妳。」趙大山把他和黃德磊那天談的計劃，都詳細地告訴了黃豆。

「那地，現在看是沒用，以後也不能保證會有用，你們怎麼想起來要那塊地？」黃豆感覺他們倆想要這塊地的舉動有點奇怪。

「誠王爺好像有動靜了，不過暫時還看不出來。我結識了誠王府的一位幕僚，最近他受命去了京城。我懷疑，誠王爺有奪嫡之心，即使沒有，他也有坐收漁翁之利的嫌疑。」看著睜大眼睛的黃豆，趙大山不由得一笑。他知道她懂，她就不是一個普通的鄉下小姑娘。

「那你們想幹麼？」

「什麼都不想，我們只是普通的商販，如果有機遇就多賺點，沒機遇也不過是現在這樣，總不會更壞。」趙大山實話實說。

「你怎麼認識這位幕僚的？」

「我們貨行前年在東央郡大賣，就進入了誠王爺那些手下的眼中了。不過是大家互相利用，他們求財，我們求個平安。如果能在平安上再賺一筆，當然最好，互惠互利嘛！」

「你為什麼要那塊地？」黃豆再次詢問。

趙大山心中一嘆，媳婦好像太勤學好問了！他只得細細地和黃豆說起來。「我和妳哥想把周邊的地逐漸都買下來，以後要是發展起來，可以有大用。這塊地是我的聘禮，妳哥買的那塊是做為嫁妝給妳的，反正是一片荒地，妳喜歡就隨便妳弄。等手頭活絡了，還可以在周邊再買幾塊，不過都是小塊，沒有太大的。妳是怎麼想的？」趙大山在床邊坐下，又抓著黃豆的右手看了看。右手上的水泡也已經開始癒合，都是皺巴巴的樣子。

黃豆縮了縮，沒掙脫開，就隨便他去了。談個戀愛只是拉個手而已，也沒什麼。「買吧，以後沒有大用也不會虧，等幾年我們再看形勢。那邊也不算偏僻，再發展兩、三年肯定會好很多，到時候不行，我們就做倉庫流轉貨物，或者做貨行都行。」黃豆覺得以東央郡現在的發展形勢來看，發展到那邊是遲早的事情。

「嗯，那我明天讓我娘直接過來，先讓我娘和三叔、三嬸說，等他們同意了，再找媒婆。」趙大山看著黃豆受傷的小手，心裡有點依依不捨，但再坐下去黃德磊他們就要回家了。

「好。」看出趙大山的不捨，黃豆直起身子，雙手一伸，一把抱住趙大山的脖子，在他左臉上「吧唧」地親了一口。等到趙大山反應過來，準備來抓她，她已經魚兒一樣，整個人都滑進了被窩。

怕她碰到自己的傷口，趙大山也不敢去拉扯她，只隔著被子抱了抱她，低聲說：「那我走了。」

「嗯。」被子裡傳來黃豆悶聲的回答。

趙大山用手拍了拍隆起的被子，轉身走到後窗，打開窗鑽了出去，他已經聽見外頭院門傳來的腳步聲了。

等黃豆從被子裡鑽出頭來，就聽見黃三娘的聲音在院子裡響起——

「豆豆，睡了嗎？」

黃豆靜靜地平躺著，一聲不吭。

「看樣子孩子睡著了，妳聲音小點！」黃老三責怪地低低說了一句。

接著就聽見一陣腳步聲從院子裡走過，散回各自的房間。

夜，終於安靜了下來。

第四十二章 趙大娘上門提親

趙大山走回家，剛關上院門，就聽見外面傳來趙大娘和趙小雨的說話聲和腳步聲，他索性又把門打開了。

趙大娘她們剛好走到大門口，正準備推門呢，看見門突然打開，不禁嚇了一跳。待看清楚是趙大山，趙小雨還拍了拍胸口。「大哥，人嚇人會嚇死人的！你怎麼知道我們回來了？」

「聽見妳們的說話聲了。」

正說著，趙大川也從黃小雨家回來了。

「你們都站門口幹麼？」趙大川看見娘和哥哥、妹妹都站門口，也嚇了一跳。怎麼他去岳丈家混頓晚飯，全家都在這裡等他？

「等你啊，我看你乾脆搬去你岳丈家算了！」說著，趙大娘沒好氣地在小兒子肩膀上捶了一下，真是有了媳婦就忘了娘。

趙大川被捶得呵呵地憨笑。

「都進來吧。娘，我找妳有點事情要說。」趙大山側身讓他們進來，自己轉身關好大門，拴好門栓，一起和大家往堂屋走。

兄弟倆房子都建好了，卻沒有分開住，一直還是住在趙大山這邊。兄弟倆目前都沒成親，一家就四口人，分不分根本沒必要。

進了堂屋後，小雨去灶房燒水，趙大娘坐了下來，趙大川也厚著臉皮留了下來。

「什麼事啊？非要大晚上說？」趙大娘邊說邊看向大兒子。

趙大山提了一把茶壺遞給趙大川。「去幫小雨燒點開水過來。」

接過茶壺的趙大川不情不願地走了。要說什麼？還背著他呢，真是的。

看著趙大川的身影消失在大門外，趙大山才拖了條凳子坐到趙大娘對面。「娘，妳明天去黃三叔家幫我提親吧。」

「什麼?!」正伸手準備去挪油燈的趙大娘聞言，嚇得一哆嗦，差點把油燈帶翻了。

「你……你再說一遍。」

「娘，妳明天幫我去黃三叔家，向豆豆提親。」趙大山看著趙大娘，又認真地說了一遍。

「你得了失心瘋啊？她爺爺剛去世，怎麼也得守三年孝吧？現在去提親，你不是讓你娘去挨罵嗎？」趙大娘一臉不可思議地看著兒子。

趙大山急了。「娘，三年後，妳兒子都二十六了，妳還想不想抱孫子了？」

「你也知道你不小了啊？你都耽誤我多少年孫子了！現在知道急了？晚了！人家爺爺死了，她就算要守三年孝，你也得等著！」趙大娘用手點了點趙大山，有點恨鐵不成鋼的感覺。

「娘……」趙大山無奈地看著趙大娘，他急，他覺得他娘比他還急。

「聽說豆豆毀容了？」趙大娘看著趙大山，正色地問。

「嗯，就是額頭傷了，以後頭髮留下來，看不大出來。」趙大山實話實說，反正騙他娘也沒好處，以後反而婆媳生嫌疑。

「可惜了，那麼漂亮的一個小姑娘。你……不介意嗎？」趙大娘把身子往趙大山那邊湊了湊，聲音都壓低了。

「娘，她毀容了就不是豆豆了嗎？何況她只是傷了額頭而已，沒多大事。這個不重要，妳明天怎麼去黃三叔家才重要。」

「你這個孩子！容我想想……其實呢，我也不介意豆豆毀容的事情，又不是一張臉都毀了，反正是你媳婦，你喜歡就好。這樣吧，我明天先去探探話，看看你黃三嬸怎麼說，如果能談，我們就找媒人，不能談再想辦法，行不？」趙大娘拍了拍兒子放在桌子上的胳膊。

「行。」說著，趙大山站起身。「黃三叔他們有什麼要求妳儘量別駁了，豆豆小，他們要是說等兩年再圓房也行，反正先娶回來再說。」

「你這孩子，你是不是傻呀？豆豆今年都十六了，不小了！十四、五歲嫁人的多著呢，就你寵媳婦！」趙大娘站起身，還是沒忍住，伸手狠狠戳了趙大山的腦袋一下。「去洗洗睡吧，明天的事情明天再說！」趙大娘說完，轉身就往灶房走去。

趙大山摸了摸被娘戳過的額頭，就這麼戳一下還挺疼的，豆豆一額頭都是傷，那得有多疼啊？想到黃豆額頭和手上的傷，趙大山不由得又心疼了起來。

第二天一早，吃了早飯，趙大娘就在趙大山眼巴巴的目光中提著籃子出門了。

趙大娘的籃子裡裝了一條臘肉、小半布口袋的糯米麵粉，還有半籃子野薺菜。

進了黃老三家，他家也剛剛吃完早飯。黃三娘在灶房洗碗、刷鍋，吳月娘在收拾桌子，黃老三和黃德磊正在後院子裡比比劃劃，準備再砌一個牲口棚。

聽見推門聲，吳月娘伸出頭來一看，連忙迎上前。「趙大娘，這麼早啊！吃了飯沒？」接著朝灶房喊了一聲。「娘，趙大娘來了！」

隨著吳月娘的聲音落下，黃三娘一邊從灶房往外走，一邊伸手在身前的圍裙上擦了擦。

「他大娘，吃了沒？我給妳下碗麵！」

「吃了吃了，別忙活了！我過來找妳商量點事情的。」把手裡的籃子遞給了吳月娘。

吳月娘接過籃子一看，連忙又遞給了黃三娘。「娘，妳看。」

黃三娘接過來一瞅，連忙又推回給趙大娘。「妳看妳，來就來，帶這麼多東西幹麼？」

「上次小雨在菜園子裡挖了野薺菜說要送來，結果豆豆不是傷著了嘛，就沒過來添亂。昨天下午她又挖了點，得虧這兩天倒春寒，還沒老，這不，我就送來了。」趙大娘說著，又把籃子推過去。「妳家不是剛辦完事情嗎，能剩下啥？這是給豆豆的，她不是喜歡吃薺菜餡的湯圓嗎？妳有空給她包點。」

「妳看妳，真是的，回回來都不空手，豆豆那點小傷妳還惦記著。」黃三娘也不客氣了，把籃子轉手又遞給了兒媳婦，然後拉著趙大娘就往堂屋走。「他大娘，坐，我讓月娘燒點茶。」

「剛吃了早飯，不渴，不喝不喝，我們姊兒倆嘮嘮就行。」趙大娘連忙伸手攔著。

黃三娘也就沒動，反正兒媳婦這個眼力應該還是有的。

「聽說妳家秋後準備先給大川娶媳婦了？那大山怎麼說的？他也老大不小了。」

黃三娘這話正好說到趙大娘心口上，她正愁不知怎麼開口呢！「唉，大山這孩子從小吃過不少苦，他心裡啊有想法，我這做娘的就想如他個心意，所以他回來這幾年我就沒逼著他。」趙大娘偷瞧了一眼黃三娘，看她果然有了興趣，就把話停了。

「妳是說，大山心裡有人了？那怎麼不去提親啊？妳也真是的，難不成還真是什麼大戶人家的小姐？」黃三娘這話就是當初別人的謠傳，說趙大山想娶個大戶人家的小姐。

「我也不瞞妳，大山啊，想著妳家豆豆呢！」趙大娘也不遮掩了，乾脆開門見山地說。

「他一回來，我不就愁他的親事嗎？結果他說覺得豆豆不錯，想等兩年，等豆豆大點再說。」

「這……這……」黃三娘張口結舌，要是說的別人家閨女，她還能出謀劃策，說自己家閨女，她突然就有點不願意了。大山畢竟大了豆豆七歲呢，比德磊都還大一歲，可不是有點太大了嘛！

「他三嬸，我知道，我家大山是有點高攀了，可是孩子心裡喜歡，我這做娘的總不能對他說你配不上豆豆吧？」

「不不不……什麼配得上配不上的，大山多好的孩子啊！」說完又意識到自己說話不妥當，連忙又說：「是我家豆豆配不上大山，她性子倔，都是我和她爹寵壞了。」

正說著，黃老三和黃德磊進了門，黃德磊手中還拎了個茶壺，端了幾個茶杯。

「他大娘啥時候來的？吃了沒？」黃老三也是個老實的，習慣了鄉下人一見面就問「吃了沒」、「吃的啥」這些。

「吃了，過來找你們有點事。」趙大娘看黃德磊給她倒茶，連忙站起身，把第一杯茶推給了黃老三。

「快坐，客氣啥？都是家裡人。」說著，黃老三又把茶推了回去，屁股剛往凳子上落，就被黃三娘一把抓住。

「他爹，我們去屋裡說句話。」連推帶拉地把一頭霧水的黃老三推進了屋。

黃德磊見狀，心裡明明白白的，卻也裝不知道，坐下來和趙大娘就這兩天倒春寒的天氣聊了起來。

屋裡，被推進房的黃老三奇怪地看了看自己媳婦。「磊子他娘，妳這是幹啥？有客人呢！」

「她是來給她家大山提親的！」黃三娘氣急敗壞地推了黃三叔一把。

「提親？提誰？」

「還能有誰？當然是豆豆！」黃三娘也不知道自己怎麼了，心裡就是覺得不痛快。

「大山和豆豆？」黃老三想了一下。「不錯啊，好事啊！妳不高興個什麼勁兒？」

「哪裡好了？大山都多大了！不是還有人說他傷著了嗎？我可不想閨女嫁過去守活寡！」黃三娘一屁股坐在床上，她不想出去了。

「妳這都說的什麼話？小心人家聽見！」黃三叔看看敞開的房門，往黃三娘身邊湊湊，壓低了聲音。「大山受傷，磊子是親眼看見的，這事問磊子不就清楚了？妳別聽風就是雨的，大山這孩子我看不錯。」

「哪裡不錯了？長得五大三粗的，年紀還那麼大！」黃三娘就是覺得心裡不痛快，自己嬌滴滴的小閨女，怎麼能嫁個年紀那麼大的！

「妳這話說的，真是沒事找事了！滿莊子有幾個比大山長得好的？再說，人家這個時候來提親，可是很明確地告訴我們，他們不嫌棄豆豆毀容了，這麼仁義的人家妳還挑剔啥？」

聽到黃老三提起豆豆毀容，黃三娘瞬間愣了。她家豆豆額頭上的傷，她可是看見了，都已經開始淌黃水的水泡，還有一道傷疤啊！要是讓黃德磊娶個這樣的媳婦回來，她肯定不願意的！「可能是大山和他娘知道豆豆毀容，卻不知道毀容成啥樣了，所以撞大運來了。」黃三娘還是覺得趙大山就是配不上豆豆，即便豆豆毀容了他也配不上。

「妳說妳，讓我說妳什麼好？妳要是覺得不放心，就讓大山娘見見豆豆，她要是見了豆豆還準備提親，豆豆也沒意見，妳就答應了吧。」黃老三覺得這幾年日子好過了，媳婦卻越來越奇怪了，以前沒這麼刻薄啊，這是怎麼了？

「不行，她要是見了後悔了怎麼辦？」

「妳先和豆豆說一聲，如果豆豆沒意見，就見見，不能瞞著她；如果豆豆不願意，那就算了。大山娘要是後悔了，這門親不結也罷。」黃老三還算是一個明白人。

外面黃德磊陪著趙大娘喝了一杯茶，從天氣又聊到了吳月娘什麼時候生產，黃老三和黃三娘才終於走了出來。

黃三娘勉強自己對趙大娘笑了笑，說道：「我去看看豆豆飯吃完了沒？妳坐會兒。磊子，陪著你大娘嘮會兒嗑。」看趙大娘點頭，黃德磊也答應了一聲，黃三娘才轉身出了門，往黃豆的房間走去。

吳月娘正坐在黃豆床邊陪著黃豆說話，看見黃三娘進來，連忙起身。「娘，您坐。」

「哎！月娘啊，妳趙大娘帶的野薺菜妳去看看要不要挑揀一下，回頭給豆豆搓幾個臘肉薺菜餡的湯圓。」

吳月娘一聽，就知道婆婆有話和小姑說，這是要支開自己，連忙答應一聲，走了出去。

看著兒媳婦走出去後，黃三娘才在黃豆床邊坐了下來。「豆豆，趙大山他娘來了。」說著猶豫了一下，看看黃豆滿是傷痕的額頭，又咬了咬牙。「她是來給大山向妳提親的，妳爹讓我來問問妳的意思。」

黃豆看她娘一臉糾結的樣子，眼珠子一轉，道：「娘，妳推了吧，我都毀容了，誰家要娶個這麼醜的媳婦？大山哥還救過我的命呢，不能坑人家。」

聽黃豆這麼一說，黃三娘本來不願意的心，突然就願意了。「瞎說什麼！什麼毀容不毀容的？我的閨女好看著呢！」說著，黃三娘一把拉起黃豆的手。「閨女，我跟妳說，這個時候妳可不能犯傻！大山多好的孩子啊，長得又好，還有一把力氣，妳比他小了好幾歲，嫁過去他還不放心裡疼妳嗎？」看著閨女低下頭，雙肩不停聳動，黃三娘是滿心的苦澀，自己多好的閨女啊！她生了四個兒女，都長得好，數豆豆長得最好，眉毛、眼睛、嘴巴都像她，還聰明，家裡這麼大一片產業，都是她和德磊掙的。「豆豆啊，妳聽娘一句勸，別倔著了。大山真不錯，知根知底的，大山娘也是個和氣的人，妳嫁過去，離娘也近，娘想妳了抬腳就能過去看看妳。下半年大川就成親了，那黃小雨也和妳從小一起長大的，以後妯娌關係也好相處；家裡一個小姑子和妳從小玩到大的，也是個好孩子。這樣的人家是百裡挑一的好了，妳可別不聽話。」

「娘，我聽妳的。」

「噯，好好好，好孩子！」黃三娘說著就趕緊站起身。「娘去和妳趙大娘說！」

看著走出門的黃三娘，黃豆覺得心裡有點百味雜陳。她一直知道娘偏心，重男輕女，不過她畢竟是黃三娘親生的，說到底，娘還是愛她、捨不得她吃苦。

進了屋，黃三娘也沒磨嘰，直接就把自己的想法提了。「他大娘，我也不瞞妳，大山這孩子不錯，但我們家豆豆年齡小，自小她爺爺、奶奶又寵著，所以這脾氣啊，就有點倔。」

「我看挺好的，我面前長大的孩子，我不知道嗎？」趙大娘一聽，就知道成了！

「妳家不嫌棄呢！我和她爹也商量了一下，成是成，就是大山這年齡大了，豆豆還要守三年的孝，妳看……」黃三娘看了看趙大娘，表示自己很為難。不是我家故意要留著閨女，確實是沒辦法啊！

「他三叔、三嬸，既然話說開了，那我也就不瞞著了，我家想在她爺爺百日裡把親事給結了，你們看怎麼樣？」

「不行！」黃三娘還沒開口呢，黃老三就站了起來。「哪裡有百日裡出嫁的？我家豆豆又不是嫁不出去！」

「是啊、是啊，雖然說守三年，到時豆豆也大了，不過也不算太大，才十九，我覺得剛剛好呢，身子骨養好了，好生養。」黃三娘也表示贊成自家男人的話。

「我也不是說大山大了，所以急著讓孩子們成親，這兩年大山都能等了，再等三年當然也可以。不是豆豆這次傷了嘛，大山就覺得這心裡憋屈得慌啊！你們說，豆豆要是在娘家，她老叔敢動她一根指頭？還不是因為豆豆沒出嫁，你們不好說什麼。畢竟一個是親兄弟，一個是親閨女，難道還能翻臉不認了？我知道你們難，可是我也捨不得豆豆這麼委屈啊！我話今天就撂這裡了，要是日後豆豆在我們家受到一點委屈，你們直接上門把我家砸了，我都不會說一句話！可是，你們看……」說到這裡，趙大娘的眼淚就下來了。「這次豆豆傷成這樣，我和大山心疼得跟什麼似的，又能怎麼樣？還不是只能紮著兩隻手看著？」

看見趙大娘落淚，黃三娘的眼淚也跟著落了下來。豆豆都傷幾天了，她大伯娘、二伯娘和四嬸都來過了，唯獨她老叔及老嬸沒來。黃三娘不怨嗎？肯定怨的，可她在黃老三面前翻來覆去地說有什麼用？那是黃豆的老叔，自己還能上去撓他一頓？就怕她前腳撓過黃寶貴，後腳就能把老太太氣出個好歹來。到今天，黃豆毀容、黃德磊打了黃寶貴、黃寶貴又把黃德明踢下水這些事，大家可都沒敢讓老太太知道呢！這都叫什麼事啊？黃三娘也替黃豆屈得慌，卻什麼都不能做。黃老三就更不能做了，好歹黃德磊還打了黃寶貴呢，總不能他這個做哥哥的再去揣弟弟一頓吧？到時候有理都變成無理了。

「是我們做父母的無能，孩子受了委屈，還得忍著……」說著，黃三娘不由得放聲大哭，她確實是已經忍到極限了。

看黃三娘哭，趙大娘卻不哭了，擦了擦眼淚，挪過去挨著黃三娘坐著。「他三嬸，妳聽我一句勸，這事就算了，但咱們得為豆豆的以後打算打算。」

黃三娘扯了圍裙捂住臉，忍了半天，終於把眼淚又憋回去了，只是一雙眼睛還通紅著。

「不是我們不同意豆豆百日孝裡出嫁，是不能這樣嫁了，別人要戳脊梁骨的。」

「我知道、我知道，我不是心裡總有個坎嘛……」說著，趙大娘的眼淚又忍不住下來了。「我家大山他爹，當年就是在他二叔後面成親的，後來我守了三年孝，等我們圓房，大山他三嬸都懷上了！這麼多年來，我總在想，當初如果按長幼有序，會不會大山他爹就能邁過這個坎？大山能等豆豆三年，但我總不能說讓人家小雨也等我家大川三年，等大山成親後他們再成親吧？可是讓大川在大山前面成親，我又怕得慌，我這心裡……」

黃三娘傻了，她看看黃老三，又看看黃德磊，張著嘴巴，連安慰人都不會了。是啊，大山現在的情況，可不是和他爹當年差不多嘛！

第四十三章　過目不忘的美人

六月初六，風和日麗，天空晴朗。

黃豆一晚上都沒睡好，翻來覆去好不容易睡著了，還沒睡一會兒，就被黃三娘推醒。黃三娘煮了一碗紅棗桂圓花生蓮子茶給黃豆端了過來，裡面還有兩個圓滾滾、已經剝皮的雞蛋。剛吃完，黃德磊又拎了熱水送進了洗浴間，黃桃先進去收拾好，才讓黃豆進去洗了個熱水澡。出來後細細地把頭髮擦得半乾，然後穿著家常的衣服坐在床上，等著頭髮自然晾乾。

這時，請來的全福人走過來替黃豆絞面。

黃米抱著塗天賜，在一邊看著黃豆開始絞面。

黃豆還記得黃米出嫁的時候，她看黃米絞面的情景，轉眼，今天換成了自己。那種細細密密的疼，可以忍受，卻又讓人屏住了氣息。

塗天賜是個非常好看的孩子，大眼睛像黃米，高鼻梁像塗華生，臉型也像塗華生，嘴巴又像黃米。昨天就被黃桃、黃豆圍觀了一天，細細研究哪裡像爹？哪裡像娘？最後眼睛都看花了，一會兒看像黃米，一會兒看又像塗華生，真是不得不感嘆造物主的神奇！

黃桃已經懷孕了，剛剛顯懷，已經快四個月了，是在黃老漢去世前懷上的。今天她這樣有孕的人就不適合進新娘房了，黃桃只能拉著已經足月的吳月娘在院子裡走走。

其實黃豆不相信這個，今天她還是很希望姊姊跟嫂子能陪在身邊的，可是黃桃信、吳月娘信、黃三娘也信，怎麼說她們都不肯進屋來，生怕以後對黃豆的子息有妨礙，到時候後悔也來不及。

黃老三一直在院子裡轉圈，嫁黃桃的時候他躲在屋後抹了一把淚。今天嫁黃豆，還沒走呢，他這心裡就開始酸楚，說不出的滋味。對於豆豆的倉促出嫁，黃老三覺得心裡堵得難受。他那麼好的閨女，竟然被逼得在孝期出嫁，這是黃老三心裡的傷。

最後實在不知道幹麼，黃老三乾脆又去把黃豆的嫁妝檢查了一遍。他細細檢查每一個箱子，就連上面的紅綢紮得歪了，他都要仔細理一理，務必讓自己看得滿意才甘休。

黃三娘是真的忙得團團轉，一會兒灶房缺什麼了，一會兒擺席的那邊還有什麼不周到的。一轉身看見黃老三竟在嫁妝堆裡流連忘返，立即跑過去喊：「當家的，你怎麼還在這裡？趕緊的，出去招呼客人了！」

外頭正在招呼客人的黃德磊終於看見自己親爹了，不禁抹了一把汗，終於有幫手來了！

黃德儀最忙，一會兒跑進新娘房看看正在準備的三姊，一會兒跑去灶房看看菜預備的怎麼樣了，一會兒又跑去大門口看看新郎倌來了沒有。

趙大山活了二十三年，今天覺得心情完全不能用言語形容的好。他也是昨晚一夜沒睡好，七想八想，想到了天亮。

早上趙大娘準備了酒席，米糕、饅頭，迎親的先吃了墊墊肚子，中午去黃家有一桌等著，晚上回來還有一桌等著。
酒拎上桌又被送了回去，早上酒就不喝了，不然中午估計不一定能扛得住。
一直到抬著花轎去黃豆家迎親，趙大山都有一種活在夢裡的感覺，一腳一腳踩下去，覺得像踩了棉花。
從趙大山家到黃豆家，只隔了幾戶人家，趙大山卻覺得路還是有點長，恨不得一步就邁過去才好。
到了黃豆家，黃德落領著黃德忠並幾個小兄弟，在門口設置了一道道關卡。已經嫁了兩個姊妹了，現在他們算是經驗十足。
不過趙大山也算做過幾次伴郎的人，算是有點經驗，在一片歡聲笑語中，終於過五關斬六將，勝利到了黃豆的門前。這一扇門打開，就能見到朝思暮想的小姑娘了。趙大山覺得手心都濕透了，很想在衣服上狠狠搓兩下。
最後一道關卡很老套，酸甜苦辣鹹五種味道的杯子選一個。
在趙大山喝了一杯滿滿的糖水後，黃豆房間的門終於打開了。此刻，趙大山的眼裡再也沒有了別人，只看見一身大紅禮服的黃豆，這是他的小姑娘。
新郎被眾人擁著擠進了新娘房，趙大山被推推搡搡地推到了黃豆身邊，他只來得及輕輕碰了一下黃豆的喜服，就被一群人又擁著帶了出去。
一場喜宴，當然離不開酒，在身邊的伴郎保護下，酒量不錯的趙大山還是有了微微的醉意。他此刻心急火燎，只想拉著豆豆的手，帶她回家。

催妝鞭炮一串連著一串，響得噼哩啪啦，歡天喜地。

黃豆是被黃德磊揹出來的，放進了趙家帶來的花轎中。幾步的路，顫悠悠的轎子搖出了黃豆一顆怦怦亂跳的心。她嫁人了？

西邊的晚霞一片絢爛，從黃豆家到趙大山家，趙大山又覺得路途不夠長了。這是他走過的最幸福的路，還沒有感受到那種歡喜，已經到了家。

拜了天地，黃豆被迎進新房。黃豆坐在新床上，等著趙大山來揭蓋頭，耳邊就聽見趙小雨附在耳朵邊跟她說悄悄話。

「豆豆妳餓嗎？要是餓了妳就撓撓我的手心，我給妳找吃的。要是妳渴了，妳就撓撓我的手背，我去給妳倒水。」

黃豆從紅蓋頭下看見趙小雨的手正放在自己的面前，不由得咧開了嘴角。這個丫頭，就這麼幾步路還怕她餓了、渴了。

「小雨啊，靠著妳親嫂子的耳朵說什麼悄悄話呢？別是說我們這些堂嫂子的壞話吧？」說這話的人還發出吃吃的笑聲，這是趙大鵬的媳婦。

趙老漢老倆口帶著趙健、趙康家都來了，此時屋裡除了趙小雨，就是趙大鵬媳婦、趙大鷹媳婦、趙大海媳婦、趙大江媳婦及趙大河媳婦。這五個兄弟的媳婦都是趙莊附近的農家姑娘，別的沒什麼，就是一個賽過一個嗓門大。

越是剛成親的，說話越是綿柔、細聲慢語，沒那麼多花花腸子，有什麼也是直來直去；越是成親久、孩子多的，越是嗓門大、喉嚨粗，說話卻是拐彎抹角，能讓妳思量半天。

趙大鵬媳婦是幾個媳婦中長得最好的，就是這幾年連續生孩子，發福了一些，腰身再也不復當年的纖細。

「新郎倌怎麼還不來揭蓋頭啊？我這個做大嫂的都替他三叔作急呢！」

趙大山兄弟在趙家八個堂兄弟間排行第三及第六。

「大嫂，妳急什麼呀？要急也該是他三叔急啊！這麼漂亮的一個新娘子，也是他三叔有福氣，我們家大海說過，黃豆可是百裡挑一長得好看的姑娘呢！」

「嘖嘖嘖，哪有大伯哥議論弟媳婦的？妳家男人混，妳也跟著混！」趙大鵬媳婦有點不屑地看著趙大海媳婦。

「聽說新娘子毀容了。」旁邊一個聲音細細怯怯的，好像怕驚擾了誰，一句話卻字字清楚地傳到了黃豆耳朵裡。

黃豆動了動，這個趙大山怎麼還不來？她坐得腰痠屁股疼呢！

結果黃豆的舉動看在別人眼裡，就有點別的意思了，這新娘子是有點心虛啊！

「他七嬸，妳這話說的！要是真毀容了，還能這麼快就嫁了？他三叔和六叔在兄弟中可是長得最好的，挑媳婦怎麼也得挑個最好的才般配啊！」趙大鵬的媳婦話特別多，誰說話她都接得上，還字字句句有含義。

「那是肯定的！」隨著這句話，趙大山大跨步走了進來。

幾個嫂子、弟媳婦紛紛站起來，踮著腳興致勃勃地等著毀容的新娘子被揭開蓋頭。

趙大山很想把她們都趕出去，可是他不能這麼做。新媳婦進門，只能家裡的小姑子陪著，還有就是同輩的嫂子、弟媳婦這些。

接過喜奶奶手裡的秤桿，趙大山屏住呼吸，輕輕挑開了黃豆頭上的紅蓋頭。

紅蓋頭慢慢升起，先露出一個微翹的下巴，然後是一張微微抿緊的紅唇。蓋頭揭到一半，半張嬌豔的臉蛋露了出來。並不是常見的如粉牆的新娘妝，反而只是輕描淡寫地化了一個淡妝，秀眉杏眼，櫻桃般的紅唇，皮膚細膩有光澤，新娘子確實很漂亮。

眾人皆同趙大山一樣屏住了呼吸，這麼漂亮的新娘，哪裡毀容了？怎麼一點都沒看出來？

隨著趙大山將蓋頭全挑起，細嫩的額頭上竟然是一朵朵花瓣妝。

別說趙大山，就是趙大山身後伸長脖子的幾位，也被這樣的妝容驚豔到了。

淡妝輕抹，帶著天然的純真，眉心的花瓣卻又添出生生不息的嫵媚嬌豔。

這樣的美人，見過便不能忘，讓人生出花開也不過如此的感嘆。

趙大山一直知道黃豆是漂亮的，她集合了黃三娘和黃三叔的所有優點，卻又帶著自己本身的一股英氣，不矯揉造作卻又美豔動人。可今天的黃豆直接刷新了趙大山的認知，他的媳婦哪裡是好看？簡直是天上沒有、地上無雙的好看了！反正，他是看得眼睛都挪不開了！

眼睛挪不開的還有後面一群看好戲的，她們原本是抱著來看笑話的心理，結果卻被黃豆完美防禦，順帶來個反彈，打臉得很。

「大嫂，妳真好看！」趙小雨忍不住誇出聲來。

這一聲也終於把已經看入神的趙大山給喚醒了。

喜奶奶連忙端來交杯酒，新人喝了交杯酒，又坐到一起，由著喜奶奶把各種流程走了一遍。

趙大山還想在黃豆身邊坐會兒，卻被前面酒席上喝酒的眾人大呼小叫的又叫了出去陪客。

趙家眾媳婦一看，笑話沒看到，卻看見個美天仙，都有點嫉妒又有點失落。又去瞧新娘子的嫁妝，竟是擺滿了一間西屋，但只來得及瞅了幾眼，就被小雨拿把鎖將西屋門給鎖了，她們只能翻翻白眼，到前面坐席吃酒菜去了。

趙大娘可是特意叮囑過小雨的：妳嫂子進門後，嫁妝放西屋，反正我們家房子多。進去後，讓親戚朋友看一眼，就趕緊鎖起來，別被那種手腳不老實的摸去兩件就虧大了！

趙小雨今天算是身負重責，又要照顧大嫂，又要看護嫁妝。

屋裡沒了別人，蓋頭也揭了，黃豆趁沒人時趕緊把頭髮散了，此刻正神清氣爽地坐在床邊吃紅棗呢！

「大嫂，妳餓了吧？我去給妳端點吃的來。」小雨看黃豆在吃紅棗，連忙準備去灶房給她找點吃的。

「不用不用！我不餓，就是閒得慌，嘴饞了。妳吃嗎？」說著，黃豆從被子上面抓了一把遞給趙小雨。

趙小雨也不客氣，接過來後先挑一個棗放嘴裡，又挑出個花生開始剝。「豆……大嫂，這是西屋的鑰匙，妳的嫁妝我都給鎖西屋了，明天妳自己整理。」說著，趙小雨遞給黃豆兩把黃銅鑰匙。

黃豆也不接，剝了一個桂圓放嘴裡嚼著。「放桌子上吧。妳餓嗎，小雨？」

「不餓。我剛才，就是妳來之前，在灶房喝了碗雞湯，吃過了。」趙小雨說著，又往嘴裡放了一粒蓮子。

趙大山進門的時候，就看見自家親妹妹和新媳婦正一邊喝茶、一邊吃乾果，床上的花生、桂圓、紅棗還有蓮子被兩個人堆在一起。

看見大哥回來，趙小雨連忙從床上起身。「大哥回來了，那我走了！」說著，也不等黃豆回答，一溜煙地跑了，臨走前還不忘把裝滿垃圾的托盤給帶走。

趙大山看著盤腿坐在床上的新媳婦，心裡漲得滿滿的都是喜悅，他們終於成親了。

「你喝醉了嗎？」黃豆半起身，把臉湊過去，看著趙大山的臉。

「沒有醉，還行，喝得不算多。」雖然沒有喝醉，但趙大山看著面前這張嬌豔的臉，卻已經有了眩暈的感覺。

「那你要不要去洗澡？我也要洗個澡，今天流汗了，不洗身上都黏黏的。」黃豆從床上起身，準備去翻自己的衣服。

「等一下，娘還沒有歇，我出去看看，準備好了再叫妳。」說著，趙大山一指頭把黃豆又推回原來的位置，忍著笑說：「繼續吃。」說著扔了個紅棗在嘴裡，邊嚼邊往外走。一會兒後，趙大山又走了進來。「走吧，我帶妳過去。」

黃豆抱起準備好的衣物，跟著趙大山，輕手輕腳走了出去。

趙大川正蹲在水井邊清洗著碗筷，趙大娘還在灶房整理著，隱約能聽見小雨嘰嘰喳喳的說話聲。

洗澡的浴房，就在灶房和東屋中間，一個單獨砌起來的小間。趙家人口少，也沒分男浴房、女浴房，基本上趙大山這邊都是小雨和趙大娘洗，趙大山和趙大川去趙大川那邊洗。

看著黃豆的身影閃進浴房，趙大山依靠在外牆上專心等待。屋裡先是傳來窸窸窣窣的脫衣服聲音，不一會兒就傳來水被撩起的聲音。伴隨著嘩嘩啦啦的水響聲，趙大山不由得握了握拳頭，感覺自己站這裡是不是有點找罪受呢？也不知煎熬了多久，正在胡思亂想之際，就聽見身旁的門「嘎吱」一聲打開了，黃豆探出個濕漉漉的小腦袋。

「我沒拿包頭髮的布巾。」

「我幫妳拎著。」趙大山伸手接過黃豆一隻手托著的長髮。

就這樣，黃豆抱著換下來的衣物，趙大山在後面小心托著她的頭髮，兩人又進了新房。

進了屋，黃豆先左右看看，把換下來的衣物放在一邊的椅子上，又走到櫃子邊的箱子裡翻大布巾。

趙大山亦步亦趨地跟著，等布巾翻出來，他一把抽了過去。「坐那邊，我幫妳擦。」聞言，黃豆乖乖坐到梳妝檯的凳子上，由著趙大山給她擦頭髮。

黃豆的頭髮像黃三娘，烏黑亮麗，絲般順滑，趙大山換了三塊布巾才算擦了個半乾。

「豆豆，妳先上床吧，我出去一會兒就回來。」

「可是這床……」黃豆滿臉為難地看著床和床上一堆的紅棗、花生、桂圓、蓮子。她可不想睡到半夜，不是摸出一把花生，就是摸出一粒蓮子來。

「喔，等著。」說著，趙大山把鋪在床上的被子四個角一拎，抖了抖，幾樣乾果全部集中在一起，轉手連被子一同放到一邊。

「晚上天熱，蓋個薄被就好，這床被子太厚重了。」趙大山怕黃豆不知道東西放在哪裡，特意過去將薄被抱過來放在床上，看黃豆脫鞋爬上床，這才轉身出去。

等黃豆獨自坐了一會兒，趙大山已經洗過澡回來了。

「我幫你擦頭髮。」黃豆爬起身來，挪到床邊，看著趙大山拿了布巾遞過來，便專心給他擦起了頭髮。

「你頭髮怎麼也這麼多？」黃豆邊擦邊抱怨。這個時代身體髮膚受之父母，不能隨意剪髮。趙大山的頭髮濃密，黃豆擦得手痠了才堪堪半乾。

「好了，差不多了，等會兒它自然就乾了。是不是手疼了？」趙大山接過布巾放在一邊，轉手握著黃豆的手細細看了一眼，還幫她揉了揉。黃豆受傷的手已經看不大出來當初的傷痕了，只是還有一點淺淺的粉色痕跡。應該是一直在家養著，沒有做事的緣故，雙手細嫩，手心卻還是有點硬繭。

黃豆鼓了鼓嘴，瞪大眼睛看他。「你看什麼？看得這麼仔細，難道會看相啊？」

「是啊，妳注定一輩子大富大貴，平平順順，夫妻恩愛，幸福美滿，子孫滿堂，長命百歲……」趙大山很想把自己所知道最好的詞都說出來，可是此刻他竟然才知道自己識得那幾個字實在是少得可憐。

一席話逗得黃豆「格格格」地笑個不停，黃豆很想撲上前抱著趙大山的脖子，「吧唧」地親他一口，可是她不敢，還是不要輕易招惹他的好。

趙大山伸手摸了摸黃豆的頭髮，還沒怎麼乾，得再等一會兒才能睡，不然頭髮沒乾就睡覺，很容易濕氣入體，她一個姑娘家，總是不好。「妳餓不餓？」趙大山看著黃豆的笑臉，覺得心裡漲得滿滿的都是幸福感。

「餓了！有吃的嗎？」黃豆實話實說。其實趙小雨問的時候她就餓了，可是那時候外面擺席，灶房那麼忙，她不好意思添亂，只能吃點乾果壓壓。

「我去看看。」趙大山鬆了手，準備出去。

「我和你一起去吧？」

想想她的頭髮剛洗，進了灶房又是油煙，熏上了她又要煩了，豆豆這些小怪癖他還是知道的。「不用，娘肯定還沒歇，我去看看就行。」

「那……那你就說是你餓了，別說是我要吃的喔……」黃豆期期艾艾地憋出這麼一句。

「嗯，我知道了。」趙大山笑著轉身出了房間，進了灶房。

趙大娘其實早有準備，鍋裡正燉著雞湯。今天的菜還剩很多，卻都是大葷或者剩菜。客人走後，趙大娘就麻利地殺了隻雞燉上，邊收拾灶房邊等，現在已經熬得差不多了。

看見趙大山過來，她連忙揮手道：「別進來，油煙味太大了！出去站會兒，我給你們下碗雞湯麵。」也不用趙大山幫忙，快手快腳地把雞湯上面的油舀到旁邊，用清湯下了兩碗麵，又抓了把青菜放進去滾了一滾。「大山，好了。」趙大娘端著托盤走出灶房，看著聽話地站在外面的趙大山。

「娘，別收拾了，妳也早點睡吧，有什麼明天再做，妳也累了幾天了。」趙大山接過托盤，低聲囑咐著母親。

「噯，好，馬上洗洗就去睡。」家裡辦酒席就是累人，趙大娘確實是忙碌了好幾天，不過心裡是歡喜的。她的大兒子成親了，她從心裡感覺到了高興，那是一種做母親的驕傲。

我的兒子長大成人了，我以後可以抱孫子啦！

第四十四章 春宵一刻值千金

看著端著托盤進房的趙大山，黃豆聞到香氣，就覺得肚子餓得更厲害了。她也不客氣，下了床，穿了鞋就乖乖坐到桌邊，兩個人對坐著吃麵。

趙大山一碗麵快吃完了，才放慢速度，等著黃豆，還順手把碗裡的雞腿挾給了黃豆。

黃豆連忙又挾了回去，搖頭道：「我吃不完。」一碗麵吃了大半，黃豆真吃不下了。雞腿吃了，青菜吃了，麵還有小半碗。她摸了摸肚子，又看了看麵碗，糾結起來。吃吧，太撐了；不吃吧，剩下的有點難看。都怪自己眼大肚皮小，沒吃前應該先分給趙大山一點的。

趙大山看媳婦摸了摸肚子，一臉糾結地坐在那裡，忙停下筷子問：「怎麼了？吃飽了？」

「嗯，吃不下了。」黃豆為難地看著趙大山。

「吃不下就不吃了唄，傻瓜。」說著，趙大山一轉手，端起黃豆的碗倒進自己還有一口麵湯的碗裡，埋頭唏哩呼嚕又給吃了。

他竟然不嫌棄自己吃剩的！黃豆覺得，換了自己可能不一定能吃得下去。不過，她心裡還是很受用的，有一種「他不嫌棄我，他一定很愛我」的感覺。

趙大山吃麵時，黃豆轉身去鋪床。

床下墊的被子也太厚了，得抽出來，不然一晚上睡過來，非起痱子不可。換了床從娘家帶來的薄褥子，又鋪上大紅床單後，轉頭就看見趙大山正目光灼灼地看著她。

「看什麼看？」黃豆笑咪咪地白了他一眼。

「看妳好看。」趙大山竟然接得很順。

「好看嗎？」黃豆摸摸臉，湊了過去。「我今天化的妝好看嗎？」

「好看，是我見過最美的新娘。妳自己化的嗎？」趙大山摸了摸黃豆額頭上淺粉色的疤痕。當時，黃豆就是在這裡化了花瓣妝，遮掩住疤痕。

「嗯，我練了好久，感覺我以後都可以靠給別人化妝掙錢了。」黃豆也伸手摸了摸額頭，這裡有傷疤，即使留了劉海，她還是有點介意的。

「不用給別人化妝，妳就化給我看，我掙的錢以後都給妳，行不？」

「不行。」黃豆把趙大山的手拿開。「你的錢本來就是我的。」

「那我多給妳掙點，總行了吧？」趙大山把黃豆摸傷疤的手抓住。「別摸了，都紅了。」

「可是，它還是有點難看的。」黃豆到底是在意的。

「傻瓜，一點都不難看，不相信，妳自己照照鏡子。」說著，趙大山推著黃豆走到梳妝檯前，梳妝檯上放著兩面銅鏡。其實趙大山很想買兩面琉璃鏡子送給黃豆，他的小姑娘值得最好的東西，可惜太貴了，一面琉璃鏡子都難得，更別說兩面了。下次要是出海，一定得帶兩面琉璃鏡子回來給黃豆。

銅鏡看人很模糊，只能看見隱約的兩個身影，黃豆想起了哥哥送給她的那面巴掌大的小琉璃鏡。「我的嫁妝呢？」

「在西屋呢。怎麼了？」趙大山奇怪地問。

「那裡面有一面琉璃鏡，照得可清楚了，是我哥送的。」

黃豆一句話，把趙大山的心都說酸了，自己當初怎麼那麼木頭，竟沒想起來給黃豆買鏡子！真是傻！趙大山有點想捶自己的腦袋兩下。

不過也不能怪他，他走的時候黃豆才九歲，還是個小姑娘呢。他當時根本沒把她當心上人來看，等到他回來，黃豆都成大姑娘了，他才心動的。

「我們去看看。」看著興致勃勃的黃豆，趙大山端起一旁的油燈，拉著她往西屋走。

趙大山家的堂屋和所有人家一樣，一個長櫃子，可以放香爐，供祖宗牌位。

屋中間有個桑木打的四方桌子，四周各一條長條凳。

西屋很空，只有一張床放在屋角，就連床上都堆了黃豆的嫁妝。

就著油燈的光，黃豆輕車熟路地找到她要找的小箱子抱了起來，又招手喊舉著燈的趙大山過來。「你幫我把這個箱子抱去房裡。」黃豆指的是腳下一個跟她手中一模一樣的箱子。

趙大山走過去，單手一抱，竟然沒能一下抱起來。他奇怪地看了黃豆一眼，心想，這裡面是什麼呀？竟然這麼重！

「我幫你拿燈吧，那個箱子有點沈。」黃豆想單手抱箱子，一手去幫趙大山拿燈，誰知道手裡的箱子竟然抱不住，一路往下滑，她又手忙腳亂地扶著箱子往上抱了抱。

「妳把妳手裡的箱子給我。」趙大山把油燈放在旁邊一個大木箱子上，伸手來接黃豆手裡的箱子。

「好。」黃豆把手中箱子遞去，看他把兩個箱子摞在一起，雙手一伸，抱了起來。

「走吧，現在妳拿著燈，看著腳下，別絆了。」說著，趙大山抬步在前面走。

黃豆連忙端起油燈，在後面跟著。

到了東屋，趙大山看了看四周。「箱子放哪兒？」

新婚的屋子裡，靠窗一個梳妝檯，梳妝檯前面有一把椅子；西牆靠門是一個架著龍鳳燭的方桌，桌上是他們吃完的空碗，還有幾碟子點心、乾果；北面靠牆放著一張大床，鋪著紅色的床單還有被子，床邊一個木頭架子，上面架著一口大箱子；箱子旁邊靠東牆是一個衣櫥。屋裡還有一把椅子，黃豆洗完澡換下的衣物正放在上面。

黃豆急忙走過去，抱起衣物。「放這上面。」說著，從床底下掏出一摞大大小小的木盆，挑出一個大點的，把衣服放了進去，又推進床底，然後再走回來，把上面那個箱子搬到梳妝檯上，開始拿東西出來。都是她舊日用習慣的，很快地一張梳妝檯上就滿滿當當了。

趙大山饒有興趣地看著黃豆擺弄。

首飾是放這裡好還是那裡好？這兩個插花的花瓶還是和銅鏡站一起吧？這一盒子頭花、

頭繩還是放在窗臺上吧？想著，黃豆就欠身，把放頭花、頭繩的盒子放在了窗臺上。唔……兩個花瓶也挪窗臺上吧？明天讓大山出去摘點新鮮花朵回來插！於是黃豆又把銅鏡邊的花瓶挪到了窗臺兩邊。整理了半天，黃豆才想起翻出那面巴掌大小的鏡子，左照照、右照照。照完還用手按了按額頭的傷疤，好像按按就能把它按下去一樣。

趙大山走過去抓住她的手。「別按了，該睡覺了。」

黃豆轉頭看向趙大山。「我還沒睏呢。碗送回灶房吧，我們順便去轉轉。」黃豆看著桌上的兩個空碗，推了推趙大山，她確實吃得太飽了，得消消食。

灶房的燈已經熄了，拿著托盤摸黑把空碗送回灶房的路上，趙大山都牽著黃豆的手。

「小心門檻，慢點，這裡有臺階。」趙大山深怕黃豆摔了，在前面走還仔細地叮囑著。

因為趙大山要成親，趙大娘和小雨上個月就搬去了趙大川那邊住。

此刻，一個偌大的院子突然安靜了下來，只有新婚小倆口走過的細碎腳步聲。

進了灶房，趙大山摸索著把碗連托盤一起放在灶臺上，轉身就準備出去。

「洗了吧。」黃豆在黑暗的夜裡努力瞇眼看著灶房裡的擺設。

「不用，明天早上再洗吧。」趙大山覺得點燈洗碗有點麻煩。

「還是洗了吧，明天要是起遲了，你娘看見了多不好。」黃豆堅持，沒注意自己竟然沒改口叫「娘」。

「好吧。」趙大山鬆開黃豆的手。「妳站好，我點燈。」說著就去摸打火石。

點亮油燈後，小倆口就著油燈在灶房洗碗，不過是趙大山洗，黃豆看。

洗好，擦乾淨手，吹滅了油燈，趙大山轉身一把抱起黃豆。「走，去轉轉，消消食。」晚上沒有月光，卻還勉強能看見院子裡的路。走到院子裡，趙大山就放黃豆下來，兩個人拉著手，在院子裡來來回回散步。「豆豆，妳高興嗎？」

「高興。你呢？」

「太高興了，都不知道怎麼形容了。」

「今生能與你共渡，從此不羨鴛鴦不羨仙。」黃豆想了半天，勉強想出一個，真是難為她了，總不能來一句「春宵一刻值千金吧」？

「還有呢？」趙大山竟然感興趣起來。

新婚夜還要考詩詞嗎？黃豆偏頭想了想，慢慢唸出。「你儂我儂，忒煞情多；情多處，熱如火；把一塊泥，撚一個你，塑一個我，將咱兩個一齊打破，用水調和；再撚一個你，再塑一個我。我泥中有你，你泥中有我；與你生同一個衾，死同一個槨。」剛唸完，趙大山轉身一把抱住黃豆。他的手結實有力，卻微微顫抖著。

緊緊抱了一會兒後，趙大山抱起了黃豆就往新房走。「天色不早了，睡覺去。」

被趙大山一把抱起的黃豆，只覺得心跳加速。這就去睡覺了？說好的等兩年呢？假如到時候他脫我衣服，我要不要拒絕啊？還是順水推舟？啊呸，妳個色胚，妳才十六、十六、十六，妳還小呢！雖然心理年齡不小了，可生理年齡還是小啊，怎麼辦？好惆悵！

抱著黃豆的趙大山也是心跳加速，他的小姑娘就這麼乖乖地蜷縮在他懷裡，一動也不動。他都有點後悔了，當初是怎麼想的，要和她說，等兩年再圓房。明明懷裡的小姑娘已經長大了，早有了少女的身形。

進了房，趙大山把黃豆放在床上，轉身出去關門，從堂屋一路關到東屋。關好門回來，才看見他的小姑娘已經脫了外衣鑽進被窩，閉上眼睛睡了。還是個小姑娘啊，緊張得眼睫毛都不停地顫動著，卻還是緊緊閉著眼睛假裝睡著了。

趙大山脫了衣服，只穿了一條底褲，赤裸著胸膛就上了床。為了保險起見，他也沒敢去動黃豆的被子，而是另拖了一床被子搭在胸膛上，側身躺下。

龍鳳紅燭一夜燃到天明，最後一起燃盡熄滅，天也亮了。

睡得迷迷糊糊的黃豆被外面的雞叫聲吵醒，揉著眼睛抬頭望向窗外，就見外面的天色已經發白了。她睡得還有點迷糊，低下頭就看見趙大山睡在自己旁邊，笑咪咪地看著自己。

「早啊，新娘子。」

黃豆被他有點沙啞低沈的問好聲激得手一軟，一下子趴在趙大山的胸膛上。

趙大山伸手抱著投懷送抱的美人媳婦，一隻手輕輕撫摸著她的長髮，一隻手攬住她的細腰。「妳要不要再睡一會兒？」

黃豆趴在趙大山的胸口搖了搖頭，想著再趴一會兒就起床去做飯。娘說的，新媳婦第一天早上要做飯的，得好好表現表現。

兩個人就這樣靜靜相擁了一會兒，突然有了一種歲月靜好的感覺。只想今生牽你的手，一起共白頭……

驀地，一聲公雞的鳴啼，驚得黃豆手忙腳亂地從趙大山身上爬了起來！她還沒做飯呢，差點又趴睡著了。

等到黃豆收拾好，梳洗乾淨走到灶房，趙大娘已經和趙小雨做好了早飯。就連趙大川也已經起來，在院子打水，準備把昨晚洗好的碗筷再沖洗一遍，要歸還給人家了。

「娘，我……」黃豆面紅耳赤地站在灶房門口，喃喃地不知道該說點什麼。

「豆豆啊，快，幫娘把碗端出去，準備吃飯了！」趙大娘看見黃豆，也沒客氣，直接指揮她端碗去。

黃豆的心一下子鬆了下來，連忙小心地端著兩個裝好稀飯的碗往堂屋走。

趙大山也幫忙端起碗筷來，順便還喊一聲趙大川一起吃飯。

趙大娘早上熬的稀飯，蒸了昨天剩下的饅頭、米糕，菜是昨天擺席面剩下來的，燴在一起熱了熱，有葷有素。還有一盤魚，也回過鍋了，冒著騰騰的熱氣。

吃完早飯，黃豆起身收拾碗筷，準備送到灶房去洗，被趙小雨一把接了過去。

「大嫂，我來，不用妳做。」

黃豆又面紅耳赤地跟著去了灶房，堅持搭把手和趙小雨一起把碗筷洗了，灶房也收拾了一下。

再回到房裡，黃豆把給他們的禮物翻了出來。趙大娘是一雙鞋、一對銀手鐲；趙小雨是一套新衣裙、兩朵絹花；趙大川是一塊衣料。黃豆是嫂子，不好給小叔做衣服、納鞋底的。其實也是黃豆懶，她覺得納鞋底太傷手了，她在家待嫁三個月，還是在黃桃的幫助下才做了兩雙鞋，一雙趙大山的，一雙趙大娘的。

趙大娘喝了媳婦茶，給黃豆的是一個玉鐲子，這還是趙大山買給她的，她又給了黃豆。碧綠的玉鐲戴在黃豆纖細白嫩的手腕上十分好看，引得趙大山忍不住多看了幾眼。就連趙大川也在心裡暗暗決定，要掙錢給娘再買個鐲子，等他成親的時候，娘好給黃小雨套上。

原本趙大山的爺爺、奶奶也應該留下來，起碼今天參加個認親儀式。但到底因為上次拿了大山家的那幾畝地，兩個老人覺得對不起兩個孫子，所以昨天吃完婚宴，老倆口就很乾脆地領著二兒子及三兒子全家老少走了，省得他們留在這裡不能幫忙，反而給趙大山添亂。

話說趙大鵬也是這時才知道，當初他看著美麗動人的女子不是趙大川的媳婦黃小雨，而是趙大山的媳婦黃豆。

趙大山一家人收拾收拾東西，就又忙著準備午飯。

吃了午飯，趙小雨被黃豆拉著一起整理嫁妝。

黃豆和趙大山回過門就要出發去東央郡了，很多東西都是裝好箱子，到時候直接跟船走的，並不用整理。需要整理的反而是趙大山的東西，該收得收，該帶得帶，不急用的就留著以後回來再帶。正收拾得起勁時，趙大山走了進來。

「豆豆，妳嫂子昨天晚上生了。」

黃豆手裡還拿著趙大山的一件衣服，準備疊起來放進箱子，聽了趙大山的話，驀地直起腰身，張大嘴巴看著趙大山！怎麼沒人來告訴她？

「剛才德儀過來說的，上午太忙了，沒來得及告訴妳。」

「喔，那我現在能回去嗎？」新媳婦都是三朝回門的，黃豆很想回去看看，又怕於禮不合，只能問趙大山。

「我去和娘說一聲，沒事。」趙大山轉身走了出去。

趙大娘一聽，黃德磊媳婦昨天晚上生了，連忙問是男孩女孩？

結果趙大山摸摸頭，他忘記問德儀了！

趙大娘也不管男孩還女孩了，喊著大山和大川去後院抓隻老母雞，自己又收拾了家裡的雞蛋，數一數有六十多個，留了零頭幾個放在家裡給豆豆吃，備上六十個雞蛋並一隻老母雞，這個禮不算少了，然後帶著趙大山和黃豆一起往黃豆的娘家去，一路上看見熟人都紛紛打招呼。

進了黃老三家的院子，就見吳月娘的嫂子正在院子裡幫著黃三娘剪雞翅膀。她是和婆婆一起過來的，也帶了雞蛋和一隻母雞，黃三娘說，家裡今天早上剛燉了隻母雞，就先剪了翅膀圈幾天再殺。

趙大娘連忙把自己帶來的母雞也遞了過去。「正好，親家妳也順手把牠給剪了。」這個時候，黃三娘才看見親家帶著剛出嫁的閨女和姑爺回來了，連忙接過趙大娘手裡的雞，喊著黃德磊出來接東西。

黃德磊從屋裡跑出來，平時頗穩重的一個人，今天是滿臉的笑意，走路都是一路小跑的。他接過趙大山手裡的雞蛋籃子，就把他們幾個讓進了堂屋。

堂屋裡坐著吳月娘的爹和哥哥，趙大山坐了下來，陪著他們嘮嗑。

黃豆則跟著趙大娘進了黃德磊的房間，去看產婦和嬰兒。

吳月娘的娘正坐在床邊和閨女說話，頭上紮著方巾的吳月娘看起來還不錯，只是臉色有點發白。床邊放著一個搖籃，裡面安靜地睡著一個紅撲撲的醜小孩。

黃豆先過去和嫂子說了幾句話，就湊過去看自己的大姪子。她已經從嫂子那裡知道嫂子生的是個姪子，難怪她一進門就覺得她娘笑得那叫一個燦爛。

剛出生的小孩真不好看！黃豆在心裡吐槽。皮膚紅紅的、皺巴巴的，頭髮貼在頭皮上，睡得美味香甜。黃豆伸手想戳戳他的小臉，偷偷瞄了一眼神情緊張的嫂子，趕緊改成摸了摸他的小手指。真細呀，細細軟軟的小手，軟得黃豆心都化了。

剛坐了一會兒，黃桃和張小虎也來了。

黃桃坐過來，只是看著大姪子笑，並不動手。

「姊，妳摸摸他的手，好軟喔！」黃豆又去碰了碰大姪子的手。

「不能碰，我來的時候婆婆叮囑了，吃奶的嬰兒，懷孕的人不能抱。」黃桃雖然眼饞，還是克制著沒去碰那隻軟軟的小手。

「為什麼？」黃豆奇怪地看向黃桃。

吳月娘的娘親接過話茬。「是的，是有這麼個說法。如果妳姊懷的是男孩子，碰了沒事；要是懷了女孩子碰了妳大姪子，他會拉肚子的。」

「喔。」黃豆被解了惑，又轉頭看向小嬰兒。雖然她不信，但是她姊姊和嫂子信啊！還是不要惹是生非的好，免得到時候得罪嫂子，還讓姊姊為難。「不碰就不碰，你二姑姑不抱你，三姑姑抱你！天天來抱你，饞死她！」說著，黃豆又忍不住去摸他的小手指。

幾個人在屋裡坐了一會兒就出來了，剛生完孩子的吳月娘還需要足夠的休息，而剛出生的小嬰兒也不適合太多人去看他。

這一點黃豆很注意，拉了黃德磊和黃三娘左叮嚀、右囑咐的，一定要他們答應別隨隨便便放人進去看孕婦和孩子，看他們點頭答應了，她才安心地跟著婆婆及夫君告辭回家。

其實黃豆不叮囑，黃三娘也會注意，畢竟這可是她的大孫子，她稀罕著呢，可不是什麼人都能進屋去看的！而且兒媳婦也要好好調養，爭取三年抱倆！

第四十五章　岳丈給了座金山

王大妮也拎了二十幾個雞蛋及一隻雞送了過來，但她連吳月娘的屋都沒進，站了一會兒，說了幾句話就回去了。

雖然黃三娘並不想要她進屋，可她一點進去看望產婦的意思都沒有，黃三娘就有點不高興了。黃三娘覺得，這個弟媳婦心眼太小了，不就是比黃德磊他們成親早，卻一直沒有孩子嗎？來看孩子竟然連屋都沒進，好像誰欠她的一樣！

王大妮心裡確實堵得慌！這次黃老漢死了，她陪著黃寶貴回來，見到她的親朋好友包括鄰居都是問她有喜了沒有？她也想有，可是一直懷不上啊！在東央郡那邊，黃寶貴早出晚歸，她和鄰居不熟，接觸到的人少，並不覺得有什麼，一回來才知道，她到現在都沒懷孕，別人問起時有多尷尬和難堪！沒想到，回來沒多久，又知道黃桃懷孕的消息，她心裡頓時堵得跟什麼似的。又因為趕上孝期，黃寶貴索性把她留在黃港，一個人回去東央郡。等孝期過了，別說黃德磊的孩子，就是黃桃的孩子都會跑了！

王大妮一轉頭，回了娘家，她也只有娘家可回了。

以前做姑娘的時候還有趙小雨和黃豆一起說說話，自從她和黃寶貴在一起，她就下意識地遠離了黃豆。她以後總是黃豆的長輩，整天廝混在一起，長輩沒個長輩的樣子，要被人笑話的。現在黃豆和趙小雨做了姑嫂，她們之間更沒她什麼事情了。

到了娘家，王大妮的娘正在給她弟弟裁衣服。料子是王大妮前幾天剛送回來的，她只有一個弟弟，用她娘的話說——妳不貼補妳弟弟，還能貼補給誰？他可是妳在這個世上最親的親人。

「咋了？垂頭喪氣的。」王大妮的娘看見閨女回來，心裡還是很歡喜的。

「黃德磊的媳婦昨天晚上生了，生了個兒子。」王大妮的眼淚都要掉下來了。

「喔，那回頭得送點雞蛋過去。」王大娘看看閨女。「要不抽空娘帶妳去把把脈，看看大夫怎麼說？」

「大夫怎麼說？大夫怎麼說？大夫不是說了嗎？我這個身子寒氣重，宮寒不易受孕！」說著，王大妮趴在桌子上嗚嗚哭了起來。「都是你們，小時候讓我下水撈魚摸蝦，我才這樣的！」

王大娘張大嘴巴，想反駁，卻又覺得是這麼回事，想想還是勸道：「要不妳拿點錢來，娘給妳找點偏方，說不定管用。」

「錢錢錢！妳就知道錢，找個偏方也要我掏錢！」王大妮最恨的就是娘家拿了她的錢卻從來不想著她，一分錢都捨不得為她花，全部都留給弟弟。

王大娘見閨女生氣了，只能陪小心。「娘不也是為妳好嗎？跟妳拿錢是要給妳看病的，又不是要給妳弟弟買肉吃。」

「不了，寶貴說不急，讓我先吃藥調理。剛好孝期，等過了孝期調理好了，我們再要一個。」王大妮擦了臉上的眼淚，心灰意冷地道：「我走了。」轉身就出了門，回家去了。

王大娘追出門外，喊了幾聲她也沒回頭。她知道閨女怨他們，那時候她生了王大妮後，一連懷了幾個都沒抓住，後來有了王大妮的弟弟，看得跟個眼珠子似的。

坐月子沒有奶，他爹去買了魚回來給她燉湯。喝了魚湯奶就多點，不喝又不夠，但他爹要做工，不能天天待在家裡，又沒錢，只能王大妮自己拿個簍子下水去捕魚。她就靠著幾歲的王大妮伺候著做完一個月子。月子做完了，大妮心疼娘和弟弟，每天還是把簍子下水裡，第二天去起，有時候也能有魚。就這樣，連冬天都沒停。誰知道竟給她的身子骨積了寒氣，現在居然不易受孕。女人要是不能生孩子那可怎麼辦？何況黃家還有這麼大一片家業。

想想閨女，王大娘心疼地抹了抹眼淚，又回去給兒子裁剪衣服了。馬上就天熱了，得給兒子換身單衣了。

黃豆回到家後，開始翻箱倒櫃地找東西。她有大姪子啦，她做姑姑了！她得給大姪子一點什麼東西好呢？雖然大哥和二哥家生了四個寶，可是再親也沒有黃德磊家的親啊，不然黃豆為什麼總喜歡叫黃德磊「哥」，叫黃桃「姊」，而很少叫「三哥」、「二姊」呢？親兄妹和堂兄妹多少還是有區別的。

她對黃德明不差吧？結果呢？還不是在老叔面前說她壞話！幸虧被老叔打了，打得好！

以後反正是出嫁了，這些兄弟姊妹好相處就多相處，不好相處就算了。黃豆邊想邊找東西，翻了半天，也沒翻出個什麼好的，總覺得配不上自己大姪子。

看見黃豆翻得起勁，趙大山也跟過來幫忙。「妳要找什麼？」

「其實我也不知道，我是想送我大姪子一個禮物。」黃豆有點為難地看著趙大山，希望他能幫忙拿個主意。

「他那麼小，妳送他什麼都用不了，還不如去拜拜佛，保佑他能夠健康長大。」趙大山也不知道這麼小的孩子該送什麼，只能亂出主意。

「我其實不太信這個。雖然別人信，我也不反對，就是保持一顆敬畏之心，卻並不怎麼相信。感覺很矛盾吧？」黃豆自己都覺得自己挺矛盾的。

「沒有，我也不信，信什麼都不如信自己。」趙大山是從生死線上爬過來的人，所以更瞭解那種靠自己的感受。

翻不出來東西，黃豆索性不找了，以後碰見再說吧。

「你不是說帶我出去玩嗎？乾脆就趁四哥守孝這三年，我們好好出去跑跑。」

「可是錢不夠，我們預訂的船要到明年才能拿到。」趙大山也覺得很無奈，如果他有錢的話，完全可以在今年夏天之前就拿到船。

「我有錢。我有嫁妝銀子，還有私房錢。」黃豆想了想，說道：「很多很多錢。」

「妳傻呀？妳的嫁妝銀子和私房錢是留給妳以後傍身用的，不能隨便拿出來。我們可以遲個一年半載再出發，但是我怎麼也不能動用妳成親的嫁妝。」趙大山寵溺地摸了摸黃豆的黑髮。

「不是嫁妝銀子的話，你就可以用了嗎？」黃豆問他。

「妳襄陽府做生意每年分的紅利嗎？也不能用，那也算是妳的傍身錢。」

黃豆看看趙大山，沒想到這傢伙竟然還很迂腐，這個不讓用、那個不讓用的。

她眼珠子一轉，想到了什麼，整個人都湊近到趙大山的面前。「撿的錢可以用嗎？」

「哈哈……」趙大山忍不住大笑起來。「可以可以！娘子妳給我撿座金山嗎？那我可要好好造幾條大船，我們就可以出海去了！」

黃豆期期艾艾地看向趙大山。「你想買幾條大船啊？我得看看我金山上的金子夠不夠。」

「嗯，三條。我準備先買一條船，我們在全國各地跑跑，做做生意，在各個碼頭淘買，這樣貨物出手快。利潤小點沒事，主要是周轉快。有錢了就去預訂大船，加一條船，貨物就可以多帶點。等幾年後我們有船又有足夠的本錢，我就可以帶妳出海去看看了。」趙大山早就設想好，也計劃好了。雖然一直在外面跑船會比較辛苦，可是只要能和豆豆在一起，辛苦一點也沒什麼。他不會讓豆豆辛苦的，那些風吹日曬雨淋的事情，他可捨不得豆豆做。她只要安安心心、快快樂樂，在各個碼頭負責買買買、淘淘淘，然後換個地方把貨甩甩甩就行了。

「三條船啊……我不知道我撿的金子夠不夠耶？」黃豆有點惆悵地看著趙大山。

趙大山越發覺得異想天開的黃豆很可愛，一把將她攬進懷裡。「豆豆，如果妳想要一座金山，我就給妳掙一座金山，不用妳彎腰去撿，我會捧到妳面前。」

「我還是覺得撿的比較來得快，即使彎一下腰也沒什麼要緊。」黃豆很財迷地趴在趙大山的肩膀上說。

「那我就等娘子撿座金山給我買大船嘍！」趙大山說著，又忍不住哈哈大笑。

趴在他胸口的黃豆被他的笑聲震動，無奈地撇撇嘴。胸膛這麼硬，不知道能不能數數他有幾塊腹肌啊？昨天晚上睡覺時，黃豆雖然害羞，還是偷瞄了一眼，可是看見他有腹肌的。可惜一眼掃得太快，沒來得及數清楚有幾塊，就被他拖了被子遮擋住了。當時她差點沒忍住，想把被子拿開好好數一數，看看是六塊呢，還是八塊？幸虧她反應快，知道自己是新娘子，要矜持，所以她還是害羞地睡著了！以後有機會再數吧，反正機會多的是。想到這裡，黃豆站起身，伸手去拖趙大山。「走吧，我帶你去看看我的金山夠不夠你買三條大船？」

趙大山握著黃豆的手站起了身。「好啊，那我們家豆豆算不算是一個占山為王的女大王啊？」

「山太小，只夠站兩隻腳。」黃豆邊說邊拉著趙大山的手往東屋走去。推開東屋的房門後，黃豆鬆開趙大山的手。昨天晚上黃豆叫趙大山幫她搬了兩個箱子，一個當時搬去梳妝檯上找東西，另一個還放在椅子上沒有動。黃豆走到椅子前蹲了下來，掏出一把鑰匙把箱子上的鎖打開，拍拍箱子對趙大山說：「打開看看。」

趙大山疑惑地看看黃豆，走過去蹲在黃豆身邊，伸手打開箱子。箱子裡放著幾塊疊好的棉布布料，乳白色的，一看就是黃豆平時做布巾用的。拿開布巾，下面是一箱子刨木花，應該是黃老三平時做木工刨的木花。趙大山抓起幾個看看，竟然都是完整的木花，大概是黃豆閒得沒事挑選的。「這是岳丈大人給妳的金山嗎？」趙大山笑看著黃豆。

「不是我爹給的，是我撿的。」黃豆很認真地回答。

「哈哈哈哈哈……」趙大山忍不住發出一連串笑聲。可不是她撿的嗎？到底是個小姑娘，刨木花確實好看，但撿了一箱子當寶貝的也只有黃豆了。「那為夫就收下了，謝謝娘子的禮物。」說著，趙大山還站起身拱了拱手。

「不用謝。」黃豆也站起身還了一禮，然後轉身走到床前坐了下來，晃蕩著兩隻小腳，摸了一個桂圓開始咬了起來。

趙大山把箱子蓋好，剛準備走到黃豆身邊，突然臉色一變。不對，昨天晚上他搬箱子時，箱子很重。如果是一箱刨木花，那應該很輕才對。趙大山又回頭掀開箱子，把手伸進去，小心地把裡面的刨木花捧了出來，放在地上。不一會兒，趙大山面前就堆了一小堆刨木花。「這是什麼？」趙大山舉著手中的磚，問黃豆。

「我撿的，就是和你那把匕首一起撿的。當時還有個木盒子，這麼大。」說著，黃豆用手比劃了一下。「裡面還有很多爛掉的紙屑，我想不是銀票就是房契什麼的，可惜已經爛掉了，我就把木盒子扔了，撿了一塊磚。本來不想撿的，但是它重，我想著以後要是打架什麼的，可以拿來砸人，就撿了。」

看著說話的黃豆，趙大山覺得啼笑皆非。撿塊磚打架？他這媳婦和一般人果然不一樣。

「功夫再高也怕菜刀，武功再好一磚撂倒。你沒聽說過嗎？」黃豆望著趙大山問。

趙大山很老實地搖搖頭，他確實沒聽過這麼順口的一句話，但好像還挺有道理的。

「當時，有個小夥伴撿了把豁口的菜刀，我就想，菜刀有了，磚也有了，剛剛好嘛，我就撿回來了，想著這塊磚說不定還是鐵的呢，這麼重。」

「那怎麼會變成三塊？」趙大山看著黃豆，又從箱子裡摸出來兩塊黑乎乎的磚頭。

「我當時還撿了珍珠，你應該聽我哥他們說過。回家後太興奮了，天天看著珍珠，生怕丟了，等爺爺回來，賣了珍珠，我才有心思想我的磚頭，它被我拿去墊床腿了。我想研究研究它是不是鐵的？而且，它為什麼是一塊呢？我就想著會不會還有？所以後來我又去了河灘，把那塊地方挖了挖，又挖出了兩塊。」

趙大山看著說故事一樣的黃豆。「妳可真能幹，一個人跑回河灘去挖磚頭，妳怎麼不叫上我啊？」

「當時我們沒那麼熟好不？」黃豆無語地瞅了趙大山一眼。

趙大山被這一眼瞅得啼笑皆非，一拍磚頭。「好吧，怪我沒在妳一出生的時候就先去跟妳認識一下。」

「是啊，你差點就錯過我了。如果你錯過我，你就錯過了一座大金山。」黃豆無奈地攤攤手。

「好吧，那妳現在能告訴我，這磚頭到底是什麼？妳知道了嗎？」趙大山舉了舉手中的一塊磚問。

「金磚。」

隨著黃豆的話音一落，趙大山的手一軟，磚頭「啪嗒」一聲掉到了地上。

「妳說什麼？」趙大山不敢置信地看著黃豆。

「金磚啊！」黃豆又重複了一遍。

趙大山趕緊撿起那塊烏黑的磚頭放到箱子裡，然後轉身跑了出去。

黃豆就聽見外面院子裡傳來關門聲，沒一會兒趙大山的腳步傳到了堂屋，堂屋的門也被關了，再然後是房間的門。就這麼一會兒，趙大山把院門、堂屋門、房門一氣呵成地都關了，並且插上了門栓，看得黃豆目瞪口呆！有必要這麼誇張嗎？

「媳婦，妳確定這是金磚？」趙大山有點微微喘氣。

「其實不是很確定，我猜的。」黃豆很不好意思地看著趙大山。這假如不是金磚，是不是有點對不起他？

「怎麼猜的？」趙大山接著問。

「我送你的匕首呢？」黃豆問趙大山。

趙大山打開房門走了出去，到了堂屋的櫃子裡翻出匕首拿了進來，邊關門邊說：「我娘說，新房不能放尖銳的東西，剪刀、刀什麼的都不行，我就放堂屋去了。」

「你刮刮看。」黃豆指著箱子裡的磚頭說。

趙大山走過去，拿起一塊磚，蹲下來，放在地上，開始用匕首輕輕刮。一會兒後，黑色的外皮就被刮掉一小塊，裡面竟然真的露出金色！看著露出的金色，趙大山覺得自己的手心都是汗。如果這三塊磚都是金子，那是不是說，他寶貝媳婦真的撿了座小金山？定了定心神，趙大山把磚放回箱子，刨木花也捧了進去，那幾塊布巾也原樣放回去，鎖也上好後，他拎著鑰匙走過去遞還給黃豆。

黃豆接過來，把紅繩往脖子上一套，拍了拍床示意他坐。「你要不要吃花生？」

「不用，妳吃吧，我把匕首放出去。」趙大山打開房門走了出去，放好匕首，順手又把堂屋門打開，又走了回來，把黃豆那個裝著疑似是金磚的箱子搬了起來，放在梳妝檯邊的地上，又把黃豆那個裝雜物、和裝金磚一模一樣的箱子搬起來，摞在上面。

做完這些後，趙大山才發覺，自己竟然微微出了一身薄汗。

如果這是真的，他媳婦心得有多大？撿了三塊金磚，居然就這樣放在家裡幾年。最關鍵的是，她竟然毫無保留地告訴了他。

「媳婦……」趙大山看著黃豆，竟然不知道要說什麼。

「等去東央郡後，你可以想辦法找人看看，如果是金子，我們就可以買大船了；如果不是，那我也沒辦法，只能慢慢掙了。」黃豆覺得若真的不是也無所謂，大不了多辛苦幾年。

「嗯，不管是不是，我們都要買船，只是遲早的問題而已。」趙大山想伸手摸摸黃豆的頭髮，想起自己摸了半天烏黑的磚，還沒洗手，又縮了回來。

兩個人正說著話，忽聽見趙小雨的聲音在院子裡響起——

「大哥、大嫂！吃飯了！」

晚飯是白米飯，一碗魚、一碗肉、一碗肉丸子、一碗雞，這都是昨天剩下的，中午沒吃完，晚上繼續吃，趙大娘還炒了一盤青菜和一盤蒜苔。

為什麼剩菜要用一碗一碗來形容，因為確實沒賣相，不過口感應該還行吧？看趙大山和趙大川吃飯的勁，黃豆就覺得應該還行，反正她沒嚐。

黃豆吃了新炒的青菜和蒜苗，半碗乾飯還泡了雞湯，又啃了兩塊雞肉，就飽了。

就連趙小雨都吃了一碗半的乾飯，更別說趙大山他們兄弟倆。

趙大山原本還想給媳婦挾兩塊肉，看她一臉為難的樣子，想想還是算了。他去岳丈家吃過飯，黃桃做的菜，那真是酒樓裡也沒那麼好。這樣一想就明白了，媳婦的嘴被大姨子養刁了，吃不慣家裡的菜也很正常。

黃豆覺得自己的臉皮已經厚到一定的功夫了，新媳婦竟然連一頓飯也沒做過。吃完飯，她就忙著去洗碗，結果還被小雨攔住，搶了個先。

「娘，明天早上我來做飯吧？」黃豆臉紅紅地去討好婆婆。

「不用，還有點剩菜，這些菜不吃就要壞了，到時候我再熬點稀飯就好。妳要吃什麼和娘說，娘給妳做。」

其實黃豆並不是很瞭解自己的婆婆，但是她也不算陌生，因此就很乾脆地說：「我只要有青菜就行。」

趙大娘也看見了，剛才吃飯時兒媳婦全都挑青菜和蒜苔吃，葷的就喝了點雞湯、吃了兩塊雞肉而已，那些魚啊、肉啊、肉丸子什麼的，她是一口都沒動。剛開始她還以為是害羞，後來看兒子那神態就明白了，估計是個嘴刁的，吃不慣。

喜歡吃青菜那就炒青菜吧，這個不難，春天嘛，青菜還是管夠的。

第四十六章　這是我們的新家

六月十八，黃德磊長子的滿月宴。

讓人意外的是，錢多多竟然派提筆送來了一套文房四寶。黃德磊當著眾人的面，大大方方地收了錢多多送來的禮。

錢多多已經訂好了親事，預備在秋後成親。錢多多的未婚妻是襄陽府董家的大姑娘，董家在襄陽府開了一家非常出名的綢緞莊，襄陽府的生絲有一大半都來自於他家。

這兩家聯姻，真正算是強強聯手，門當戶對。

黃豆搞不清楚為什麼滿月宴不是滿月時辦，而是放在孩子的十二天，又叫十二朝。

這十二天的功夫，黃文博就長成了一個有模有樣的小嬰兒，而不是剛出生時被黃豆嫌棄、醜得像隻猴子一樣的娃娃了。

黃文博的名字是黃豆和黃德磊共同起的，「文」是這一輩的輩序，「博」卻是兄妹倆翻書查字選了幾個字後，又去請教了黃德磊的岳父才定下的。小名也沒有順著大寶、二寶、三寶、四寶地往下續，而是叫平安。黃豆還得意地對黃德磊說，以後生了閨女就叫如意，又好聽又好記。黃德磊連連點頭，覺得這樣的小名確實不錯。唯有黃三娘非逼著黃豆再想幾個男孩子的乳名，雖然她也想有孫女，但是她更喜歡孫子多一點。

看著抱著大孫子就合不攏嘴的黃三娘，黃豆無奈地朝她哥哥眨眨眼。要不是怕她娘給起個狗蛋、狗剩這些據說好養活的賤名，她才不操這個心呢！

黃文博的滿月宴後，黃豆和趙大山還有黃桃就要一起去東央郡了。

張小虎在黃文博辦過洗三就去了東央郡，他開的酒樓生意不錯，雖然有掌櫃，卻也不能長久離開。

原本，他們是準備十八吃過滿月宴，十九就過去。無奈的是，黃三娘非說二十是個好日子，又攔著兩個閨女在家裡多留了一天。

六月二十，姊妹倆一起乘船前往東央郡。

一路順風順水到了東央郡後，黃豆跟著黃桃一起去了黃桃送她的小院。

門口是一條可通馬車的巷子，巷子兩邊就是院牆，大門一律向南開。

前面一排人家的圍牆高高聳起，沒有後門，一路可見各家各院中種植的桂花樹。這條巷子也不知道是因為叫桂花巷，所以家家都種了一棵或者兩三棵桂花樹；還是因為家家都種桂花樹，所以才叫了桂花巷。不但院子中有桂花，偶爾還有人家能看見種有果樹，路過一戶他家的石榴花正開得好，竟然有花枝從院牆裡伸了出來，惹得黃豆頻頻回頭。

還沒有進家門，黃豆就喜歡上了這裡。

他們先進了黃桃的家，推開院門，院門東邊有兩間不大的門房，繞過影壁，是一排五間大屋，一明兩暗加東西各一間廂房。

大屋和影壁之間是青磚鋪好的五公尺左右的一片空地，空地兩邊各有一個花壇。兩側花壇和大屋之間各有一條青磚小路，直通後院。東側花壇裡種了一棵高大的桂花樹，緊緊靠近圍牆；西側的花壇種了兩棵石榴樹，樹上已經是累累花朵。而隔壁一牆之隔的就是黃豆家的院子，確實可以看見她家的桂花樹伸到了黃桃家這邊來。

大屋往後走就是一個很大的後院，東邊砌了兩間灶房，灶房右邊以青磚圍了一片，砌有一口水井。

黃桃在後院整理了幾塊菜地，最近女主人不在家，疏於打理，長滿了荒草。

推開後院的門，是一條兩輛馬車可通行的土路，土路另一邊即是河流，河流之上可見遠處有橋，橋上還有行人。

黃豆站在後院，看著屋後的土路和河流。如果以後他們自己有船，是不是就可以行船從城外直接進入內河，一路到自己家的屋後停靠？如果可以，他們唯一要做的就是把屋後這個堤壩整理一下，砌一條臺階下去。

拿了鑰匙，開了隔壁的院門，黃豆幾乎見到了和黃桃家一模一樣的院子。院子和屋裡收拾得很乾淨，知道黃豆他們要來，張小虎早早派人每日過來打掃，還問黃豆，要不要找個打掃、做飯的婆子？這麼大的院子要日日打理也很麻煩。

黃豆拒絕了張小虎的提議，她準備在這裡等待大船造好的一年裡，自己來仔細裝潢這個家。外人做的，哪有自己做的舒心。

第二天一早，吃了早飯後，趙大山去貨行，張小虎去酒樓，黃桃和黃豆則帶著一個婆子開始逛街。

好像就沒有幾個女人不愛花錢的，大到屋裡的家居擺設，小到針頭線腦。黃豆覺得，自己簡直就成了一個暴發戶，看中了就買，買好了就付錢讓人送到桂花巷去。

張小虎家請來做飯兼打掃的秦嫂子是個三十多歲的婦人，黃桃過來後才讓她過來的，以前一直在酒樓幫忙。

今天的大部分日用品都是在方舟那邊挑的，即使這樣，碰見別的雜貨店有樣式新穎好看的，黃豆還是忍不住要買上一些。

中午也不回去做飯了，姊妹倆走到醉仙樓找東家張小虎蹭了一頓飯。

張小虎索性打包了幾個菜，讓夥計給方舟貨行送去。

黃桃的廚藝來自於黃豆殘存的記憶，加上黃桃在廚藝上確實有天賦，只要黃豆想得起來，她做出來的菜，味道就能八九不離十。醉仙樓的菜就靠黃桃來撐腰，一些高湯或者調料都是黃桃親自熬製，黃桃懷孕後就把這些交給了張小虎。

店裡的掌勺大師傅在醉仙樓這裡學到不少新穎菜式，卻又極其佩服老闆及老闆娘的手藝和為人，不說對張小虎忠心耿耿，卻也算是盡心盡力，不敢怠慢。

張小虎為人傲氣又仗義，還沒什麼心機，對店裡員工，從掌櫃到掌勺再到夥計，包括洗菜的婆子，他都十分的尊重。從開業到現在一年時間，店裡的生意蒸蒸日上，員工也是齊心得很。

吃了飯，黃豆在店裡轉了一圈，覺得張小虎確實是個十足的吃貨，酒樓開得也好。她只在細節上提了建議，並沒有過多的評說。一家酒樓能在一年之內開得如此好，黃桃的手藝是一部分，張小虎的經營方式也是確實不錯。黃豆還絞盡腦汁地給黃桃回憶了幾道熱門的菜譜，算是給黃桃每月的推陳出新增加點特色。

吃了飯，黃豆就陪著黃桃回到了小院。黃桃有孕在身，一上午跑下來已經很累了，黃豆也急著去佈置自己的新家。

把黃桃送進門，黃豆就來到自己的小院，打發了秦嫂子去黃桃那邊。

黃豆拴上院門，開始從臥房整理，她準備讓趙大山住東屋，她住西屋，所以她就先開始收拾東屋，自己的房間到時候先鋪個床鋪，留著以後再慢慢收拾。

東屋剛收拾好，黃豆抱了被子走到西屋，就聽見一陣鈴鐺聲。

這個門鈴是黃豆的創意，上午她在方舟貨行看見有鈴鐺賣，就很好奇，知道是一批商人從沙漠那邊帶過來的，說是駱駝用的，結果帶了一箱過來，一點用處都沒有，因為這裡沒有駱駝，貓狗拴上也嫌太大，所以只能暫時放在方舟貨行。反正也賣不掉，放在方舟貨行說不定能賣掉，下次他們來，就可以拿錢了，總比帶回去占地方強。

黃豆挑了幾個拿回來，用結實的繩索拴了兩個在桂花樹上，叮囑黃桃，有事就過來拉繩子，她聽見鈴鐺響就知道是黃桃有事找她。

聽見鈴鐺響，黃豆走出去，就聽見趙大山在隔壁黃桃家院子喊她開門。

原來是趙大山回來後知道黃豆在家，但敲門黃豆沒聽見，趙大山又繞回黃桃家想找個梯子翻牆，結果聽黃桃說可以搖鈴，才第一次使用了鈴鐺。

這之後，趙大山乾脆又在灶房的屋簷下掛了兩個鈴鐺，順著圍牆牽了一條繩子到院牆外，成人一舉手的高度。這樣，以後他回來，就不用再繞道去黃桃家搖鈴了。沒想到，桂花巷大部分人家發現後也跟著去買了這種大銅鈴來當門鈴，等貨商再過來時，不但一箱鈴鐺全賣完，方舟貨行還又預訂了一批。

回到家的趙大山發現黃豆正準備佈置西屋，忍不住好奇地問：「妳西屋佈置給誰住啊？」

「我啊！」黃豆理所當然地回答。

「……」

看著無語的趙大山，黃豆有一種「難道我做錯了」的感覺，連忙問：「怎麼了？」

「哪有夫妻分房睡的？」趙大山看著懵懂的黃豆，有點頭疼。娶個小姑娘做媳婦就是這一點不好，她什麼都不懂啊！

被趙大山認為什麼都不懂的黃豆很想問問趙大山：孤男寡女天天睡一張床，你是考驗誰呢？我既怕你擦槍走火，也怕自己一不小心憋不住把你給強了啊！

不過這話她也不能說，只能期期艾艾地道：「我從小到大一個人睡習慣了，而且我們不是還要等兩年才圓房嗎？到時候再搬一起住不就行了？」

「不行！」趙大山堅決不同意。開玩笑，好不容易娶了媳婦，不給碰就算了，還得分房睡，那他天天盼著娶媳婦還有什麼意義？

不行也沒用，黃豆假裝沒聽到一樣，繼續開始鋪床。趙大山一看，這就開始不聽話了呀？走過去一把抱起黃豆，不顧她的掙扎，一路抱到東屋，放在了床上。「妳就睡這裡！」說著，好像怕黃豆沒聽懂一樣，又加了一句。「我也睡這裡，我們是夫妻，得睡一張床！書上說的，生什麼同床的！」

「生則同衾，死則同穴嗎？」黃豆好笑地看著孩子氣的趙大山。

「對對對，就是這個！書上都這麼說，那肯定沒錯了！」趙大山更覺得自己的要求理直氣壯。

「可是，我們不是說好了等兩年再圓房的嘛。」黃豆也覺得自己理由充分。

「是啊，兩年而已，但是沒說要分房睡啊！」趙大山覺得自己這個要求沒錯。

「可是——」

不等黃豆把話說完，趙大山就「咚咚咚」地跑了出去，一會兒後把西屋的被子抱了過來。「分被子睡，不分床！」
看著一臉認真的趙大山，黃豆也覺得無語。算了吧，他既然覺得自己定力夠，那就睡一張床吧。
看黃豆點頭答應，趙大山更加高興了，殷勤地幫著黃豆抬箱子、搬東西。
有了趙大山的幫助，兩個人很快就把小家收拾了出來，就連灶房都擦得乾乾淨淨的，只等明天正式搬家過來後開火。

六月二十二，黃豆正式搬進新家，別說黃豆高興，就連趙大山也是笑容滿面。兩個人定好，中午讓醉仙樓送一桌菜過來，趙大山把黃寶貴和黃德落都請了過來，再加上張小虎和黃桃，一家人吃個團圓飯就行了，不要驚動別人。
雖然醉仙樓那邊中午會送來席面，但黃豆還是一早就和黃桃提著籃子去了市場，買了新鮮的蔬菜、骨頭還有豬肉及羊肉。
沒想到，在市場上轉了兩圈，竟然買到了小半籃杏子、桃子和幾個香瓜，路過一家店時，甚至還買到了櫻桃，黃豆和黃桃乾脆把人家剛到貨的一小籃子都包了，價格雖然昂貴，卻是極難得的。
黃豆準備中午吃完席面，晚上留他們吃個自助火鍋。上次她在方舟貨行看見還有半袋子果木炭，因為已經春天了，沒有賣掉，餘了下來，被黃豆當寶貝地拿了回來。

雖然是入夏，吃個小火鍋還是不錯的。以前在娘家，吃飯要聽黃三娘的安排，也不是由著黃豆姊妹想吃什麼就吃什麼的。現在自己當家作主，黃豆就覺得是時候放飛自我了。想吃什麼就做什麼，不想做就出去買，實在不行就去黃桃家蹭飯。等過兩、三個月，吳月娘帶著孩子過來後，黃豆覺得自己蹭飯的範圍還能再擴大一倍。當然，最好的方法是把趙大山培養出來，就像她當年培養黃桃一樣。

想得美滋滋的黃豆，把市場上看見的、能做火鍋的食材都買了一大份。雖然天氣熱，吃不完吊在水井裡明天還能吃。

買好菜的黃豆回去就開始洗洗切切，韭菜和蒜苗切段，菠菜、香菜、小青菜洗乾淨放盆裡，豬骨頭燉湯，羊肉切片後層層疊好，豆腐切塊，豆芽洗乾淨撈出瀝水，再做點豆腐丸子，拌幾個涼菜。

一直忙到醉仙樓夥計送席面過來，黃豆才把草莓和芒果匆匆洗乾淨端到前屋。剛放好，敞開的大門，趙大山領先帶著眾人進來。

黃寶貴看到站在影壁後面笑臉相迎走過來的黃豆時，不由得微微一怔。淺粉色夏衫，鵝黃色長裙，挽著婦人髮髻的黃豆梳著整齊的劉海，陽光下整個人好像都在發光。

看見黃寶貴，黃豆恭敬一禮，叫了聲。「老叔。」

黃寶貴看了黃豆一眼，一言不發地進了屋。

走在黃寶貴身後的黃德落擠擠眼睛，也跟著走進屋裡。

後面的黃桃走過來，拉著黃豆的手輕輕拍了拍。

醉仙樓的菜餚是黃桃一手制定的，黃寶貴和黃德落雖然小時候也吃過幾次黃桃做的菜，只是那時候家庭條件不允許黃桃放手去做，等搬到黃港，條件開始慢慢轉好，兩個人又出海幾年，回來又到了東央郡。一直到來了東央郡，因為生意上會有應酬，他們成了醉仙樓的常客，才嚐到黃豆奇思妙想的菜餚。

反而是張小虎，成親後很是享受了一段時間。

今天又不同，因為要招待家裡人，黃桃自然是去醉仙樓親自監督，做了幾個硬菜大菜。菜餚一上桌，黃德落嘖嘖讚嘆，他不是沒吃過，而是沒吃過這麼全乎的宴席，把醉仙樓的招牌菜都一網打盡了，這在平時也是不可能的。

醉仙樓最大的特色就是每月會推陳出新，新菜餚出來，會去掉舊菜餚，然後你想吃之前的，必須得等。也許是季節不對，也許是時候未到，反正他們不推菜餚出來，就是以前賣得再好、你慕名而來也沒用，沒有就是沒有。

有人覺得醉仙樓姿態這麼高，肯定沒人理它。要知道，顧客就是大爺啊，別說客倌點你家以前的招牌菜了，就是點你家沒有的，你想辦法變也要變出來！結果恰恰出乎意料，醉仙樓的名聲更響，被更多的人知道了。

就像掌櫃解釋的一樣，我們店為什麼不做這個菜？不是我們不會做，是季節不對。這個時候做這個菜，是嚐不出它的美味。

不是季節性的菜餚為什麼也不做？那就是最近熬的高湯、配的配料，不適合做這道菜。我們不做不是欺客，而是為了儘量讓客人吃到最好、最新鮮、最美味的菜餚而已。其實說白了就三個字——吊胃口。

桌子下面，黃豆還特意放了一個冰盆，一頓飯吃得是酒足飯飽，大家都很高興。吃完飯，也不散去，第一天搬家圖的就是個熱鬧，得吃了晚飯才能散。

撤了席面，上了茶和零食、糕點，幾個人竟然拿出骰子玩了起來。

這個還是趙大山他們在船上學會的，不過他們四個都很克制，基本上不去沾惹。今天幾個人都是家裡人，也不問輸贏大小，團團坐下開始搖起了骰子。

黃桃和黃豆看了一眼都沒有興趣，黃桃回去午睡，黃豆乾脆也跑去小睡了一會兒。

黃豆睡起來後看看沒散的牌局，又跑去看屋後的菜園子。

屋後的菜園子是原本就有的，只是一直無人打理，已經是荒草遍地。黃豆伸手薅了兩把草，就覺得簡直無從下手。從小到大，她就沒有黃桃勤快，家裡的菜地基本上都是黃三娘和黃桃打理的，黃豆最常做的就是去採兩把青菜、拔幾根蔥回來。

原本興致勃勃準備整理菜園的黃豆索性洗了手，打開後門，站在後門看小橋流水，和對面河岸邊偶爾路過的行人。

悠閒地張望了一會兒，大致弄清楚過了橋就是今天她和黃桃去買菜的小街，她趕緊關了門，取了錢，從後門奔出去，直奔小街而去。

買了酥油燒餅，又買了剛出爐的烤鴨，再把剛出鍋的包子也買幾個，轉身又提了一罎子據說不錯的米酒後，黃豆晃晃悠悠地從後門走了回來。從後門去買菜，近了不知道多少路。

黃豆將火鍋湯料準備好，特製的炭燒火鍋爐還是在南山鎮做的，冬天做好後吃了兩次，黃三娘就收了起來，說是又費油又費肉還費菜，就連炭火也費，不是他們這樣的人家吃的。

誰當家誰作主，黃豆索性在準備嫁妝的時候就把鍋爐打包了當嫁妝帶走。

等到日落黃昏，睡得面如桃花的黃桃過來時，黃豆已經把炭火都準備好了。

催了又催，幾個人才收拾了戰場。都是家裡人，黃豆也不費事往前屋搬運，直接把桌子擺在灶房隔壁的一間飯廳裡。

一進屋子，熱氣騰騰。

黃桃端了水要讓他們洗手，張小虎見狀接了過去，輪流伺候幾位大爺。

趙大山沒要他伺候，自己跑去灶房洗了手，把碗筷端了過來。

幾個漢子坐著，看著黃桃和黃豆好像表演一樣，燙菜、涮肉、沾料、開吃。

一頓晚飯吃到月上樹梢，黃豆深切地體會到了黃三娘說的，費油費肉費菜還費炭，她是連大骨湯都給他們添了幾遍了！

把人送到大門口，黃豆站在院門口的臺階上。

黃寶貴從黃豆身邊走過的時候，突然說了一句話。「豆豆，妳怎麼瘦了？」說完還瞅了趙大山一眼，好像嫌棄趙大山沒把他姪女照顧好。

剛娶了媳婦的趙大山覺得很冤枉，卻又只能忍著不吭聲。

黃豆舉著手裡的燈籠往前伸了伸。「我沒瘦，是在長個子，抽條了。」

「嗯。有什麼事記得找老叔，別委屈了自己。」說完後，黃寶貴攬著黃德落的肩，大踏步往巷口走去。

此刻夜剛起，巷口一盞紅燈籠在風中發著微弱的光。

望著老叔和四哥遠去的身影，黃豆只微微一笑。有些東西真的不同了，不是說幾句關心的話，就能冰釋前嫌的。

第四十七章 新家新房第一夜

屋裡，黃豆推著趙大山去洗澡。他們暫時還沒有浴房，黃豆準備讓趙大山在灶房旁邊弄間獨立的浴房，不需要大，只要方便就行，她是不習慣拎個澡盆端來端去的。

已經夏天了，每天洗澡、洗頭是必須的，所以建個浴房是要提上日程了。

趙大山洗完澡後，黃豆搬了個凳子讓他坐門口等她，她進去灶房打水洗澡去。

看著黃豆端水，他也知道過去幫忙。

洗完澡，看著木盆，黃豆只能叫來趙大山幫忙倒水。這個木盆沒放水時她還能勉強端起，放入洗澡水後，她是怎麼也端不動了。

以後有了浴房就好了，洗完一掀就行，根本不用搬來搬去。

小夫妻倆洗完澡也不睡覺，又拖著手在院子裡散步。

黃豆邊走邊和趙大山說話，趙大山基本上是不說話的，只是「嗯」或者點頭。

黃豆指著灶房旁的空地說「你抽空在這裡建個浴房」，他就「嗯」一聲；黃豆拉著他到後院的時候，指著菜地說「你有時間的話把菜地挖了，我要種菜」，他就點點頭。

看著喝多了有點犯傻的趙大山，黃豆覺得很好玩。一個大個子，又憨又傻地跟著她，異常聽話。不過要是一輩子都這樣，她得愁死。

兩個人走了一會兒，黃豆覺得洗過後擦得半乾的頭髮，已經被風吹得差不多快乾了，就拉著趙大山進了房間。

房間的床上整整齊齊地鋪著兩床被子，兩個枕頭也並排擺在一起。

「你上去睡覺。」黃豆指著床對趙大山說。

趙大山果然乖乖地脫鞋、脫衣服，上床準備睡覺。

等趙大山躺好，黃豆也脫了外衣爬上床去。因為趙大山睡在外面，黃豆得從他的被子上爬過去。爬到自己的半邊領土時，黃豆突然想起自己惦記很久的腹肌問題。趙大山喝多了，這個時候不看，更待何時？說看就看，黃豆伸手就去扯趙大山蓋到胸膛的薄被子。剛往下扯一點，手就被趙大山一把抓住了。

「妳幹麼？」

「我看看你的腹肌。」黃豆臉不紅、心不跳地說。

「什麼是腹肌？」趙大山歪著頭，好奇地問。

「就是這裡。」黃豆抽回手，在自己肚子的部位比劃了一下。「你們男人，會有結實的腹肌，不過有的人沒有，都是肥肉。」

「我有。」趙大山說著，把被子推了下去，完全沒注意到黃豆的目光灼灼。

從兩個人新婚第一天起，黃豆就發現趙大山睡覺都是打赤膊，好像他皮糙肉厚也不怕冷似的。被子一直被趙大山推到小腹下面，黃豆立即湊過去，一二三四地開始數。

發財了、發財了！我嫁了一個有六塊腹肌的男人！黃豆興奮地用手又摸了一把，反正他醉了，機會難得。數過腹肌後，又去捏趙大山胳膊上的腱子肉。

可能是海上飄了幾年，回來這麼久，趙大山的皮膚還是那種古銅色，一直沒轉過來。黃豆白嫩的小手放在他的粗胳膊上，襯托得黃豆的小手更是如玉般瑩白。

趙大山一把抓著黃豆的小手，喉嚨低啞著聲音說：「睡覺。」

後知後覺的黃豆，立刻「噗」一聲吹滅了油燈，然後「呲溜」一下鑽進了自己的被窩。

趙大山的手一直抓著黃豆的手沒有鬆開，黃豆試了試，看他不鬆，也就隨他去了。她開始絮絮叨叨地和酒醉的趙大山說話，反正她說他聽就行。不一會兒，黃豆就睡著了，今天她確實有點累了。

看著睡著的黃豆，趙大山慢慢坐起身，伸手摸了摸自己的腹肌，又摸了摸胳膊上的腱子肉，然後才慢慢躺了下來，就著月光看著黃豆的身影，嘴角慢慢翹起，滿臉都是笑意。

媳婦喜歡的，他一定要儘量保持，不能讓她失望。

很快地，趙大山也慢慢睡著了，而睡在床邊的趙大山，一直下意識地微微側弓著身子，像一顆豆莢一樣護著床裡面的黃豆。

世界上再也沒有比睡覺睡到自然醒更舒服的事情了。醒了的黃豆轉頭就看見趙大山的位置已經空了，再看看窗外，透過窗紙都能感覺到外面的陽光很燦爛。

黃豆抱著被子又靜靜躺了一會兒，才披散著亂糟糟的頭髮爬了起來。

黃豆的頭髮特別的好，烏黑油亮，而且還極順滑，就是太長了，每次洗頭、梳頭時，她都恨不得剪掉一點，可是黃三娘一直虎視眈眈地看著，她是不允許黃豆做這種大逆不道的事情的。

梳好頭髮，黃豆隨手編了條大辮子拖在身後。反正在家也沒別人，怎麼方便怎麼來吧！

黃豆先去了灶房，沒人。難道趙大山起來就去貨行裡了？也不是不可能，看這日頭，也有八點左右了。

洗漱乾淨後，黃豆看見鍋裡還冒著熱氣的粥，還是決定找一圈。鍋裡的粥明顯沒有動過，可能趙大山還沒有出門。她先去了前屋，沒有。又繞到後院，果然在挖菜園子呢！

趙大山已經把後院的菜地整理出一半，上面的草割了堆在一邊，土地也挖開，整理成一塊一塊的地。他的外衣就脫在一邊，只穿著一件洗白的舊布衫，額頭上都是細密密的汗珠，看見黃豆走過來，不由得咧嘴一笑。「妳吃飯了沒有？」

「還沒有。」黃豆走過去，把他放在枯草上的衣服撿了起來，拍打了幾下。

「那妳等一下，我這裡還有幾鍬就挖完了，等我回去一起吃。」說著，趙大山加快了速度。

「嗯，我去炒個菜吧。」黃豆糾結著是把衣服放下，還是抱著回去？

「不用，等會兒一起回去，我幫妳燒火。」趙大山說著話，手也不停。三兩下把最後一小塊空地挖好，手一用力，把鐵鍬插進泥土裡。「走，吃完飯再來整理。」接過黃豆遞過來的衣服，他順手抖了抖，披在了身上。

「你穿好，小心受了風。」黃豆忍不住扯了扯他的衣襟。

「噯，好。」趙大山聽話地把衣服穿好，兩個人一前一後進了灶房。

黃豆看了一眼，昨天晚上確實吃得太猛了，根本沒有什麼剩餘的食物了。

還有一小把韭菜，昨天晚上放在外面，好好地躺在菜籃裡，還沒有變質。黃豆拿過來用水沖了沖、切碎，又拿了兩個雞蛋，準備炒個韭菜雞蛋。有一盤菜就差不多了，黃豆也不費心去折騰了，快手快腳地炒好韭菜雞蛋後，順手把鍋也洗了。

趙大山不但已熬了粥，還跑出去買了包子，放在鍋裡還沒有涼掉。

吃完早飯，趙大山主動把碗筷收拾好，端出去洗了。

黃豆簡直是樂開了花，她可以做菜，卻很討厭洗碗。看著認真洗碗的趙大山，黃豆走過去，戳了戳他的胳膊。「低頭。」

趙大山疑惑地看了她一眼，還是聽話地低下了頭。

黃豆「吧唧」地在他臉上親了一口。「洗碗的獎勵！」說完蹦蹦跳跳地哼著歌出去了。

洗碗的趙大山呆愣了一會兒，然後無聲地笑了起來。這個獎勵不錯，以後得多爭取點。

哼著歌的黃豆也是暗暗得意。這就是訓練忠犬的第一步，我簡直是太聰明了，希望能很快看見效果！

一上午，小倆口都在菜地裡忙活，終於把一片小菜地挖好、整理好，只等著讓它們曬曬太陽，等凍土變酥，就可以整理出來種菜了。

為了表揚今天賣力工作的趙大山，黃豆準備燒點好吃的犒勞他一下。她特意趁他挖地的時候出去買了五花肉、青菜和豆腐。

豬五花肉切塊，放入涼水鍋焯水去血沫。鍋裡放油及冰糖炒色，蔥、薑、八角適量，倒入五花肉翻炒，加入醬油、鹽、水和一點點昨天剩下的白酒，大火煮沸轉小火燉半個時辰，收汁，出鍋。黃豆做的紅燒肉還是有點偏甜，塊也小。不像黃桃燒的，色重而塊大，一口咬下去滋滋冒油。

紅燒肉燒好，放在飯鍋裡，黃豆又燒了個麻婆豆腐、青菜蛋湯。人少，兩菜一湯就足夠了。

趙大山洗完手，一進飯廳看見黃豆做的菜，笑意就湧上了眼角。他知道黃豆會做菜，但是他一直沒吃過，認真算起來，認識這麼多年，也就是今天早上炒的一盤韭菜炒雞蛋了。

趙大山覺得，這是自己吃過最好吃的肉，這家常的飯菜是自己長這麼大吃過最好吃的飯菜。醉仙樓的紅燒肉也好吃，卻不能和媳婦做的比，畢竟這是媳婦做的。廚子做得再好，也沒有媳婦做的好，那是不一樣的感覺。

兩個人邊吃邊聊，一碗肉黃豆只吃了三、四塊瘦肉，其餘的都進了趙大山的肚子，他還吃了三碗乾飯、半碗豆腐，最後還喝了一碗湯。黃豆覺得趙大山吃一頓飯，她能吃兩天。

不過這沒什麼奇怪的，這個時代的人都能吃，肚子裡沒油水，就靠飯撐著。想這樣每天吃飽吃好，其實也不容易呢！

吃了飯後，趙大山要去貨行，今天有貨商要送一批貨過來。

黃豆則準備去逛會兒街，家裡還是缺了不少東西的。

兩個人走到主街道就分開來了，一個往東，一個往西。

東央郡的治安非常好，城市衛生管理也不錯。街上的大姑娘、小媳婦逛街的逛街、購物的購物，並沒有什麼大門不出、二門不邁的說法。這是黃豆感覺最欣慰的，如果她到了一個處處要求女子恪守成規的地方，那麼她覺得自己會瘋掉的。

黃豆的逛街是漫步閒晃，卻又路線分明，她只在大街和主要的街道上邊走邊看，那些邊邊角角的小店，巷子，她一個也不去。雖然東央郡的治安很好，但是保不齊她運氣不好，碰見一、兩個壞人呢。

這次逛街，購物是其次，黃豆主要是想看看，思索一下她可以做點什麼？趙大山訂的船要到明年三月才能拿到，那麼現在到明年三月的時間，黃豆想給自己找點事情做做。

一個下午，黃豆基本上就沒買東西，除了她路過合歡大道的時候在小攤上吃過一碗豆腐腦。黃豆還逛到了東央郡的碼頭看了看，東央郡的碼頭比南山鎮更大、更熱鬧，她只是站得遠遠地看了幾眼，沒有走過去。她一個小姑娘走到碼頭上，混在一群商人和裝貨卸貨的工人裡，還是太扎眼了。看了一會兒，也沒什麼可看的，黃豆便無聊地轉身往回走。

路過醉仙樓，黃豆信步走進去逛逛。現在還不是吃飯的點，大廳沒有人，掌櫃的正在櫃檯後面噼哩啪啦打算盤，夥計一個在門口接待，其他的可能都在後廚幫忙。

看見黃豆過來，夥計甲連忙迎上前。「我們老闆在後廚呢！」他是認識黃豆的，老闆的小姨子，和老闆娘還是有幾分相像的。

「嗯，我隨便看看，沒事，不找他。」黃豆就是閒得沒事，也沒打算驚動張小虎。掃了幾眼後，黃豆轉身出去了。太無聊了，還是回家吧。剛走出不遠，就聽見有人在身後喊她。

「豆豆！豆豆——」

回頭一看，張小虎跑得氣喘吁吁地追了上來。

「姊夫，怎麼了？有事嗎？」黃豆奇怪地問張小虎。

「有有有！走，去店裡談！」說著，張小虎轉身又往回走。

一頭霧水的黃豆只好跟著張小虎往回走。

店裡的夥計甲看見老闆和黃豆來，恭敬地彎了彎腰，又站在門口裡側當起了迎賓。

大概是因為只有黃豆一個人，黃桃不在，所以張小虎也沒把黃豆往雅間帶，而是在大廳挑了張臨窗的桌位坐了下來。

夥計甲很快就端來了一壺茶，以及一碟店裡的小點心。果然是個有眼力的，難怪會在門口支應著。

張小虎給黃豆倒了一杯茶，又把點心往黃豆面前推了推。「豆豆，我就開門見山地說了，說錯了妳別介意。」

「嗯。」黃豆喝了一口茶，點頭。

「昨天晚上那個火鍋，我想做。」張小虎果然開門見山，直接就說出自己的目的來。

「可以啊，你想做就做唄！」黃豆完全沒意見，黃桃也見她弄過，沒什麼花樣，就是熬料子要注意點。黃豆雖然沒配方，大致也能弄得出來。

「昨天晚上我喝多了，早上起得遲，吃了中飯去妳家時，你們都出去了。我和妳姊商量了一下，我們想和妳合作。」張小虎其實完全可以自己做，但他的個性耿直，又和黃豆是從小一起長大的，所以他總覺得拋下黃豆不地道。

「不用不用，你們自己做就行！你知道我和大山準備買船出去，全國各地跑一圈，要是還行的話，我們還想出海轉轉。若開個店，我們也沒時間管理。」黃豆不想占張小虎他們這個便宜，親戚歸親戚，生意歸生意，一起合夥，假如操作不好，以後親戚都不好相處就麻煩了。

「豆豆，妳和大山是什麼樣的人，我知道；我張小虎是什麼樣的人，妳也清楚。別說是親戚，就是普通朋友，我也覺得我們彼此是值得相信的。我邀請你們一起開店，並不只是單純的開店而已，我聽妳姊姊說過，妳曾經提過的連鎖經營方式。她沒有說得很清楚，我聽了個大概，卻覺得十分可行。妳看，我在東央郡這邊坐陣，你們不是要去全國各地行船嗎？那麼，可不可以把我們的火鍋做到全國各地，只要能通船的地方？」

「加盟？」黃豆看向張小虎。

「什麼加盟？妳姊說是連鎖啊！」張小虎奇怪地看向黃豆。

「連鎖是你自己出資開店，往別的地方開分店，自己派人管理和培訓員工，這樣，你就需要一批能夠忠心於你的管理人才；加盟則是別人從你這裡學技術，別人開店，你收加盟費，允許他用你的招牌、你的產品。比如你開火鍋店，別人也想做，可是他不會，那麼，他可以給你錢，來你這裡學習，你呢，則幫助他開店，以後有新產品推出也會幫他推出。」黃豆只能大概和張小虎說一下加盟店和連鎖店的區別。她覺得火鍋店開加盟比連鎖好，連鎖太費心費力了，開得好就罷了，開不好還容易虧錢；別人開，開得好，賺錢了，總店跟著賺，虧了也是虧加盟商的錢。

「那他要是花一份加盟費，開了一家店，以後自己再去開店，也不給我加盟費，我不是虧了？」張小虎覺得這不是很可取啊！

「他加盟你的店，不是說你把自己的配方都給他，而是他要在你這裡買配料，你熬好的配料。店的裝修必須是一致的，夥計培訓服裝也是統一的，這些都由你這邊來。當然，你幫他裝修、培訓、做服裝都是要收費的，這個價格合理就行，合理的範圍就是不高於市場價。不過你真正賺錢的除了加盟費，還是底料的錢。」黃豆又倒了一杯茶一飲而盡，話說多了就是浪費水。

「妳具體和我說說，我還不是很懂，但大致是明白了。」張小虎覺得自己都快開始崇拜起這個小姨子了，這是天生的商人腦袋啊！

「具體的說不清楚，你要想做，我們只能一條一條的來，首先得把配方底料弄好。只要你的配方底料不洩漏，別人就是仿冒也難。不過，現在的底料還不夠好，還得熬紅油，昨天晚上我做的只是簡單的版本，真正要想開加盟店，必須得有嚴格的配方底料才能實施，然後才能考慮加盟。加盟還涉及到合同，這也要一條一條推敲，怎麼能體現加盟店的好處，又怎麼能吸引顧客？別人加盟你的店，開一家好一家，他才會想著加盟第二家、第三家，也才有更多的人想著加盟。若開一家倒一家，誰敢開？也就是說，必須別人能掙到錢，然後你才能掙到錢。」黃豆說完，停下來看著張小虎。「懂了嗎？」

「差不多能理解了。反正，妳得和我合作，我們兩家共同經營，利益五五分。妳幫我把前期準備工作做好，以後就負責去推廣，別的我來。」張小虎這次是一定要拉著黃豆和他站一條船上的，這麼聰明的人，不拉來合夥就是和錢過不去。

「前期雖然難，但是做好了就一勞永逸，真正累的是後期維護，這樣五五分，你是吃虧的。」黃豆覺得她不能占這個便宜，畢竟確實是後期重要。

「江山打下來了，我守個江山還不能守嗎？」張小虎覺得無所謂，說話都有點大意了。

「噓！」黃豆連忙提醒他壓低聲音。這話可不能亂說，要是被人聽見，謀逆之罪妥妥的。

張小虎也意識到自己失言了，窘迫地撓撓頭。「豆豆，妳看，妳姊懷孕了，對吧，妳小外甥或者小外甥女馬上就要出生了。我呢，就想他們以後做個像我當初一樣的人。怎麼說呢，我以前萬事不操心，我那幾個哥哥都覺得我是個吃喝玩樂啥也做不好的主，我其實覺得我也是。後來，我來東央郡，看妳哥他們做得挺起勁的，我就想著也做點什麼。我不能說掙多少錢，但起碼我得保證我兒子、閨女以後有錢花。」

「哈哈，你想養一群小富二代啊？行啊，只要不是敗家子，沒問題。」黃豆覺得她這個姊夫真是挺逗的。

他和趙大山一樣想過更好的生活，但是他和趙大山又不一樣。趙大山是窮怕了，所以拚命努力；而他一直過得很好，就想自己努力一把，讓自己的子女過得更好。

雖然不是同一種人，卻有著異曲同工之妙。不愧為連襟，難怪兩人還挺有共同語言的！

「行吧，反正我今年也沒事做，你想做我們就合作試試。不過先說清楚，過完年三月後我們就要出去了，後期你忙不過來可別怪我。」黃豆覺得反正自己也在找事情做，和姊姊家合作也可以，後期丟給小虎管理就行。

「不怕的，我這幾天會去看看，買幾個奴僕，那種買來的一般都不會背叛的。」張小虎信心十足。

對於這種買賣人口，黃豆可能在心理上一直沒能接受得過來，不過張小虎說的有道理，確實這個社會就是這樣，你想用人，還有什麼比自己私有的奴僕更好的呢？

「那你去買人的時候叫上我吧，我和大山也看看，以後出海得有自己人，我也買幾個先用著。」想了想黃豆又說：「買年輕的，哪怕小一點，這樣的人好調教，忠誠度也會高很多。」

「好，我去牙行找人看看，讓他們準備準備。你們大概需要多少人？」張小虎屬於說做就做的，站起身就準備去牙行看看了。

「這個我得和大山商量商量，你看著辦吧，也不可能都要，總要挑選。還有，那種拖家帶口的也行。」黃豆看張小虎心急，也站起身準備回家了。

「拖家帶口的不太好，很容易有老弱病殘的，我們直接買年輕力壯的不好嗎？」張小虎並不覺得拖家帶口的有多好。

「你這樣想啊，他有家室，就會有顧忌。比如你買一個二十多歲的青壯年，他以後總要成親吧？但你買一對二十多歲的夫妻，也許他們有老人、孩子，但老人也不是不能做事，而孩子長大了又是一波助力啊！」

看黃豆說得頭頭是道，張小虎連忙說：「行！我回頭問問黃桃，看看她的意見，行不？」

「好啊！」黃豆也沒意見。

兩個人邊走邊說，走到路口就分道揚鑣，黃豆回家，張小虎去了牙行。

第四十八章　初遇賣花女小蓮

回家的黃豆沒有進自己家，而是去了黃桃的院子。

來開門的是秦嫂子，黃桃坐在屋簷下邊曬太陽，邊做針線活。

黃豆走近才看清楚，是一件嬰兒的肚兜。「姊，妳給我大外甥做衣服嗎？」

「不是。」看見是黃豆，黃桃也不起身，指了指一邊的凳子讓她坐。「這是給平安做的，等他來夏天也過了，正好可以穿在裡面。」

「以後平安肯定喜歡二姑比小姑多！」黃豆噘了噘嘴。

「那我多做一件，回頭妳送給他。」黃桃知道妹妹不愛做針線活，以前在家也是能躲就躲。

「不用不用！」黃豆連忙擺手。「妳做的就是妳做的，我才不弄虛作假。我努力掙錢，以後他要錢給錢，要人給人就行！」

「妳呀，就喜歡胡說八道！」黃桃白了她一眼。

「姊，妳看我這幾天閒得慌，妳要不要請我幫忙？」黃豆拖了凳子往黃桃身邊湊了湊。

「請妳幫什麼忙？」黃桃奇怪地看著黃豆，這個妹妹一向都是新花樣較多。

「妳不用裝修個嬰兒房嗎？」黃豆噘嘴指向她的肚子。

「嬰兒房是什麼樣的？」黃桃沒見過，有點好奇。

「就是小寶寶單獨住的房間，有床、有滑梯、有玩耍的地方，邊角全部做成圓形的，防止碰撞。妳做好一點，反正以後要生很多，等孩子大一點了就挪出去，房間再給小的住。」

黃桃對黃豆描繪的房間沒有什麼想像，但是她對圓角防碰撞很感興趣。「妳要是不怕麻煩，妳就試試。我們隔壁廂房，以後從我們房間打通一個門，廂房就做嬰兒房行不？」黃桃指了指東屋旁邊的廂房。

「可以，沒問題！妳找人把廂房清空，然後把錢準備好，其餘的交給我就行了。」黃豆彈了個響指，她要給自己的大外甥做個最好的嬰兒房！

「妳要不要先去給三哥家做一個？過幾個月平安就要過來了。」黃桃想起了已經出生的大姪子，他應該更需要，自己這個要到年底呢！

「也對，那就免費給他裝修一間！我現在過去問問。」說著，黃豆站起身就準備走。

「妳等我，我也去逛逛，娘囑咐我多出去走走，說以後好生養。」黃桃放下做了一半的肚兜，也站了起身。「對了，妳給大姪子是免費做，給妳大外甥就要收費，這是什麼道理？」

黃豆好想打自己的嘴巴，看妳胡咧咧！幸虧是親姊姊，黃豆趕緊義正辭嚴地說：「我大外甥當然也是免費啊！我能厚此薄彼嗎？」

「就會貧！」黃桃走過去囑咐了秦嫂子幾句，就和黃豆出了門。

這個時候已接近黃昏，天氣也不熱，姊妹倆一路邊聊邊走，碰見小橋還站在上面看一會兒下面河流裡撐過的小船。東央郡多水，城裡有兩、三條河流穿城而過。

「姊，妳看那邊，還有賣花的呢！」黃豆指的正是從一艘小船上來的女子，大概十三、四歲，臂彎挎有一個竹籃，籃子裡放了七、八朵蓮花。

「妳怎麼知道她是賣花的？也許是特意採了回去插瓶的啊！」黃桃故意和妹妹唱反調。

「不是說一朵蓮花下就有一條藕嘛，如果是自己家的蓮塘，不是要賣錢的，他們是捨不得摘花的，不信我喚她過來問問。」說著，黃豆雙手扶著橋欄，彎腰向橋下正順著河堤往上走的女子喊道：「妳的蓮花賣嗎？」

聽見聲音，把竹籃提到手上的女子抬頭望向橋上，只見橋上是兩個年輕的小婦人，一個著粉色夏衫，一個著淺碧色夏衫，隱約可見烏髮下是一張有三、四分相似的瑩白小臉。這是哪家富戶家的小媳婦吧？「賣的賣的！兩位姊姊等等！」提著蓮花的小姑娘拎起裙襬，快步走了上去。「妳們看看，都是新摘的，還沒有全部綻放，在家裡插瓶一晚上就該開了。」賣花的小姑娘走到橋上，急忙放下籃子，好讓面前的兩個主顧仔細挑選。

「妳這花是摘來賣的還是自己回家插瓶的？」黃豆舉起一支半開的蓮花問。

「賣的賣的！我爹是打魚的，在城外有一片灘地，就種了蓮藕，現在蓮花剛剛開始開，我就採了幾朵過來賣賣看！」賣花女急切地回答著，好像深怕答慢了，兩個主顧就走了一樣。

「多少錢一朵？」黃桃也挑了兩朵拿在手上。

「十文一朵。」小姑娘眨巴著眼睛看著黃桃。

「太貴了吧？」黃桃說道。確實不便宜，十文都可以買五塊燒餅、四個肉包子了！

「不貴不貴！兩位姊姊一看就是面相富貴的少奶奶！這一朵蓮花下面可是一條藕，秋後一條藕挖上來也能賣幾個大錢呢！」連忙把花籃提起來，舉給黃桃姊妹看。「兩位姊姊，妳們看看，真的是挑最好的花，一點破損都沒有！」

「我買兩朵。」黃桃看了看黃豆。「妳要幾朵？」

「三朵。」說著，黃豆掏了錢袋出來。「五十文一起算，六朵可以嗎？」

「這位姊姊，我就八朵蓮花，要不妳都買了，算妳七十五文，行不？」這個賣花的小姑娘也是個聰明的。

「行吧。」黃豆從錢袋裡掏出錢來準備數給她。「妳要是賣不掉，豈不是虧了？」

「我採得少，現在蓮花剛剛開，還是很稀罕的。賣完了再回去採就行，反正划船來回很快。」

「妳家那邊蓮花多嗎？」黃豆好奇地問。

「多，不過現在還不是很多，要等七月半後蓮花才多。兩位姊姊要是想遊湖賞花，可以包我的船，五十文半天。」

「那怎麼找妳呢？」黃豆有點感興趣了。

「妳看。」賣花女指了指橋下的一家麵攤子。「那家老闆娘和我認識，我每天會從她家這裡過。姊姊們和老闆娘說一聲，到時候我過來等妳們就行。」

「也不用這麼麻煩，明天下午歇過午覺後，妳過來等我們就行。妳叫什麼名字？」黃豆覺得擇日不如撞日，乾脆明天就和姊姊一起去遊湖算了。

「我叫周巧蓮，兩位姊姊叫我小蓮就行。」說完小蓮猶豫了一下，還是下了決心說道：「明天也不是不行，可是現在花開的少，還不夠漂亮，只能看看荷葉。」

「沒事的，我們只想出去看看而已，以後蓮花開了再找妳去一次就行了。」黃豆覺得玩就是要趁興，說不定等蓮花都開了，她又怕熱，不想出來了呢！

「好的，那我明天在這裡等姊姊們。」小蓮高興得喜笑顏開。今天運氣真是不錯，剛採了花就賣了七十五文，明天再帶一次客人遊湖又多了五十文，回頭就可以給弟弟買點好米熬米湯喝了。

「給妳。」黃豆伸手給了她一錢銀子。「妳去找個地方秤秤，多的算明天的訂金。」黃豆伸手把籃子裡的花全部拿了出來，和黃桃一人四朵分著抱在懷中。

「多謝兩位姊姊！」小蓮感激地連忙矮身福了一禮。

黃桃回了一禮，黃豆只點頭笑笑，算是回禮了。

姊妹倆抱著蓮花，一路往方舟貨行而去。人嬌花美，一路上收穫了無數的目光，黃桃羞得滿面粉紅，黃豆卻覺得若無其事，只管自顧自地邊走邊看。

到了方舟貨行，店裡的夥計老遠就看見抱著蓮花款款而來的姊妹倆，連忙喊了趙大山出去迎接。

趙大山負責安保，一般都是在店裡來回走動。這會兒剛好坐在店裡員工休息處喝茶，聽見夥計叫，疾步走出去，就見自己漂亮的小媳婦正抱著幾朵蓮花走過來，看得趙大山都恍惚了起來，也不知道是花好看映得人更嬌豔，還是人好看映得花更鮮嫩。「豆豆、二姊，妳們怎麼過來了？路上熱不熱？」趙大山喊黃桃「二姊」熟絡得很。

反而是黃桃非常的不自在，只微微點了頭算是回答。

「我們是來拿我三哥院子的鑰匙的，在哪裡啊？」黃豆問趙大山。

「在德落那邊。妳們在這邊坐一會兒，我去叫他過來。」說著，趙大山把媳婦和二姨子迎進了員工休息室。其實是很小的一個小雜物間，被整理出來用於員工休息、吃飯及擺放攜帶來的物品。趙大山給黃桃和黃豆各搬了一張凳子，又給她們倒了茶水，才匆匆走了出去，找黃德落了。

一會兒後，黃德落跟著趙大山過來，把鑰匙遞給了黃豆。「豆豆，妳是不是要給妳三哥收拾屋子？妳順便給妳四哥也收拾一下唄！」

黃德落的院子和黃寶貴、黃德磊在一條巷子裡，離方舟貨行很近。他一個人單身住著，就把店裡頭家住得遠的、需要提供住宿的員工都安置在他家。

「不是給我哥收拾屋子，我是要給平安收拾屋子。」黃豆皺皺鼻子。「你別指望我給你收拾，你還是請個人幫你們打掃吧！」單身男子宿舍，黃豆不用去看都能想像得出來。她這麼懶，讓她收拾，還是算了吧。

「妳這叫偏心！明明是給妳三哥收拾，還打著平安的旗號！」黃德落這幾年是越來越貧嘴了，完全一改以前老實憨厚的樣子。

「你要是現在就給我生個大姪子，我就立刻給你家大姪子收拾屋子去！」黃豆根本不理黃德落的茬。

黃德落被駁得說不出話來，只能無語地伸出手指虛空點了黃豆兩下。他生兒子？他最快也得等三年孝期滿才能娶媳婦啊！

「豆豆，我們現在過去，還是明天過去？」黃桃看著吵得不亦樂乎的兄妹倆，連忙插了一句話。

「明天吧。大山哥，你把上次你們用的木工介紹給我。」黃豆不再搭理黃德落，轉頭看向站在門外的趙大山。

趙大山看看媳婦曬紅的小臉。「我們貨行裝修是大姊夫舉薦的人來的，找木工妳要問二姊夫，家裡的家具都是二姊夫找人訂製的。」

「喔，那晚上姊姊和姊夫說一聲，讓他找一下，我要手藝好的木匠師傅。」黃豆又看向黃桃。

「行，晚上我問問。」黃桃點頭。

黃豆、黃桃和黃德落又隨便聊了幾句，就見剛才走開的趙大山端了一盆水過來。「二姊、豆豆，妳們洗洗。這方巾是新的，我已經洗過了。」

黃豆先走過去，把方巾放在水裡浸泡了一下，擰乾後遞給黃桃。

黃桃確實覺得一路走過來有了汗意，她又懷了孕，更是怕熱。她也不和妹妹客氣，接過來擦了擦，又走過去洗了兩把，才把方巾遞給黃豆。

趙大山看著黃豆洗過臉，臉上沒有剛才進來的時候那麼紅了，才放下心來，把水端了出去，潑到了門口的路上。

「要不要找個大盆把妳們的花養起來？」黃德落看看黃桃和黃豆抱進來放在桌子上的花。

「不用。」隨著聲音，趙大山又端了盆水進來，把幾朵蓮花細細理了理，花根浸水斜斜放在了盆裡。

「老叔呢？」黃桃奇怪地問黃德落。

「老叔出去買東西了。」黃德落看看沒什麼事，轉身又出去轉悠了。

「大山哥，你要不要出去幫忙？」黃豆看看外面的店裡，現在這個點不熱，還是有不少客人的。

「現在不忙。妳們要不要吃冰碗？我去買給妳們。」趙大山看見媳婦來很高興，總想為媳婦做點什麼事情。

「姊姊不能吃冰的。我剛才看見門口有賣桃的，你去買幾個回來。」黃豆指揮起趙大山一點都沒覺得不好意思。

「不用不用，家裡有！」黃桃輕推了黃豆一把，趙大山已經在她的聲音裡走了出去。

「妳看妳，怎麼能這樣？不懂事！」

黃豆笑嘻嘻地抱著姊姊的肩頭。「才不是呢，妳看他多高興啊！」

「就寵著妳吧，非寵壞了不可！」黃桃無語地把黃豆推開，點了點她的腦袋。

趙大山很快買了桃子，洗得乾乾淨淨地送過來。

黃桃喜歡，黃豆卻沒吃，看樣子就酸得很。

正說著話時，黃寶貴從外面走了進來，手裡竟然也拎著幾支蓮花，不過卻有點殘破的感覺。

「老叔，你買蓮花了，多少錢一支？」黃桃看見黃寶貴，連忙喊他。

黃寶貴走過來，恰好看見桌子上盆裡的蓮花，奇怪地多看了一眼，然後把自己手裡的也放了進去。「十文一支，一個小姑娘賣的。碰見個無賴，拿了她的花不給錢，還動手動腳的，被我打了一頓。」說著，黃寶貴摸了一個桃，湊到嘴邊咬了一口。

黃豆幾個還沒來得及阻止，就見黃寶貴一下子蹦了起來，「呸呸呸」地把嘴裡的桃吐了出來。「這誰買的？」

「我！我買給二姊吃的，這個是孕婦吃的！」趙大山笑呵呵地看著黃寶貴，有一種「你活該」的幸災樂禍感。

黃寶貴一聽是孕婦吃的，也覺得不能怪趙大山了，只好悻悻地把剩下的桃子放下了。

「那個小姑娘沒事吧？」黃桃關心地問。

「沒事，胳臂好像摔了一下，應該沒事吧。」黃寶貴也說不清楚，到底是個小姑娘，他也不好細問，就順手把她的花買了。

「喔，沒事就好。」黃豆心想，真是哪裡都有那些地痞流氓調戲小姑娘。以後出門要注意著點，自己不要緊，但姊姊懷孕了，若碰見壞人嗑著碰著就麻煩了。這邊還在想呢，那邊趙大山就開口了。

「豆豆，妳們以後出門帶上秦嫂子，我回頭讓二姊夫給我們也找個做事的，以後妳出門時跟著，這樣我放心一點。」趙大山是知道黃豆的，大大咧咧的，在家也待不住，他不能天天跟著她，所以得找個人幫他護著她一點。

「沒那麼誇張吧？」黃豆看看趙大山，又看看一臉贊同的黃寶貴，再看看點頭的二姊……好吧，你們大，你們說了算。

「走吧，回家了。」黃豆覺得坐在這個小房間裡有點氣悶。

「妳等一會兒，讓大山跟妳們一起回去。」黃寶貴說完，又指著盆裡的花。「這些妳們都帶著。」

走出方舟貨行，黃豆靠近黃桃，悄悄咬耳朵。「我們去二姊夫那邊蹭飯吧！」

「妳想吃什麼？我讓秦嫂子做了。她說今天晚上給我們包餃子。」黃桃有點好笑地看著妹妹。

「餃子啊？那我們回去吃！反正今天不想做飯，去妳家蹭飯和去酒樓一樣。」黃豆看了看手中抱著的蓮花，想想又說：「順便去酒樓，把花分一點放雅間吧，我們這有點多了，浪費。」姊妹倆買了八朵，黃寶貴又買了七朵，抱在手裡確實有點多。她們一路走過來，以黃豆的觀察，如果不是趙大山跟著，肯定有人會和她們姊妹倆搭訕。

到了酒樓，挑了好的九朵給了夥計，讓他拿去雅間插瓶。留下六朵，姊妹倆一人三朵準備拿回去。

張小虎聽說晚上吃餃子，也不再守店，乾脆和掌櫃的打了一聲招呼，一路和趙大山跟著黃桃姊妹，回家吃餃子去了。

第四十九章 親親抱抱舉高高

第二天上午，黃豆和黃桃去了黃德磊的家，見了木工，黃豆還當場給他畫了設計圖，提了要求。

因為黃豆挑的房間還有一些家具和零碎雜物在，而木工師傅也要備材料，因此說好了過兩天再過來開工。

黃豆叫了黃德落下午找人幫忙，把這間嬰兒房清空出來，東西都搬到了別的房間去。

一個上午忙忙碌碌就過去了，中午又到黃桃家蹭了一頓飯，回來沖個澡小睡了一會兒，醒了後叫上黃桃，姊妹倆一起往昨天遇見小蓮的小橋走去。

快到小橋時，就看見小蓮正站在麵條攤子的棚子下往這邊張望。

一看到黃豆她們過來，小蓮立刻歡歡喜喜地跑了上前。「兩位姊姊來得這麼早！是現在就走，還是在這邊避避暑氣再走？」

「現在吧，湖上不是涼爽的嗎？」黃豆作主說道。

「行，那妳們跟我來。下坡的時候小心點，草地會有點滑。」小蓮說著，在前面引路。

黃豆扶著黃桃，在後面跟著，上了烏篷小船。小船雖然是打魚用的，卻沒有魚腥味，收拾得很乾淨。黃豆讓黃桃坐進船艙，自己則坐在艙門口和撐船的小蓮說話。

「妳這個船不是打魚的嗎，怎麼沒有魚腥味？」

「姊姊真是細心！我爹摔傷了腿，都快半年了，一直好不了，所以現在我家只能靠我賣點東西維持生計。」小蓮一邊撐船，一邊耐心地回答。

「那妳娘呢？」黃桃也忍不住出聲詢問。

「我娘生我弟弟的時候大出血，拖了幾年，前兩年死了。」小蓮低頭看向了別處。

黃豆看不見她的神情，卻也能想像到她並不好受。

「對不起，我真是不知道。」黃桃有點不好意思了。

「沒什麼。」小蓮轉眼就笑燦如花。「前面就入湖口了，轉過去就能看見荷葉。」

黃豆和黃桃聽見她說，連忙伸頭看過去，只看見一片水面和岸邊的荒草、綠樹，其餘的就是偶爾路過的飛鳥。很快地，轉了一個彎，一大片開闊的水域進入眼簾。遠處是翻飛的綠色，果然是一片荷塘。

「如果妳們想進去看看，我們可以撐船進荷塘轉一圈。不過不是什麼地方都能到的，有的地方荷葉太密集就不好進去了。」小蓮放下船槳，回頭看向黃豆姊妹說道。

「妳覺得哪裡值得一看，就帶我們去遊一圈吧。」黃豆無所謂。

黃桃更沒意見。

「好，那我帶妳們去稀疏的地方走一圈。」說著，小蓮又拿起雙槳划了起來。

「小蓮，妳胳膊怎麼了？」黃豆總覺得小蓮的胳膊有點不對勁。

「昨天賣花時遇見無賴，被撞了一下，扭到了胳膊。」小蓮說完，可能怕黃豆姊妹不放心她划船，連忙又解釋道：「不過，已經沒事了，昨天晚上拿了我爹的藥酒推拿過了，已經好了，划船不妨礙的！」

黃桃和黃豆相視一眼，果然昨天老叔說的就是她。

「喔，妳停到那邊去吧，我看那片水域還不錯。」黃豆指了指一片荷葉稀薄的地方。

小蓮沒有吭聲，知道這位小姊姊是體諒她，便聽話地把船划到了黃豆說的地方。

「姊姊，妳出來看看，這邊還有那邊，都可以看見蓮花。」黃豆站起身看了一圈後，彎腰招手叫黃桃出來。

黃桃弓腰從小小的船篷裡走了出來，搭著黃豆的手，站在船板上向遠處望去。

湖面上的風都帶著清涼之意，隱約夾雜著荷葉和蓮花的清香氣，讓人不覺得燥熱，反而有一種神清氣爽的感覺。

「小蓮，妳多大了？」黃豆和黃桃看了一會兒風景後，坐了下來，和小蓮聊天。

「十五了。」

「喔，妳比我還小一歲呢！有婆家了沒有？」黃豆順口問了起來。

小蓮的臉原本還是羞紅的，轉而又微微有點發白。「還沒有訂親，不過有媒婆來說過。只是我娘去世，爹又受傷，我想在家照顧弟弟、妹妹幾年。」

黃豆在心裡感嘆，這也是個不容易的。

「如果對方誠心，一定也會理解妳的。」黃桃安慰她道。

「暫時碰不到誠心的也沒關係，我還小，等兩年也可以的。」小蓮的臉又微微紅了起來。

看著羞紅臉的小蓮，黃豆和黃桃下意識地轉了話題。她這樣的姑娘，一定會有好姻緣的。

一片荷塘，因為季節還早，蓮花確實不多。要想採到蓮花，還要划船進去，不是那麼容易的事情。黃豆想想昨天自己買了八朵花，還了五文錢，不禁有點臉紅。

「妳昨天賣了多少朵花呀？我看這一片，也沒幾朵花可採，妳採幾朵蓮花不是要繞很大一圈嗎？」黃豆看看小蓮，沒想到這個清秀好看的小姑娘真是很厲害。

「昨天妳們買了八朵，後來回來又採了八朵，其中一朵被無賴踩爛了，剩下的七朵被一位好心幫忙的公子買去了，他竟然給了我一兩銀子呢！」小蓮想起昨天自己竟然賺了一兩多的銀子，心裡非常開心。

咦？老叔昨天還說買的十文錢一朵呢！黃桃和黃豆對視了一眼。

船往回划的時候，小蓮指了一下遠處的河堤。「我家就住在那邊。」

黃豆瞇眼望去，遠處的確是有一個小村落土屋，不過隔得太遠，看不太清楚。

回來的時候，黃豆還徵求了小蓮的意見，經過她同意，黃豆挑了幾張荷葉採了帶回去。她準備明天做份荷葉糯米排骨飯嚐嚐，或者試試荷葉叫花雞。

聽黃豆說，可以用荷葉做好幾種美食，到時候拿去酒樓試試，不但黃桃感興趣，就連小蓮也很感興趣。

「兩位姊姊，如果真的可以做出好吃的，妳們需要荷葉就和我訂，可以嗎？我保證每天都給妳們送最好、最新鮮的荷葉！」小蓮眼巴巴地看著黃豆和黃桃。

這是一個為了生存非常努力的小姑娘，很聰明，卻並不讓人討厭。

「好。還不知道能不能做出來，如果需要，我們會找妳的。」黃桃見妹妹不吭聲，連忙開口回答，到底她才是老闆娘。

「哎！」小蓮歡天喜地地划起船來，就好像她馬上又有一筆荷葉的進帳一樣。

回到家中，黃豆把荷葉放在盆裡，用淡鹽水泡上。晚上，她準備先煮個荷葉粥嚐嚐。

趙大山回來的時候，就聞到廚房傳來的清香味，忍不住跑到灶房門口問黃豆。「豆豆，妳做了什麼好吃的？」

「荷葉粥！剛開鍋，還要等一會兒才能吃，你要不要先洗澡？」

「不用。」趙大山說著，拿起鐵鍬又往後院走。「我去整理一下菜地。」

黃豆又炒了一個清炒苦瓜、一個絲瓜炒蛋，把荷葉粥盛出來放涼，才去後院喊趙大山吃飯。

打著赤膊的趙大山，健壯的身上都是細密的汗珠，聽見黃豆喊他，直起腰身，用汗巾擦了一把汗，答應了一聲，就去拿了放在一邊的褂子穿了起來。

黃豆趕緊轉身走了，不能看，看多了眼珠子就移不開了。

碗裡的荷葉粥有淡淡的清香，並不濃烈，如果粗心一點，甚至都能忽略這香氣。粥裡黃豆還撒了一把枸杞，白粥紅枸杞，顏色很不錯。

趙大山不愛吃苦瓜，黃豆其實也不愛吃，但又覺得對身體好，因此自己皺眉吃了兩塊，又逼著趙大山吃了兩塊才甘休。

吃完飯，看著被倒掉的苦瓜，趙大山直說可惜，白費了油、鹽。

聽得黃豆直接笑彎了腰，從窮苦中走出來的趙大山還是改不了他那股子節約的本性。

「大山哥，那些磚怎麼辦？」黃豆已經躺下準備睡覺了，又想起她的三塊金磚。

「不能一下子拿一整塊出去，太扎眼了。」趙大山把雙手托在腦袋後面，仰躺在床上，看著屋頂的屋樑。

「那怎麼辦？又砸不斷也咬不下來。」黃豆懊惱地看著趙大山，竟然不能用，那還不如不撿呢！

「我再找人，不過，暫時還不能急，必須得有把握的時候再出手。」趙大山伸出一隻手拍拍黃豆的膝蓋。「沒事，別急，肯定有辦法。」

「我不急，我就是想多買兩條船。對了，我們要不要買點人？二姊夫要買人，我讓他幫我們留心了。」黃豆打了個哈欠，問趙大山。

「要買的，以後跑船得用自己人。妳想買什麼樣的？」趙大山翻了個身，一隻手掌托著頭看向黃豆。

「十幾二十來歲的吧，年齡太大沒什麼用吧？」黃豆其實也不懂。

「年輕有年輕的好處，但是這個年齡層的不太好買。年齡大的便宜是便宜，出海肯定不行。」趙大山也皺起了眉頭。

黃豆索性趴了下來，托著下巴和趙大山聊天。「那怎麼辦？我們又不是世家大族，有家生子，現在只能靠慢慢積累了。」

「先等二姊夫消息，我們再去牙行看看，也許運氣好，有合適的呢？」趙大山看著黃豆打了一個又一個的哈欠，便拍了拍她的被子。「睡吧。」

「嗯。我明天要早起，你記得叫我。」黃豆說著躺了下來。

「早起幹麼？」趙大山奇怪地問。

「給你做飯啊……我要做個好媳婦……」黃豆說著話，已經睡得有點迷迷糊糊了。

「傻瓜，不用，明天我自己做。」趙大山看著已經進入睡眠狀態的黃豆，不由得一笑。

「不行，我做……」

「豆豆？」趙大山試探地喊了一聲，這下是徹底睡著了！

黃豆這幾天特別忙，忙著和張小虎及黃桃研究怎麼做火鍋底料。已經快進入七月，再過兩個月暑氣散去，就可以把火鍋店開起來了。

黃豆決定先從紅油開始，以前她看見媽媽做過家用的紅油，無非就是薑蔥蒜和洋蔥，再加上芝麻、糖和鹽。不過這種家用紅油不適合店裡用，成本高，也沒有什麼實際意義，配麵條還行，根本不適合涼拌菜那些。

想起以前暑假打工的經驗，又實驗了兩、三次，總算找到了感覺，黃豆熬成功的第一鍋紅油終於新鮮出爐了。

菜籽油下鍋燒沸騰，怎麼樣算沸騰呢？就是燒到一定時間扔塊薑片看看，很迅速地從鍋底漂浮起來，表皮有點發焦黃就是油溫很高了。這個時候，把切好的洋蔥片倒進去。

洋蔥哪裡來的？當然是趙大山他們從海外帶回來當食物，卻被黃豆截留下來做種了，現在南山鎮的菜園子裡還長了一大片呢！

為什麼要用洋蔥？因為菜籽油是生油，有了洋蔥就可以去除油腥味。最好的油是花生油，花生油的味道香，熬出來的紅油香味更濃郁。

切片洋蔥倒進去後，等洋蔥炸到金黃發脆的時候撈出。

接著放入豆瓣醬，熬到豆瓣酥脆，一定要小火慢熬才能入味，火大豆瓣醬沒熬好，味道就不正。熬好後撈出，過濾乾淨的油降溫到五成熱。

已經降溫的油分幾次，依次倒入準備好的桶裡，桶裡有配好比例的紅辣椒、浸水洗淨的幾種香料、一把白芝麻。熱油倒進去，蓋上蓋子悶到第二天就可以了。

不需要蔥蒜薑這些，洋蔥就可以了，成本低，增香作用又大。

辣椒最好的是那種肉厚籽少的，想顏色紅，辣椒一定要紅、要辣。辣椒籽去了顏色會更正，不過有辣椒籽會更香，這看個人喜好。

香料是花椒、八角、桂皮、砂仁、小茴香、香葉、山奈、白寇洗乾淨。為什麼要洗乾淨？因為乾淨，還因為浸水後放在熱油裡不糊。

有了紅油，那些清湯火鍋，還有火鍋的底湯什麼的就簡單多了，這個直接交給張小虎，黃豆就不去操心了。

她還在考慮，是做那種固定金額隨便吃的吃到飽形式，還是做單點的那種。

結果七月份黃德磊過來，黃豆為哥哥接風，在黃德落幾人的強烈要求下，她又做了一次火鍋，等他們幾個吃完散場後，她立刻就決定了，絕對不能做吃到飽的形式，因為太能吃了！就這五個漢子，吃的肉和菜，一摞一摞都能堆起一人多高！

想想也是，就趙大山他們幾個，一頓飯都能吃三大碗乾飯，心情好還能再添點的漢子，這種食量，不是以前黃豆所知道的小鳥胃。

黃德磊過來後，最先看見的是還在裝修的嬰兒房，他非常高興。基本上已經能看出大致模樣的房間，讓黃德磊整整在裡面研究了半天。

從上下鋪的嬰兒床，到上鋪連接的通道、通道盡頭的溜滑梯，再到溜滑梯下面的小型遊樂場。

還有可以單獨放在大人臥室的嬰兒床，每一處稜角都被打磨成光滑的圓形，小孩子即使不小心撞上去也只會撞疼而不會撞傷。

從上鋪幾截小木梯上去就是一個圓形的通道，通道過去是繩索吊橋，過了吊橋又是一個圓形通道，通道盡頭是個大平臺，平臺兩側有可以旋轉的、滾動的木製算盤珠子一樣的大號珠子。

從平臺下來是一個旋轉溜滑梯，一直滑到下面有著圍欄的遊樂場。

嬰兒房裝修好後，幾個大男人輪流來參觀了一遍。黃德落還親自從抽屜一樣的樓梯走了上去，測試一下上鋪的結實度、通道的承受度和溜滑梯的承重能力。

打磨好、上了清漆的滑梯，非常流暢地就把黃德落給送到了用欄杆圍著的遊樂場區域。

看著歡快地滑下來的黃德落，就連黃豆都心動了，也爬上去溜了一次。

最後，除了黃桃，幾個漢子都排隊輪流滑了一次溜滑梯，美其名曰測試，先感受一下效果。

這個時代都是實木打造，結實是相當的結實了，而且黃豆要求也嚴格，還考慮到親子問題，滑梯也做得夠大。反正房間大，怎麼好怎麼來。

就這一個房間，用到黃德磊抱孫子都沒有問題。

因為平安是個男孩子，房間裡的床墊、被子，黃豆用的都是深深淺淺的藍，牆壁的壁紙也都是黃豆挑的布給佈置的。

沒有好用的壁紙，沒有可以調色的油漆，黃豆只能在擺件上花心思。
張小虎參觀後，立刻把工人請回家開始裝修，並且要求黃豆去設計監工。
黃德落則直接和黃豆說，等他成婚生子了，黃豆得給他也設計一間嬰兒房。當然，一模一樣的也可以。
就連黃寶貴也目光灼灼，當即在心裡決定，得把王大妮接過來。過了明年三月黃老漢的一年孝期後，他要努力加油生個孩子。
就連趙大山都沒忍住，晚上跑到隔壁房間轉了半天，回來後試探性地和黃豆說：「要不，等二姊夫那邊結束，把師傅請過來，我們這邊也準備一下？」
黃豆啼笑皆非，她只是閒得無聊才想起做一間嬰兒房的，沒想到就這麼一個簡單的帶滑梯、有上下鋪、有半間屋子的兒童遊樂場的嬰兒房，竟然把這幾個大男人都吸引得心動了。
以前條件不夠好，黃德儀他們只能玩沙。現在條件好了，她的大姪子、大外甥以後可以不用在沙堆玩了。不過黃豆還是更喜歡沙堆，可塑性比較強。
要不要在院子裡弄個沙堆呢？下雨就到屋裡玩玩具，晴天可以去玩沙。雖然她也想過用決明子放在遊樂場當沙，可是又怕孩子小，誤吞或者掉進耳朵裡，那就麻煩了。
看著一臉期待的趙大山，黃豆忍住笑，一臉嚴肅地點頭同意。
趙大山高興壞了，翻身爬起，抱住黃豆「吧唧」地親了一口。

這是黃豆經常會對趙大山做的事情，舉凡他表現好、他幫忙做事、他吃完飯把碗和鍋都洗了，碰見這些該表揚的，黃豆都不吝嗇她的獎勵。

既然啥都不能做，好歹現在也算談戀愛時期，親親抱抱舉高高總可以的吧？

第五十章　牙行買幾家奴才

炎熱的夏天很快過去，蓮花開的時候黃豆和黃桃再也沒去遊過湖，反而是小蓮天天往醉仙樓送荷葉時會問起她們。

醉仙樓推出了新菜餚，荷葉糯米排骨飯，可以外帶，也可以打包，深受很多客人的歡迎。

荷葉鋪在蒸籠上，上面是滿滿的糯米飯混合著飽含醬汁的排骨和香菇，以荷葉包上，放進鍋裡蒸。出來的時候剪開荷葉，吃一口又糯、又香、又有點甜，還有濃郁的肉香氣息。

有些過來吃飯的客人覺得這個荷葉糯米排骨飯的味道不錯，還會打包一份帶回去給家人嚐嚐。因為有荷葉包裹著，即使一路拎回家也不會冷掉，打開荷葉吃起來反而剛好溫溫的。

也有別的酒樓嘗試著去做，但總是讓人覺得味道不夠正宗。

為了可以把荷葉糯米飯的時間延長，小蓮還試了把整張荷葉曬乾、烤乾、烘乾。看見小蓮想盡辦法做各種嘗試，就為了荷葉的使用期能更長點，黃豆特別佩服這樣的姑娘。為了生活，她全部靠自己，那麼努力。

這日，神仙醉火鍋店正式開業，開業頭三天，滿一百錢送五十錢折價券的消息還是很有噱頭的。送的券不能在這次消費中抵消，必須在做完三天的活動後才可以使用。

因為知道背後老闆就是醉仙樓的老闆，吃過醉仙樓飯菜的人都不免想進去試試，畢竟醉仙樓在東央郡最值得一提的就是口味與服務。醉仙樓的廚房甚至是開放式的，就是隨時恭候你參觀的那種，這樣的做法，是別的酒樓萬萬不敢做的。哪個酒樓、飯莊沒有點不便告人的事？即使沒有，也不敢保證廚房可以乾淨到讓客人放心。但醉仙樓就敢，而且還做到了看一眼就絕對放心的衛生程度。

方舟貨行也在神仙醉火鍋店開業這一天，預訂了三間雅間，邀請了一些貨商和碼頭上的管事們來吃飯，算是這段時間大家對方舟貨行照顧的答謝。

神仙醉火鍋店專用的孩童椅也很有特色，帶著孩童來用餐的客人，完全可以騰出手來放心吃，還不怕孩子被燙到。

這還是張小虎在黃德磊家的兒童房裡看見那套餐椅後特意訂製的，不但神仙醉準備了，醉仙樓也準備了，有備無患總比沒有強。

因為這個，張小虎還狠狠盯了黃豆一段時間，讓她有什麼好點子趕快想出來。可憐黃豆哪有什麼好點子？不過是以前生活過的經驗，遇到了、想起來了，就做一做。要讓她特意去想，她腦子就斷片。

到了晚上，神仙醉火鍋店後廚很多菜都斷了貨，但來的客人還是絡繹不絕。

張小虎急得沒辦法，只能把醉仙樓那邊準備的蔬菜肉類先運送過來，才堪堪解決了燃眉之急，還把一部分預備的乾貨泡起來，放上了菜單。

第二天、第三天，開業三天紅，整整三天的營收一出來，張小虎是笑得合不攏嘴。三天雖然送券，還是讓張小虎的腰包賺得鼓鼓的。最關鍵的是，他外面還有那麼多的券，那不是債務，那是吸引客人再一次上門的誘惑啊！

這個火鍋店比開酒樓賺錢多了，還不用聘請大廚，只要把紅湯、清湯的底料準備好，骨頭湯也準備好隨時加就行。

你想抄襲，你有洋蔥嗎？你有黃豆配出來的二十多種材料的底湯嗎？你有這種特製的炭燒火鍋嗎？

這種特製的炭燒火鍋，是黃豆找張小虎的三叔，磨了半個月才打製出來的。誰也沒想到這種火鍋會是偏遠的南山鎮出產的，而張小虎的三叔現在能夠打製的火鍋都被張小虎預訂了！他要開分店，他要開加盟，他要讓他的兒子、女兒做個妥妥的富家子弟！

看著挽袖準備大幹一場的張小虎，黃豆慢悠悠地給他潑了一瓢冷水。「剛開業生意肯定好，以後就會慢慢進入常態，那才是你正常的營收，現在都是虛假的，別高興得太早。」

「沒事，就衝著現在這絡繹不絕的程度，以後也差不了。別說別人了，我自己每天也都想吃一頓火鍋，不吃得辣出一頭汗，我都覺得不過癮呢！」張小虎說著，還拍了拍自己的肚子。「妳看，我都開始長肉了！」

看見張小虎微微發福的肚子後，嚇得黃豆一愣。

晚上回家睡覺的時候，黃豆再三叮囑趙大山，千萬要注意保持身材，可不能像張小虎一樣，以後肯定是個肚大腰圓的胖子。

趙大山連連點頭，他和張小虎不一樣，張小虎是開酒樓的，每天除了坐就是吃，能不長肉嗎？而他是開貨行的，天天還要幫夥計卸貨，跑上跑下，雖然吃得多，但消耗得也多啊！

以後，他還要帶著媳婦出去行船，行船可是苦差事，吃不好睡不好。為了媳婦少做，他就得多做、做好，這樣媳婦才能不操心。如此一來他能胖？不瘦才奇怪呢！

不過，這幾個月，因為黃豆做飯的味道好，好像的確是長肉了。趙大山摸了摸自己結實的小肚子，暗暗決定明天一定要早起鍛鍊，不能讓媳婦嫌棄！

第二天一早，天還矇矇亮，趙大山就起來在前院影壁後面打了一套拳，又開了院門出去跑了一圈，順便還幫媳婦把早點帶回來了。

晚上，吃了晚飯，哪怕再晚，他都要拖著黃豆走幾圈消食。

兩個人有的時候興起，還會直接跑出去逛街，邊走邊看，評論評論哪家店的位置好，再看看哪家店的貨物有特色，或者就跑碼頭和那些管事套近乎，看看過來的商船有沒有什麼有特色的商品。沒想到效果真的很好，連續去了幾次後，竟然被他們遇見了一艘從海外歸來的大船。趙大山出過海，碼頭上的管事一告訴他，他立刻就一路小跑地上了別人的大船。

出過海的人大概是特別有共同語言，一番推心置腹的交談後，這艘大船的一船貨物就被趙大山給拿下了！這可是真金白銀的交易，貨主要求不要銀票、銅錢，要白銀或者金子！

趙大山直接把黃豆的金磚扛來了，一塊金磚往桌子上一放。

貨主的眼睛都直了，東央郡還有這麼有錢的主子？沒聽說啊！

兩個人很有默契地啥都沒說，找了東央郡最大的銀樓驗明真假，交易完成。

至於銀樓的掌櫃，他什麼樣的事情沒遇到過？這樣的金磚，雖然讓他收購過程可能比較麻煩，但吃下卻是小意思，何況只是讓他驗證一下。而且手續費給那麼高，完全就是堵他的嘴。能夠開間這麼大銀樓的都是有底氣的人，最要緊的就是有保密功夫。

趙大山拿了一塊金磚換了一船的海外貨，價值多少不去估算，金磚多重也不去細究。

反正是趙大山沒覺得虧，貨商還覺得賺，皆大歡喜。

貨送到貨行後，趙大山抽了資金，立刻又去訂了兩條大船。這樣子，到了明年春天，他們將有三條貨船可以出去了！

這時候，牙行也傳來消息，說有一批適合他們要求的奴僕，讓他們過去看看。

張小虎帶著黃桃，趙大山帶著黃豆，黃德磊也過來湊了個熱鬧，五個人一起去了牙行。

這批奴僕是一個大戶人家的奴才，基本上都是家生子，因為主家犯事，受了株連。

家生子和外面賣身為奴的不一樣，這些人大部分都是從小培養的奴才，要比外面的人懂規矩，有的還識字。壞處就是，如果是一家的奴才買過來，很容易出現抱團或者奴大欺主的現象。當然，也得是無能的主人才會這樣，一般在這個時候，買來的奴才就是物品，如果敢背主，打死也是活該的。

趙大山挑了兩家，張小虎挑了一家。

牙行還特意給趙大山推薦了一名五十多歲的駝背老者，據說以前跟著主家行船，懂看風向。

黃豆清靜的小院加了兩房下人和一個駝背老者，房間明顯就不夠住了。

屋子少，也就沒那麼多規矩，黃豆原本想，東西廂就孫武夫妻及馬文夫妻兩家一家一間，老夫妻倆住西屋，而駝背老者住門房裡面的一間，等後院重新建房再挪出去。

然而那對老夫妻怎麼也不敢進堂屋住到西屋去，說不能沒了規矩。

黃豆一攤手。「你們看，就這麼多房間，怎麼安排，你們說說。」

最後商量的結果是：兩家夫妻帶著孩子，先住東西兩間廂房；駝背老人住到了灶房旁邊一間黃豆做飯廳用的屋子；老夫妻倆住門房裡面的一間，外面一間還得留著接待。

黃豆本想說「外面一間也可以住人，我們家沒那麼多客人接待」，但想想還是算了，他們要守規矩，那就守吧。

趙大山找了工匠，抓緊時間在後院靠近後園牆的地方砌了一排房子。

因為後院足夠大，趙大山準備在靠近後院牆的地方，砌上六間宿舍一樣的屋子，兩對夫妻各分一間，兩家的四個兒子兩間，駝背老者一間，還有一間分給了兩家的兩個小姑娘一起居住。

西側靠院牆處，趙大山讓人也建了兩間，一間留著兩家燒水、做飯；一間暫時無人住，做了雜物間。

趙大山還在六間宿舍對面靠近他們大屋的這片地方，順便砌了三間大倉庫，備用。這樣，倉庫牆和後院的幾間宿舍就連成了一個獨立的院子。院門東開，出院子往左轉就是後門，往右轉就是去往灶房的路。

倉庫和大屋之間也留了兩米寬的空地，牆與牆之間空餘的地方都鋪上了青磚。

倉庫的門也是東開，做了一個大門，可拆卸的那種。

趙大山聽了黃豆的建議，從倉庫經過後院的宿舍區再到後門這一路，留出足夠搬運貨物的寬度。

黃豆還是惦記著把船一直開到屋後河道裡的想法，而且她也打聽過，他們這片河道屬於外河道，船隻是可以直接進入的。

私下裡，黃豆還暗暗叮囑黃桃，如果這一帶再有人賣房，讓黃桃幫她買下來。對於別人來說，外城偏僻，臨河不便，但是對於黃豆來說，以後行船方便，這是再好不過的地方。

安排好這一切，工匠剛剛備好材料，黃豆連幫著整理的功夫都沒有，就被趙大山帶著上了大船，一路往南山鎮而去。

八月初八是黃豆生日，這是黃豆嫁人後的第一個生日，娘家是要到婆家給黃豆「交生日」的。意思就是：從今天開始，我閨女的生日就交給你家了，你家要記住她的生日，她是你家的人了。

如果這個生日趙大山敢不帶黃豆回去宴請，那麼他覺得岳父母能殺到東央郡來。不但趙大山和黃豆回來了，張小虎、黃桃、黃德磊也順便回來了。

黃德磊這趟回來，除了要給妹妹過生日，也要順便把媳婦及兒子接回東央郡去。

幾個人，初七晚上才到家，到了家就被黃三娘一通訓。

「你們說說，你們能有多忙，竟然忙到初七才到家！明天就是豆豆生日了，你們怎麼不初八再到家呢？」

黃老三已經習慣了黃三娘的嘮叨；黃豆和黃德磊臉皮厚，無所謂；張小虎和黃桃直接去了張家，沒過來；唯有趙大山第一次被岳母這麼說，還不習慣，被訓得是面紅耳赤的。

直到吳月娘做好飯菜，喊三個人去灶房吃飯，才解了三個人之圍。

吃了飯後，黃豆就藉口送東西回家，拉著趙大山匆匆忙忙回了趙家。

路上黃豆忍不住抱怨道：「我娘越來越嘮叨了，早知道，我們就直接回家了。」

看著抱怨的黃豆，趙大山覺得這趟被岳母訓是值得的，黃豆不再像剛成婚的時候，說起岳母家都是「我家」，而說起婆婆家都是「你家」。今天，她第一次說我們回家。這是不是說，她在心裡已經把她當成了趙家的一分子，她已是趙家的媳婦，而不是黃家的閨女了呢？

黃豆哪裡知道趙大山這麼多的內心戲，兩個人一進家門，婆婆趙大娘不好當著媳婦的面說什麼，背地裡還是狠狠說了趙大山一通。大致意思就是——你們應該早點回來，起碼得讓你岳父母看得出你對你媳婦的重視程度啊！你這樣慌裡慌張的都初七了才到家，不是明顯沒把媳婦當一回事嗎？

趙大山聽了岳母訓，回來又聽親娘訓，心裡反而覺得很高興。岳母這是把他當成自家孩子，才會當著自己的面訓斥；而親娘是把豆豆當閨女一樣看待，才會這麼訓斥他。

不過，他沒想到，為什麼岳母會當他的面說，而婆婆卻要背著媳婦訓兒子呢？

這種婆媳關係的難題，無解，主要看人怎麼想了。

初八黃豆過完生日後，張小虎和黃桃又匆匆回了東央郡；趙大山和黃豆要等到九月趙大川成婚後再回東央郡；而黃德磊則是要等八月十六錢多多大婚，他去送過禮金才能帶著妻兒回東央郡。

黃寶貴大婚、黃德磊大婚、黃老漢去世，包括黃豆出嫁，錢家都有派人送禮金來，這個人情必須得還，還要還得好看。黃寶貴沒有回來，去錢家的就是黃德光和黃德磊。

原本黃豆還想著要不要送點禮物表示一下心意？後來一想，還是別節外生枝才好。她現在已經嫁人，而錢家和黃家也算結了仇怨，她如果做點什麼，別說黃家理解不了，趙大山都未必能理解。可惜錢多多和錢滿滿這兩個很好的朋友，就這樣失去了，黃豆不是不遺憾的。

錢多多的婚禮是在南山鎮辦的，空前盛大，不是一般人家可以比的，起碼在南山鎮，沒有哪場婚禮能和錢多多的比，就是在襄陽府也算是數一數二了。整個南山鎮，從鎮西碼頭到鎮東的路口，一條主幹道全是紅燈籠，大紅綢掛起，遠遠望去，整個鎮子都是喜氣洋洋的。

這一天，黃豆和趙大山進山去了。黃豆想去看看她的羊，自從去東央郡後，她就再也沒有羊奶喝了，這次回去，她準備帶一隻奶山羊養在黃桃家的後院。

趙大山帶著黃豆又進了松林，深夏的松林依然有一種陰沈沈的冷。趙大山抱著黃豆坐上了之前他們坐過的弓腰松樹，黃豆靠著趙大山，只覺得歲月靜好，此生如果能一直這樣，就算是美滿了。

但趙大山卻覺得他欠黃豆良多，起碼他就欠她一個盛大的婚禮。

趙大川要成親了，趙大山又常年不在家，趙大娘就接受了黃豆的建議，搬到趙大山這邊居住。以後趙大娘還是跟著大川生活，卻是住在大兒子這邊，這樣既能幫大兒子照顧房子，也和小兒媳婦彼此有了私人的空間。

九月初五，趙莊的趙爺爺、趙奶奶帶著兒孫一起來吃暖房酒。當天晚上就沒有走，在趙大山和趙大川的屋裡住下。

黃豆分不清楚趙大山兩個叔叔家的六個兄弟誰是誰，她覺得她也沒必要分清，反正以後基本上也不會走動的。

黃小雨三日回門後，第四日趙大山就帶著黃豆上了船，一路奔東央郡去。

家裡這段時間沒人，卻收拾得乾乾淨淨的。後院的屋子已經砌好，他們也已經搬進去住了。

趙大山每天早起練拳，以前是一個，現在是幾個人帶著孩子，院子裡一套拳打下來，虎虎生風。

然而，早起鍛鍊的趙大山，在鍛鍊了兩個月後，就早起不起來了。

因為天冷了，而天一冷，原本分被窩睡的黃豆，睡到半夜就自動鑽進了趙大山的被窩，緊緊抱著這個天然大暖爐，一夜安然地睡到天亮。

黃豆怕冷，以前她每天晚上進被窩前都要做一番心理建設，一到冬天她就和黃桃擠一張床，還一定要等黃桃先把被窩捂暖和了她才上去。如果黃桃有事，她就會一直磨蹭，磨蹭到黃桃忙完。幾次一磨蹭下來，大家都知道了她這個習慣，黃桃更是哭笑不得。

現在姊妹倆都成婚了，黃桃也不能給她暖被窩了，只好聊天的時候把小時候的趣事當笑話說給趙大山聽，很含蓄地告訴妹夫：我妹妹是個怕冷的，你得給她先暖好被窩！

趙大山這才恍然大悟，難怪她每次睡覺都會磨蹭，磨蹭到最後他被窩都捂暖了，她還非要用各種藉口讓他換到裡面睡，原來不是半夜要喝水起夜，而是想占他的熱被窩啊！

趙大山有點怪自己傻，自己怎麼是個木魚腦袋呢！如果不是黃桃暗示，他還不知道呢！

從那以後，每天晚上不用黃豆催，趙大山就很勤快地先鑽進裡面的被子把被窩給捂暖和了，再換到外面的被窩睡。他體質好，根本不怕冷。

黃豆燙好腳，就會美滋滋地睡進了已經捂暖和的被窩，等睡到下半夜，被窩涼了，她又會自動換個被窩睡。

早上準備鍛鍊的趙大山，因為黃豆愛睡懶覺，別說鍛鍊了，就連去貨行都比平時要遲了半炷香的時間。

在別人看來，這是多好的事情，但在趙大山看來就是煎熬。他現在一方面熱切盼望天氣快快轉暖，一方面又希望這個冬天能夠再長久一點。

在身心如此倍受煎熬的日子下，於是剛進入臘月，趙大山就病了！上火，流鼻血！

第五十一章 可憐的人趙大山

黃豆硬拉著趙大山去看大夫，大夫的話說得很含蓄，大致意思就是慾望不能過度克制，要多鍛鍊身體，這樣才能保持身體的健康，以後也不會留下後遺症。至於什麼後遺症，黃豆被趕了出去，沒聽到。趙大山出來的時候一臉嚴肅，看得黃豆的小心肝撲通撲通直跳。

黃豆知道壞了，這是有媳婦卻不能睡的後遺症，憋出問題來了！

但這傢伙難道不知道，還有一個解決方法叫手動嗎？

好惆悵，即使過完年，黃豆也才十七歲，還沒滿十六周歲呢。如果過早在一起，會不會對身體有太大影響啊？其實黃豆也不懂，她只知道姑娘家要成年以後再成婚生孩子才好。

成年是十八周歲，也就是虛歲十九。

過完年才剛剛十七的黃豆，要是按這個演算法，等到黃豆滿十八周歲，那趙大山至少還要再等兩年零九個月！要真這樣，這傢伙不會真憋出病來吧？

等趙大山喝了幾劑中藥，病好了，不再上火流鼻血時，黃豆卻病了！

黃豆是愁的。天天抱著個大男人睡，她也有想法，只是心動卻不能行動，對她來說未嘗不是一種煎熬啊！唯一的好處，她是一個很純潔的小姑娘，什麼都知道，什麼都瞭解，卻沒有實戰經驗，都是紙上談兵，所以也沒趙大山那種上火流鼻血的症狀。

她愁的是大夫說的後遺症，但究竟有什麼後遺症？趙大山不讓她聽，回來她私下想問問，趙大山的嘴卻跟裝了拉鍊似的。原本什麼都和媳婦說的趙大山，在這件事情上很堅持。而且黃豆發現，他半夜會偷偷摸摸去淨房，一待半天！以前可沒這個毛病，都是一覺到天亮啊！難道喝中藥喝得腎虛，憋不住尿了？

認真說起來，黃豆這也不算病，就是愁得慌，什麼也不想幹、什麼也不想吃，連玩都不想出去玩。她就是愁，到底是現在把趙大山睡了，還是再等個幾年？

黃桃眼看著就快要生了，天天挺著大肚子散步，外面不敢去，只能往黃豆家跑，一日三頓的跑，偶爾還蹭個飯。所以黃豆病的第一天，趙大山不知道，黃桃就知道了。看著無精打采地癱睡在床上的黃豆，黃桃也找不出病因來，因為黃豆看著臉色紅潤，摸她的頭也不熱，手腳還挺熱呼的，就是吃不下、睡不好。

於是黃桃悄悄問：「豆豆，妳是不是懷孕了，害喜了？」

把躺床上的黃豆嚇了一跳，幸虧她什麼都知道，她要是那種純情的、以為兩個人拉把手就能懷孕的小姑娘，非被黃桃誤導了不可。

「沒有。」黃豆非常肯定地回答。

「別說沒有沒有的，找個大夫看看吧，你們成親也有大半年了，懷孕是很正常的。」黃桃推了她一把，都成親了還這麼孩子氣。

「真沒有，我可以肯定沒有。」看著黃桃，黃豆就差舉手發誓了。

「每個人懷孕的初期症狀都不一樣，不信妳問問三嫂。她是吃了就吐，差不多吐了一個月；我是什麼事情都沒有，就是渾身沒勁，不想吃飯，只想睡覺，就像妳現在這樣。我們是親姊妹，懷孕症狀差不多也很正常。妳年齡小不懂，要真是懷孕了可不能粗心大意。妳得讓妹夫搬出去睡，兩個人在一起，要是控制不住，傷到孩子就不好了。」

看著一臉認真的黃桃，黃豆都快羞死了。

黃豆害羞，黃桃也難為情。但再難為情，親娘不在身邊，她這個做姊姊的就得和妹妹說清楚，這是她的責任。

「我們……我們……」黃豆「我們」了半天，最後眼一閉、心一橫地說：「我們還沒圓房呢！」

「沒圓房?!你們竟然這大半年了還沒圓房？豆豆，娘難道沒教妳？」黃桃震驚了，可就算娘沒教過，難道趙大山還不會？

「哎呀……不是啦，妳別管了……這是我們的事情……」黃豆覺得小臉都燒紅了，聊的這個話題實在太羞恥了。

黃豆吞吞吐吐是因為害羞，但看在黃桃眼裡就不是那麼回事了。成婚大半年了還沒圓房，這擺明了是趙大山有問題啊！

黃桃沒敢再說什麼，姊妹倆都尷尬地換了話題，胡亂扯幾句後，黃桃就回去了。

回去後，黃桃趴在床上，眼淚就嘩嘩地流了下來。以前有人傳過趙大山受了傷、有問題，黃桃身在閨閣不知道，但是張小虎知道，黃豆成親的時候，張小虎還把這件事當笑話說給黃桃聽過呢，當時的黃桃還說了這些傳謠言的人真是太壞了！怎麼能說一個男人不行？這不是剝人面子的話，這簡直是拿刀子捅人心呢！沒想到竟真的是……

不對，如果趙大山真傷了命根子，黃德磊肯定知道。黃德磊知道了會替他瞞著，卻絕對不會同意黃豆嫁給他的！

黃桃起身，準備去問問黃德磊，剛起身，只覺得肚子一陣絞痛，她又跌回了床上。

到了下半晌，張家來了人，告訴黃豆，黃桃生了個大胖小子。

生了個男孩子黃豆很高興，她的高興是多了個大外甥，男孩、女孩都一樣，像她現在天天帶著家裡的兩個小丫頭逛街、串門子，多好啊！她不重男輕女，但別人卻未必。

黃桃首先一顆心就放了下來，這第一胎生了男孩子，黃桃在張小虎家的半壁江山就算是穩穩打下來了。

而張伯老倆口原本就商量好，兒媳婦生產的時候，讓張小虎的娘和大姊過來伺候，誰知母女倆的行李剛收拾好就接到信，說兒媳婦生了，生了個大胖小子！

原本臘月忙著殺豬賣肉狠賺一筆的張伯一聽，都生了孫子了，還賣什麼肉？趕緊收拾收拾東西，肉鋪丟給兩個兒子，撇下閨女，帶著老伴就直奔東央郡了。

走之前還不忘跑去告訴黃桃的爹娘——我家兒媳婦也就是你家閨女生了，我們老倆口要去抱孫子，你們老倆口去不去？

黃三娘聽到報喜，還在猶豫呢，黃老三已經直接拍板決定了。

「走，到東央郡過年去！他們去抱孫子，我們也去抱孫子！」

黃三娘一聽，對呀，她孫子也在那邊呢！而且她不但孫子在東央郡，就連兒子、兒媳婦、閨女、女婿和外孫，全家都在東央郡呢！

黃桃臘月十七生了個兒子，張伯老倆口和黃老三老倆口帶著大包小包，臘月二十二就到了東央郡。

人多熱鬧的年氣氛就起來了，不說張伯老倆口，就是黃三娘，那簡直是走路帶風的類型。她生了兩個閨女、兩個兒子，大兒子加兩個閨女可都在東央郡買了房，小兒子又在厚德書院讀書，這別說是在南山鎮，就是襄陽府扒拉扒拉，也找不出來幾個這麼爭氣的人家了！

這個年，過得極其熱鬧啊！

黃桃是因為黃豆說沒圓房才提前發動，生下兒子的。這件事情如鯁在喉，她是一直噎在心裡呢！但她坐月子，黃德磊這個做哥的不適合進月子房探視，她又不能讓張小虎去找她哥問，說到底，這是她娘家妹妹的私事，她不能讓張小虎摻合進來。思來想去，黃桃只能想到她親娘了。反正不管真假，親娘總是親娘，這件事情只有她去問豆豆合適。

黃三娘二十二過來後，只二十三在閨女這裡看看、吃了頓飯，便去黃德磊那邊了。年關又忙，一直也沒來看黃桃，天天忙著圍著兒子和大孫子轉了。

因此等黃桃好不容易看見黃三娘來，簡直找到了主心骨。她一個月子都惦記著黃豆的事情，月子都做不好。她有兒子，有張小虎，可是豆豆呢？嫁給趙大山都半年了，竟然還沒圓房！黃桃一直憋到了今天，實在忍不住了，拉著黃三娘的手，喊了一聲娘，眼淚就如泉湧般滾落下來。

黃三娘頓時慌了，閨女這是受了委屈後看見親娘了，不然不可能哭成這樣啊！她趕緊勸，坐月子可不能哭啊，不然眼睛要疼一輩子的！

在黃三娘的勸說下，黃桃把要說的說了、張小虎聽說的話也說了，反正這種事情不和娘說她也沒辦法了。

黃三娘頓時就傻了。不可能啊！看趙大山長得人模狗樣、五大三粗的，就那身架子，也不像個有毛病的啊！不過，這也不能光看架子，說是他跑船時受了傷，這得問黃德磊去！

於是，怒氣沖沖的黃三娘謝絕了親家的留飯，先奔著她兒子去了，找到黃德磊就是一頓質問。「趙大山有毛病你不知道嗎？你坑誰也不能坑你妹妹啊！」

黃德磊覺得莫名其妙。「趙大山有什麼毛病？我怎麼坑我妹妹了？」

「他有病！他有病不去治，還趁人之危，趁你妹妹毀容，在百日孝裡就娶了你妹妹！我說他怎麼這麼好呢，連你妹妹毀容了都不嫌棄，原來是因為他有病啊……」說著說著，黃三娘就哭起來了，她是真傷心啊！

她養得好好的一個閨女，被孩子的老叔一腳踹毀容了。要不是她怕閨女毀容了沒人要，趙大山那麼大年紀了，她會捨得把閨女嫁給他？還不是黃老三說大是大了點，但大點知道心疼人嘛，所以百日孝期就把閨女給嫁了。

黃三娘一邊哭、一邊把黃老三和黃德磊都給怨上了，可再怨，那也是她男人和她親兒子，最多就是嘮叨兩句。但趙大山就不一樣了，他這屬於趁人之危、騙婚啊！現在再看娘的小黃豆，小臉跟個玉一樣，額頭上那一道傷疤淡得很，齊劉海梳下來，根本什麼都看不見！

看見他娘哭，黃德磊頭就疼。他爹現在萬事不管，也是被他娘這脾氣給折磨得沒辦法了。他是兒子，弟弟還小，他又是長子，不能不管。左勸又勸，沒勸下來，只得聽他親娘的，乾脆去找黃豆問問。不問不行啊，不問，這個年大家都別想過好！

黃德磊跟著娘來到了黃豆家，想著私下裡問問妹妹是怎麼回事？沒想到，一進院子就碰見準備出門的趙大山。

趙大山看見岳母和大舅哥來還挺高興的，連忙上前迎著，沒料到岳母摟頭一巴掌就搧他左臉上了！

黃三娘搧完還不解氣，抓著趙大山的衣襟就撕扯上了，黃德磊攔都攔不住。

等黃豆聽到動靜跑過來，就看見趙大山跟塊木頭一樣地站在那裡，被她娘又抓又扯，而她哥在後面抱著都攔不住她撒潑的娘。這是怎麼了？

趙大山這麼被她娘打，黃豆還是挺心疼的，連忙衝過去攔在中間。

看到黃豆出現，而且還明顯護著趙大山的姿態，黃三娘哭得更厲害了。她多好的閨女啊，就這麼被糟蹋了！不對，還沒糟蹋呢，不就嫁過人嗎？寡婦還能再嫁呢，她一個清清白白的大姑娘，一樣能再嫁！大不了……大不了多陪送點嫁妝！想到這裡，黃三娘的哭聲戛然而止，一抹眼淚，一把拖著黃豆就走。「走，娘帶妳回家，咱們和他趙大山和離！」

趙大山的腦袋「轟」地一下。岳母帶著大舅哥一上門便又打又抓，他就知道不好，可他怎麼也想不明白，自己究竟是哪裡做錯了？現在岳母竟然還說要帶著黃豆回去，要和他和離，這是怎麼回事？怎麼嚴重到這種程度？

「娘，我錯了！您要打要罵都行，有事您說我改，但您不能……」趙大山一把抓住豆豆，他都要嚇傻了，可不能就這麼讓岳母把媳婦拖回家！

「娘！娘……妳幹麼啊？」黃豆急忙從她娘手中掙脫。「有什麼事妳不能好好說嗎？一來就又是打、又是要和離的？」

「是啊，娘，我們進去慢慢說吧，這其中肯定有什麼誤會。」黃德磊也趕緊跟在後面勸，但其實他心裡也沒譜。當初趙大山確實傷了，是一刀子捅到肚子上，差點死了，醒來後，大夫開了藥，也沒說會影響生育什麼的啊！怎麼離得那麼遠，竟就影響了呢？

「娘，妳坐，我讓大山去給妳沏茶，有什麼我們坐下來說。」黃豆拖著她娘往凳子上坐，結果她親娘不理她，還瞪了她一眼。

黃豆覺得很無辜啊！別說她無辜了，她女婿也很無辜的好不好？

「我不坐，我也不敢喝他沏的茶！」黃三娘氣得氣息都不均勻了。「妳說妳是不是傻啊？你們成婚都半年了，他有病，妳也不和娘說！妳……妳個傻的，妳怎麼這麼傻啊？」說著，黃三娘的眼淚又下來了。

蛤？黃豆嚇得一哆嗦。趙大山生病的事情，她娘是怎麼知道的？再說了，這也不是病啊，就是憋狠了唄！這……這……這讓她怎麼說啊？

看黃豆的臉色變換不定，黃三娘心裡更有數了，自家閨女就是傻啊，明明什麼都懂，還什麼都不說！「妳是不是還想瞞啊？要不是妳姊告訴我，我還不知道呢！就算妳離得遠不好說，但上次回去過生日時怎麼都不告訴娘一聲？」

「啊？過生日的時候趙大山沒生病啊！」黃豆嘴巴張大，脫口而出。

「沒生病？沒生病你們成婚半年了不圓房？他若不是有病瞞著，能拖上半年？」黃三娘看見閨女這副傻樣，更來氣了！

……我的老天爺呀，祢趕緊打一道雷劈死我吧！黃豆無語凝噎啊！這都叫什麼事啊？妳閨女嫁都嫁了，妳還管別人什麼時候睡覺？這也管得太寬了吧！

趙大山也沒想到是為了這件事情！這是他和黃豆兩個人的事情，怎麼鬧到岳母那邊去了？老實說，他也不想啊，關鍵不是疼媳婦嘛！媳婦說年齡小，得等兩年，他只能忍著啊！明明最委屈、最不容易的是他好不好？

看著臉色一會兒紅、一會兒白、一會兒青的趙大山，黃豆連忙把她娘往房裡拖。「娘！娘，我們屋裡說！」

「不去！他不是出海的時候就廢了嗎？還瞞著？今天就在這裡說清楚！豆豆，妳和娘回家！妳別被他哄騙了，娘一定給妳作主！」黃三娘說著，狠狠瞪了趙大山一眼，又去扯黃豆。

「娘，妳能不能別摻合？」黃豆看她娘這樣是說不清了，索性心一橫，臉也不要了，喊道：「是我說我還小，讓大山等兩年的！」

「妳哄誰呢？我像妳這麼大的時候，妳哥都生了！妳居然還偏著他，妳這個……妳這個傻的！妳是被鬼迷了心竅了啊！」黃三娘伸手就要去掐黃豆。

趙大山見狀就不幹了。妳罵我、打我都行，不能碰我媳婦啊！他一伸手，擋了。

黃德磊也連忙湊過去，拖住他娘。「娘，我們有話好好說！」

「好好說？這是能好好說的事情嗎？那可是你親妹妹！你連你親妹妹都不管了嗎？」黃三娘氣得舉起手，在黃德磊身上拍打了兩下。

「娘，我們真的好好的，沒事！等兩年豆豆大了我們就……我們就……」趙大山的臉都紅了，當著岳母和大舅哥的面，他說不出口啊！

「等兩年？你就是找藉口！不行，豆豆，妳得跟我回去！」說著，黃三娘又去拖黃豆。

「我不去！妳能不能聽人家好好說句話？」黃豆溺水一樣地緊緊抱著趙大山。

趙大山也嚇得不敢撒手。

黃三娘被氣得舉起手就往黃豆後背搧，邊搧邊哭。「我怎麼生了妳這麼個孽種啊？妳這是拿刀捅妳娘的心肺呢！」

黃德磊緊緊抱著他娘，趙大山護著黃豆，憤怒中女人的戰鬥力簡直無法理解，屋裡是亂成了一團。

「娘，既然我說什麼妳都不相信，那妳就別管了，他好他歹我都願意！」說著，黃豆掙脫趙大山的懷抱，把桌子上的茶壺往地上一推，「咣鐺」一聲脆響。

黃三娘驚得不哭也不喊了，就這麼呆呆地看著黃豆。

「大山沒有問題，有問題的是我、是我！妳閨女才有病呢！妳要相信就相信，妳要是不相信就拉倒！」說著，黃豆一拉趙大山的手，拉進東屋，「砰」的一聲把門甩上了！

黃三娘傻了一樣，呆看著關起來的東屋門。她這都是為了誰？她這都是為了誰啊！

黃德磊看看關起的門，又看看他娘，嘆了一口氣，把他娘硬拉回了家。

黃三娘被親閨女這麼一打擊，也不反抗了，任由兒子拖回了家。

關上門的黃豆看著趙大山，覺得又內疚、又羞愧。「大山哥，都是我的錯，害得你被我娘打，還這麼羞辱你……」黃豆撲到了趙大山的懷裡，開始委屈地哭了起來。

「不是妳的錯，豆豆，妳沒錯，我們不說這個了。」趙大山緊緊抱著懷裡的媳婦，看黃豆哭了一會兒後，情緒穩定了，他才拍拍黃豆的後背，摸摸她的頭髮，轉移話題道：「別哭了。我們今天晚上吃什麼？」

「你想吃什麼？」黃豆吸著鼻子問趙大山。

「我想吃餃子，豬肉白菜餡的。」趙大山開始點菜。

「嗯。」黃豆抽抽鼻子。「你和我一起做，你和麵，我調餡，叫孫武家的和馬文家的來幫忙。」

「好，走吧。」趙大山拉著黃豆去了灶房。

吃了餃子，散個步消食又洗澡後，黃豆覺得心情愉悅，那些什麼不愉快的都過去了。

只是，睡覺的時候，她還是有點糾結了。睡呢，還是不睡？要不乾脆睡了吧？總這麼拖著也不是個事啊！猶猶豫豫磨蹭半天後，她鑽進了趙大山暖好的被窩。唉，真是舒服，沒有比冬天有個溫暖的被窩更讓人覺得舒服的事情了。黃豆眼睛一閉，抱著被子睡著了。

看著身邊睡著的黃豆，趙大山心裡有一種想抱抱她的衝動。她說，大山沒有問題，有問題的是我。她為了他，衝著她親娘嚷，還當著親哥的面摔壺、甩門。

這個小丫頭，怎麼這麼傻？哪有嫁出去的姑娘對娘家這樣的。

她對他是真的傾心付出，所以才這樣維護他。

夜慢慢地安靜下來，清冷的月光照耀在大地上，雪花也慢慢飄落而下……

——未完，待續，請看文創風863《小黃豆大發家》3（完）

2020年5月出版

神農小倆口

文創風 849～851

雖說農民都有自己的土方子殺蟲，但效果……就一般般，
她慶幸自己從小記憶力極佳，閒暇時看的農書有了用武之地，
不是她自誇，她調配的各式農藥水一灑，蟲蟲大軍無一不投降，
無論古今，莊稼就是農民的命根子，所以她家的農藥肯定會大賣，
這不，賣出去的藥水成效驚人，生意蒸蒸日上，財源滾滾來啊！

對症下藥　不奪農時／安小橘

她原本是個人美心善的白富美，還嫁了個愛慘她的好老公，
豈料，突如其來的一場車禍奪走了小倆口的性命，
本以為幸福美滿的生活就此結束，幸好老天沒對兩人趕盡殺絕，
他們附身在古代一對溺水而亡的農家夫妻身上，重、生、了！
但……老天爺在讓他們穿越的時候，是不是哪個環節出了錯？
她這夫君宋平生是個渾不吝的二流子，而她姚三春更是有名的潑婦耶，
之所以丟了小命，全因他內心另有意中人，彼此大打出手時意外落水！
也就是說，一對恩愛的神仙眷侶，今後要扮演起厭惡彼此的小夫妻？
更糟的是，甦醒沒三天，他們這房就被迫分家，鄉親們還覺得大快人心！
原來兩人的名聲這麼差，已經到了人憎狗嫌的地步嗎？這下該如何是好？
而且雖然分家時得了田宅，但將他們掃地出門的宋老頭卻一文錢都沒給，
所以小倆口如今很窮，非常窮，窮到快揭不開鍋、沒飯吃的地步啦！
何況那老宅是個一下雨就四處漏水的破屋子，根本沒法久住，
最慘絕人寰的是，她又黑又瘦，容貌令人驚「厭」，相公卻擁有驚人的美貌……
老天爺要這樣玩她就是了？那就來吧，她可不是會輕易屈服於命運的人！

文創風 862

小黃豆大發家 2

國家圖書館出版品預行編目資料

小黃豆大發家 / 雲也著. --
初版. -- 臺北市 : 狗屋, 2020.07
冊 ; 公分. --（文創風）
ISBN 978-986-509-119-4（第2冊：平裝）. --

857.7 109007940

著作者 雲也
編輯 黃淑珍
校對 周貝桂
發行所 狗屋出版社有限公司
地址 台北市104中山區龍江路71巷15號1樓
電話 02-2776-5889～0
發行字號 局版台業字845號
法律顧問 蕭雄淋律師
總經銷 知遠文化事業有限公司
電話 02-2664-8800
初版 2020年07月
國際書碼 ISBN-13 978-986-509-119-4

本著作物由起點中文網（www.qidian.com）授權出版

定價250元
狗屋劃撥帳號：19001626
網址：love.doghouse.com.tw E-mail：love@doghouse.com.tw